SKY DU MONT | In besten Händen

SKY DU MONT

In besten Händen

Roman

Diana Verlag

FSC
Mix
Produktgruppe aus vorbildlich
bewirtschafteten Wäldern und
anderen kontrollierten Herkünften

Zert.-Nr. SGS-COC-1940
www.fsc.org
© 1996 Forest Stewardship Council

Verlagsgruppe Random House
FSC-DEU-0100
Das FSC-zertifizierte Papier *München Super*
für Taschenbücher aus dem Diana Verlag
liefert Mochenwangen Papier.

Originalausgabe 04/2007
Copyright © 2007 by Diana Verlag, München,
in der Verlagsgruppe Random House GmbH
Redaktion | Heiko Arntz
Umschlaggestaltung | Hauptmann & Kompanie Werbeagentur, München – Zürich,
Teresa Mutzenbach, unter Verwendung eines Fotos von Carmen Lechtenbrink
Herstellung | Helga Schörnig
Satz | Leingärtner, Nabburg
Druck und Bindung | GGP Media GmbH, Pößneck
978-3-453-35030-4

http://www.diana-verlag.de

1. Kapitel

1.

Hätte nicht der alte Bergström an diesem Tag wegen einer Beerdigung Urlaub gehabt, es wäre nie zu dem Eklat gekommen. So aber begrüßte ein neuer Clubsekretär die Gäste, und man konnte ihm kaum verübeln, dass er so danebenlag. Bergström hätte die Situation mit souveräner Gelassenheit und formvollendet gerettet – selbst wenn er den ungewöhnlichen Besucher an diesem Sonntagmittag nicht gekannt hätte!

Die Mitglieder der vornehmen »Alstergesellschaft von 1887« schätzten es, ihren Lunch im Kreise der Ihren zu sich zu nehmen – ungestört vom Lärm der weiter südlich gelegenen touristischen Binnenalster und dem »gewöhnlichen Volk«. Im Club war man unter sich. Es war eine Art von Adel, der sich täglich hier begegnete. Doch nicht durch bloße Abstammung, sondern durch eigenes Verdienst zählte man zu den Reihen der »Alstergesellschaft von 1887«. Neue Mitglieder nahm die Gesellschaft nur auf, wenn eines der alten Mitglieder verstarb. Es war vermutlich leichter, in die Académie française aufgenommen zu werden als in die Alstergesellschaft.

Als gegen 12.00 Uhr ein Mann im Jogginganzug das Foyer betrat, schrillten bei dem neuen Clubsekretär gleich die Alarmglocken. Es war offensichtlich, dass sich ein ungebetenes Subjekt Zugang zu den Clubräumen zu verschaffen versuchte! »Verzeihung, mein Herr«, hielt er ihn auf, »darf ich fragen, wohin Sie wollen?«

»In den Salon, denke ich«, antwortete der Jogger und fuhr sich mit dem Ärmel über die schweißnasse Stirn. »Und anschließend vielleicht ins Restaurant.«

»Ah ja«, sagte der Clubsekretär und versuchte, den Mann zurückzudrängen. »Und Sie sind sicher, dass Sie hier richtig sind?«

»Ich denke doch, ja«, erwiderte der Eindringling, machte einen Schritt zur Seite und fragte mit spöttischem Lächeln: »Oder residiert die Alstergesellschaft nicht mehr hier?«

»Gewiss, das tut sie.« Der Clubsekretär hatte sichtlich Mühe, die Fassung zu wahren. Was bildete sich dieser ungepflegte, schwitzende Mensch ein. Er überwand sich und packte den Mann am Ärmel. »Aber nur für Mitglieder. Wenn ich Sie also bitten darf ...«

»Hoppla!«, rief der Eindringling und riss sich los. »Wollen Sie mich hier rauswerfen? Vielleicht sollten Sie sich erst einmal erkundigen, mit wem Sie es zu tun haben. Ich bin Doktor Richter!«

»Gewiss«, sagte der Clubsekretär. »Und ich bin der Kaiser von China. Herr Doktor Richter ist längst hier. Wenn ich Sie also nochmals höflich bitten dürfte ... Wir erörtern das besser vor der Tür, an der frischen Luft.« Erneut griff er nach dem Arm des Mannes, doch der stieß ihn von sich und durchmaß mit großen Schritten die Halle, um die Tür zum Salon aufzureißen. Der Clubsekretär hastete hinterher und klammerte sich an den Eindringling, als ginge es um sein Leben oder zumindest um seinen Job, während sich die Gesichter der Anwesenden zu ihnen umwandten.

»Papa!«, rief der Jogger. »Kannst du mir das erklären?« Und er nickte in Richtung auf den deutlich kleineren Empfangschef, der in dieser Sekunde erkannte, dass er zu weit gegangen war, und losließ. »Empfangt ihr neuerdings eure Gäste mit roher körperlicher Gewalt?«

»Mark!«, seufzte ein Mann älteren Semesters und erhob sich aus seinem Clubsessel. »Was ist das denn für ein Auftritt?«

»Verzeihung, Herr Doktor Richter«, stotterte der Clubsekretär. »Er hat sich für Sie ausgegeben ...«

»Ich sagte, ich bin Doktor Richter«, korrigierte der Eindringling und blickte den Empfangschef mit süffisantem Lächeln an.

»Nun, das ist er, Kleinschmidt«, erklärte der ältere Herr. »Er trägt nun einmal meinen Nachnamen – und auch denselben Titel.«

Doktor Reinhard C. Richter, Seniorpartner von Richter & Oppenheim, der alteingesessenen Hamburger Privatbank, legte den Arm um seinen Sohn und bugsierte ihn zu seinem Tisch. »Komm, setz dich, dann können die anderen Gäste sich endlich wieder auf ihre Angelegenheiten konzentrieren.«

»Gerne, Papa«, erwiderte Mark Richter. »Wollte nur mal sehen, wie es meinem alten Herrn so geht.«

»Danke. Bis eben konnte ich noch nicht klagen.«

»Das darfst du einem Anwalt nicht sagen«, lachte Mark. »Nicht klagen zu können ist für meinen Berufsstand wenig erquicklich.«

Der alte Mann seufzte und blickte zu seinem Sohn hin, der sich in einem so gar nicht angemessenen Aufzug präsentierte. »Anwalt ohne Zulassung solltest du wohl sagen.«

»Ich könnte sie jederzeit wiederbekommen.« Mark nahm sich eine Traube aus der Schale auf dem Tisch und ließ den Blick durch den Raum schweifen.

»Mir scheint eher, du legst es darauf an, sie möglichst nicht wiederzubekommen«, stichelte sein Vater. Er nahm seine Brille ab und fuhr sich über das immer noch dichte weiße Haar.

»Ach, Papa.« Mark winkte ab. Diese Diskussion hatten sie schon so oft geführt. »Lädst du mich zum Essen ein?«

»In diesem Aufzug?«

»Wieso, du siehst doch perfekt aus.«

»Ich spreche von dir, mein Junge.«

»Oh, für mich ist das fein genug.«

Einen Augenblick schwieg der alte Herr und ließ nachdenklich seine Augen auf diesem Jungen ruhen, der inzwischen selbst ein gemachter Mann sein müsste, der eigentlich gut aussah, intelligent war und, ja, auch charmant – und der doch hier saß wie ein Mann, der bessere Tage gesehen hatte, verschwitzt, unrasiert, abgezehrt. Wenn Mark sich ordentlich anzog, wenn er sein Haar kämmte und sich rasierte, dann war er eine beeindruckende Erscheinung. So aber ... Reinhard Richter atmete tief durch. »Für mich ist das zu früh. Aber du kannst dir gerne ein Sandwich bestellen. Ich muss mich jetzt auf den Weg machen, habe noch etwas zu erledigen.« Er erhob sich, strich sich den Anzug glatt, blickte sich kurz um und klopfte dann seinem Sohn auf die Schulter. »Also, wir sehen uns zu Hause? Deine Mutter würde sich sehr freuen, dich mal wieder bei uns zu begrüßen.« Er war schon im Gehen, als er sich noch einmal umdrehte, zurückkam und sich zu Mark hinunterbeugte. »Und bitte trink keinen Alkohol dazu, ja?«

2.

Es war ein klarer Tag, nicht warm, aber ungewöhnlich windstill. Möwen kreisten über dem Alstervorland. Es tat gut, sich so richtig zu verausgaben. Mark hatte auf das Sandwich verzichtet und hatte den Club schon kurz nach seinem Vater verlassen, um nach Hause zu laufen. Durch die Baumkronen blitzte die Sonne, der Weg war noch nass vom Regen am Vorabend. Studenten führten die Hunde der Reichen spazieren. Mark ärgerte sich, dass er Nelson nicht mit zum Joggen genommen hatte. Dem hätte ein wenig Bewegung auch gutgetan. Mark musste lächeln, als er an den Clubsekretär dachte und daran, wie wunderbar die Szene womöglich eskaliert wäre, wenn er auch noch den Hund dabeigehabt hätte, dieses Riesenvieh, das er von einer Tante mütterlicherseits geerbt hatte.

Es war kurz vor dem Fährpark, als an Mark ein Notarztwagen mit Blaulicht und Sirene vorbeifuhr und gut hundert Meter weiter entfernt auf der Straße stehen blieb. Es schien sich um einen Autounfall zu handeln. Mark sah genauer hin. War das nicht der dunkelblaue Mercedes seines Vaters? Ein seltsames Gefühl beschlich ihn. Mark beschleunigte seine Schritte. Er merkte nicht, wie seine Lunge nach Luft verlangte, wie seine Muskeln sich schmerzhaft spannten, als er über den Rasen rannte. Mit weit aufgerissenen Augen und atemlos erschöpft lief Mark auf den Rettungswagen zu – ehe er am Bordstein umknickte und stürzte.

3.

»Sie sollten dich hierbehalten und mich nach Hause schicken«, sagte mit spöttischem Ton Reinhard Richter und sah zu seinem Sohn auf, der mit verbundener Schulter an seinem Bett stand. »Ich weiß nur nicht, ob sie hier überhaupt eine psychiatrische Abteilung haben.«

»Papa«, seufzte Mark. Sein Mund war trocken, sein Schädel brummte trotz der Medikamente, die er bekommen hatte. »Wie ist das passiert?« Mark sah vor seinem geistigen Auge noch den Wagen seines Vaters vor sich, die weit aufgerissene Fahrertür, die Trage, auf der man ihn in den Laderaum des Rettungswagens schob ...

»Ihr Vater ist hier, weil er offenbar am Steuer einen leichten Schlaganfall erlitten hat«, schaltete sich der Arzt ein, der an Reinhard Richters Seite stand.

»Ich erinnere mich«, murmelte Mark. »Das Blaulicht, der Wagen, der Mercedes. Dann war es also kein Unfall ...«

»Irgendein Idiot hat mir die Vorfahrt genommen«, entrüstete sich Reinhard Richter.

»Sie sollten sich nicht aufregen«, erinnerte ihn der Arzt.

Mark schloss für einen Moment die Augen. Ein Schlaganfall. Wie alt war sein Vater jetzt? Dreiundachtzig. Und so aktiv wie eh und je. Kein Tag, an dem der alte Reinhard Richter nicht wenigstens zehn Stunden im Büro oder bei Geschäftsterminen verbrachte, kein Empfang, bei dem er nicht zugegen war, keine repräsentative Pflicht, die er nicht für sein Hanseatisches Beteiligungs-Kontor wahrgenommen hätte. Es war kein Wunder, wenn er einen Schlaganfall erlitt. »Ist es sehr schlimm?«, fragte er.

»Wir werden Ihren Vater ein paar Tage zur Beobachtung

hierbehalten«, erwiderte der Arzt. »Soweit wir bisher sagen können, sind seine Körperfunktionen im Großen und Ganzen unbeeinträchtigt geblieben ...«

»Herr Doktor«, unterbrach ihn Richter. »Ich wäre Ihnen sehr verbunden, wenn Sie nicht von mir in der dritten Person sprächen. Immerhin bin ich noch kein vergreister Trottel!«

»Entschuldigen Sie, Herr Doktor Richter.« Der Arzt sah auf seinen Beeper. »Ah, ich werde gerufen. Wenn Sie mich bitte entschuldigen ...«

Er war gerade an der Tür, als von draußen ein aufgeregter Wortwechsel hereindrang. Unmittelbar darauf öffnete sich die Tür, und Mark musste lächeln, als er eine ihm wohlbekannte Stimme hörte: »Papperlapapp, Besuchszeiten. So ein Unfug. Ich wüsste nicht, dass Sie mir etwas zu sagen hätten ...«

4.

Viola Richter liebte den großen Auftritt. Doch was nun folgte, überstieg ihr Talent zur Inszenierung. Sie hatte mit *einem* Patienten gerechnet. Stattdessen sah sie sich plötzlich ihrem Mann *und* ihrem Sohn gegenüber, der eine im Krankenbett, doch scheinbar munter, der andere mit bedrückter Miene und verbundener Schulter. »Was haben Sie mit meinem Sohn gemacht?«, fuhr sie den Arzt barsch an und eilte auf Mark zu, der sich tapfer bemühte, einen gefassten Eindruck zu machen. »Mama!«

»Mark. Was ist mit dir?«, flehte die alte Dame und nestelte heftig an ihren Handschuhen, die sie aber vor Aufregung kaum von den Händen brachte. »Was ist mit ihm?«, fragte sie noch einmal den Arzt. Es war unschwer zu erkennen, dass sie mühsam um Fassung rang. Dennoch war sie in ihrem Dior-Kostüm und mit ihrer kerzengeraden Haltung eine eindrucksvolle Person.

»Gnädige Frau«, versuchte der Arzt mit beschwichtigender Stimme. »Hier muss ein Missverständnis vorliegen. Ihr Sohn ...?« Er sah mit fragender Miene zu Mark hin, der nickte, und fuhr dann fort: »Ihr Sohn hat lediglich eine leichte Gehirnerschütterung und einen Haarriss der Schulterkapsel. Ihr Gatte dagegen hat einen Gehirnschlag erlitten.« Er wies mit der Hand auf Reinhard Richter, als müsse er die Dame darauf hinweisen, welcher von beiden ihr Ehemann sei.

»Reinhard«, sagte Viola Richter mit strengem Ton. »Was hast du wieder angestellt.« Und zum Arzt gewandt: »War Alkohol im Spiel?«

Der Arzt hob nur vage die Hände. Doch das war der alten Dame Beweis genug. »Da siehst du es. Die Trinkerei ist ein Fluch. Und du wirst daran zugrunde gehen.«

»Also Viola«, verteidigte sich Reinhard Richter, »ich muss schon sagen, von uns beiden bist eindeutig du ...«

»Reinhard, du vergisst dich!«, fuhr ihm seine Frau ins Wort. Sie nahm Marks Hand und seufzte: »Ach, mein Junge. Was machst du nur immer für Sachen.«

Von der Tür her war ein Hüsteln zu hören. »Ähm, ich stör ja ungern, aber vielleicht könnte uns Herr Doktor Wenger kurz erzählen, was Sache ist?« Eine junge Frau um die zwanzig trat ein und streckte dem Arzt selbstbewusst eine Hand entgegen. »Ricarda Richter. Sieht so aus, als hätten Sie meinen Vater und meinen Großvater hier bei sich zur Pflege.«

2. Kapitel

1.

»Tja«, sagte Doktor Englisch, Oberarzt an der Hamburger Feilhauer-Klinik, und blickte Mark über den Rand seiner Brille hinweg an. »Damit ist nicht zu spaßen. Es hätte auch tödlich ausgehen können. Ihr Vater ist Gott sei Dank trotz seines stolzen Alters sehr rüstig.«

Rüstig. Ein Wort, das Mark nicht gerne hörte. Rüstig nannte man Greise, keine Männer, die noch mitten im Leben standen. Andererseits: Würde sein Vater jemals wieder so die Puppen tanzen lassen können, wie er das all die Jahre über getan hatte, seit Mark sich erinnern konnte?

Der Arzt sah ihm die Frage förmlich an. »Um es gleich zu sagen, es wird nicht mehr alles so sein wie früher. Ihr Vater wird zwar weiterhin ein normales Leben führen können – das hoffen wir zumindest –, aber er wird ein paar Gänge runterschalten müssen. Immerhin ist er über achtzig ...« Doktor Englisch stand auf und ging zum Fenster, wo er, die Hände hinter dem Rücken verschränkt, stehen blieb und eine kleine Weile schweigend hinausblickte. »Ich bin geneigt zu sagen, der Stress sei für den Schlaganfall verantwortlich. Doch das wäre nur die halbe Wahrheit. Man muss bedenken, dass es auch dieser Stress war, der ihn bisher so fit gehalten hat. Das Teilnehmen am öffentlichen Leben, die Verantwortung, die er bis zuletzt in seiner beruflichen Stellung hatte. Ihr Vater war ja kein Unbekannter ...«

»Aber so sprechen Sie doch nicht immer in der Vergangenheit von ihm, Herr Doktor«, unterbrach ihn Mark. »Immerhin lebt er ja noch und ist auf dem Weg der Besserung. Hoffentlich.«

»Aber sicher!«, betonte der Oberarzt und hob die buschigen Augenbrauen. »Meine Prognose ist gut. Aber wissen Sie, ich kenne Männer wie Ihren Vater. Wenn *Sie* in zwei, drei Tagen hier rausmarschieren und tun, als wäre nichts gewesen, dann geht das völlig in Ordnung. Ihre Gehirnerschütterung hatte einen äußeren Anlass, und der wird sich hoffentlich nicht wiederholen. Wenn Ihr Vater in einiger Zeit die Klinik verlässt und tut, als wäre nichts gewesen, dann haben wir ihn schneller wieder hier, als Sie alle sich das vorstellen können.«

»Verstehe«, sagte Mark. »Das wird nicht leicht sein.«

»Kann ich mir vorstellen.« Der Arzt lächelte und kehrte zu seinem Stuhl zurück.

»Sie sagen: Wenn er in einiger Zeit die Klinik verlässt ... Wie lange rechnen Sie, dass er hierbleiben muss?«

»Schwer zu sagen. Erst mal müssen wir ihn ein paar Tage beobachten ...«

Das Telefon klingelte, Doktor Englisch nahm den Hörer ab und meldete sich mit einem knappen »Ja«. Dann lauschte er. »Und die wollen was?«, fragte er. »Mein Gott, ja, sagen Sie ihnen, sie sollen im Institut anrufen, die sollen ihnen einfach die Kopien schicken. Oder besser, Sie rufen im Institut an und sagen es denen. Einfach die letzten drei oder vier Jahrgänge. Ja.« Englisch musterte Mark mit düsterem Blick, während er wieder lauschte. »Ich finde das albern, Wenger«, sagte der Arzt ungehalten.

Wenger, dachte Mark. Offenbar war der Arzt, der ihn behandelt hatte, die rechte Hand des Oberarztes.

»Die Sache ist doch klar«, raunzte Englisch in den Hörer. »Seit Paduani tot ist, herrscht hier dieses lächerliche Kompetenzgerangel. Machen Sie kurzen Prozess mit den Herren und ... Ja, ja, natürlich, alles auf die sanfte Art. Also. Bis dann.« Er legte auf.

»Ärger mit den Behörden wegen eines Todesfalls?«

Englisch schürzte die Lippen. »Ja. So kann man das auch sagen.« Er suchte etwas in der Tasche seines Kittels. »Kein Patient. Keine Sorge.« Die Suche war offenbar erfolglos, weil er sich nun mit gefurchter Stirn auf dem Schreibtisch umsah. »Unser Chefarzt«, erklärte er. »Krebs«, als wäre damit alles gesagt.

»Das tut mir leid.«

»Tja«, sagte Englisch und blickte auf. »Damit ist nicht zu spaßen.«

2.

»Mein Gott, Junge, wie siehst du denn aus?«, entrüstete sich Viola Richter und fuhr ihrem Sohn mit den Fingern durch das immer noch volle, aber schon leicht ergraute Haar. Sie roch nach Chanel No. 5 und Plymouth Gin. Mark atmete ihren Duft ein wie eine lieb gewonnene Erinnerung. Eins Komma zwei Promille, schätzte er und warf einen Blick aus dem Fenster. Ja, es war noch nicht Mittag, da durfte das etwa hinkommen.

»Wie geht es dir, Mama?«, fragte er und betrachtete die Sorgenfalten auf der Stirn seiner immer noch schönen Mutter, die stets größte Sorgfalt auf ihre Erscheinung verwendete. Wie immer war ihr leicht getöntes Haar perfekt arrangiert, und sie trug ein Paar exquisite Ohrringe, die den vielleicht ein wenig zu harten Gesichtszügen eine etwas weichere Note gaben. Ja, seine Mutter hatte Stil, das stand fest.

»Mir geht es wie immer, mein Junge.« Die alte Dame griff nach dem Knopf über Marks Bett und drückte ihn. Einmal. Zweimal. Und zur Sicherheit noch ein drittes Mal.

»Alles in Ordnung?«, fragte Mark irritiert.

»Junge. Hier ist nichts in Ordnung! Was soll das hier für eine Verpflegung sein? Das Nachttischchen biegt sich vor alten Tassen und Kannen. Du müsstest dringend zum Friseur. Und dein Pyjama sieht aus, als hättest du darin geschlafen!«

»Ich habe darin geschlafen, Mama«, erwiderte Mark und überlegte, ob ihm die alte Dame bei aller Liebe nicht doch etwas auf die Nerven ging. »Warst du schon bei Papa?«

»Natürlich war ich bei deinem Vater! Man kann ihn kaum aus den Augen lassen. Er ist so unvernünftig!«

»Aber warum bist du dann nicht ein bisschen bei ihm geblieben?«

»Er wollte nicht gestört werden«, stellte sie pikiert fest und streifte sich einen unsichtbaren Staubkrümel von der violetten Seidenbluse.

»Gestört? Du meinst, er wollte schlafen.«

»Wo denkst du hin, mein Junge, er hing ununterbrochen am Telefon. Ein Gespräch mit Singapur, ein Gespräch mit London, eines mit Mailand ...«

»Singapur? Du übertreibst, Mama«, rügte Mark. »In Singapur ist es tiefste Nacht.«

»Siehst du? Das ist es, was ich meine! Er lässt die Leute nicht einmal schlafen, wenn er auf dem Krankenbett liegt.«

Mark musste lachen, doch das verursachte ihm Kopfschmerzen, sodass er das Gesicht verzog und sich ins Kissen zurücksinken ließ.

»Was du zu wenig hast«, schloss Viola Richter, »das hat dein Vater zu viel. Er kann einfach nicht anders. Immer steht er unter Strom.«

Die Schwester trat ein. »Sie haben geklingelt, Herr Richter?«

»*Ich* habe geklingelt«, stellte Viola Richter fest. »Ich möchte gerne den Chefarzt sprechen. Er soll bitte zu uns kommen. Ach, und würden Sie mir dann bitte einen Gin bringen?« In das verblüffte Schweigen der Schwester hinein ergänzte sie: »Ohne Eis.«

Die Schwester lachte hell auf. »Ohne Eis können Sie haben«, sagte sie dann. »Nur *Gin* haben wir hier ganz sicher nicht. Sie meinen doch Gin, den Schnaps, oder?«

»Wenn ich Gin sage, meine ich für gewöhnlich Gin«, stellte Viola Richter klar. »Ehe Sie mir irgendeinen ...« Sie zögerte einen winzigen Augenblick und betonte das Wort, als würde sie von einem Eimer voll Waschwasser sprechen. »... einen *Schnaps* bringen, lassen Sie es lieber ganz bleiben.« Sie verdrehte die Augen und neigte sich ein wenig zu Mark hin, sprach aber laut genug, dass auch die Schwester verstehen konnte, wie sie sagte: »Dein Vater spricht nicht umsonst immer von der Servicewüste Deutschland.«

Eins Komma acht Promille, entschied Mark.

Zur Schwester aber sagte Viola Richter: »Dann schicken Sie uns nur den Chefarzt.«

»Das wird leider nicht gehen, *Madame*«, entgegnete die Schwester und betonte das Wort »Madame« wie Marks

Mutter das Wort »Schnaps« betont hatte. »Einen Chefarzt haben wir zurzeit nicht. Herr Doktor Englisch, unser Oberarzt, leitet die Klinik kommissarisch.«

»Kommissarisch. So.«

»Ich war eben erst bei ihm«, warf Mark ein, als seine Mutter ihn prüfend ansah.

»Nun, dann brauchen wir ihn auch nicht kommen zu lassen, nicht wahr?« Sie wedelte mit der Hand zur Schwester hin. »Sie können gehen. Danke.«

Die Schwester drehte sich auf dem Absatz um und rauschte zur Tür hinaus.

Mark wandte sich seiner Mutter zu. »Mama«, sagte er in leicht tadelndem Tonfall, »das ist hier ein Krankenhaus und keine Bar.« Mühsam richtete er sich wieder auf. »Der Arzt sagt, ich kann in zwei, drei Tagen wieder raus.«

Viola Richter lächelte ihren Sohn verbindlich an und griff in ihre voluminöse Krokoledertasche.

»Bei Papa ist es etwas heikler«, tastete sich Mark weiter vor, während er beobachtete, wie seine Mutter einen silbernen Flachmann hervorzog und aufschraubte. »Der Oberarzt meint zwar, dass er früher oder später wieder auf den Beinen sein wird ...«

»Früher oder später?«

»Er wollte sich nicht festlegen.«

»Oh«, kommentierte Viola Richter. Sie füllte den Deckel der Flasche mit einer klaren Flüssigkeit und hielt ihn ihrem Sohn hin. »Gin?«

Mark schüttelte den Kopf und sank sogleich wieder in das Kissen. Er stöhnte auf und fluchte innerlich. Er musste endlich dran denken, den Schädel ruhig zu halten. »Er sagt«, fuhr er nach einer Weile fort, während seine Mutter den Deckel noch ein zweites Mal gefüllt und wieder geleert hatte, »Papa sei in einem verhältnismäßig guten Zustand. Aber er dürfe nicht, wenn er raus ist, so tun, als wäre nichts gewesen.«

»Keine Sorge«, sagte Viola Richter und steckte die Flasche wieder weg. »Das wird er nicht tun, wenn er wieder raus ist.« Sie seufzte. »Das tut er jetzt schon.«

Nun war es Mark, der zur Klingel griff. Viola Richter zog die Augenbrauen hoch und musterte ihn überrascht. Doch sie sagte nichts. Die Schwester kam erneut. Diesmal streckte sie nur noch den Kopf zur Tür herein.

»Hätten Sie etwas Eis für mich?«, fragte Mark. Er sah, wie die Schwester den Mund öffnete und wieder schloss. Sie blickte von Mark zu seiner Mutter und zurück. Dann machte sie Anstalten, die Tür ohne ein weiteres Wort wieder zu schließen. »Schwester!«, rief Mark und erklärte, als sie doch noch einmal hereinschaute: »Es ist für meinen Kopf. Ich habe Schmerzen.«

3.

Heiteres Sonnenlicht blinzelte durch das Blätterdach der alten Ulmen auf die gekiesten Wege, die den kleinen Park hinter der Klinik durchzogen. Es war ein Tag wie gemalt, und Mark wünschte, er wäre endlich wieder draußen. Er war bestimmt kein Sportsmann, doch mit Turnschuhen an den Füßen im Grünen unterwegs fühlte er sich wohler als an jedem anderen Ort. Das musste mit seiner früheren Tätigkeit im Rathaus zu tun haben, als er das Büro oft erst spät in der Nacht hatte verlassen können, um am nächsten

Tag bereits in der Morgendämmerung wieder am Schreibtisch zu sitzen. Moderne Sklavenarbeit, wie man sie von freien Mitarbeitern oder politischen Referenten erwartete. In seinem Fall hatte die unglückliche Konstellation bestanden, dass er beides gewesen war: freier Mitarbeiter *und* politischer Referent. Wäre nicht Alexandra gewesen, er wäre wahrscheinlich verrückt geworden, hätte sich wie ein Hamster im Laufrad so lange auf der Stelle bewegt, bis er irgendwann mit einem Herzinfarkt auf dem alten Eichenparkett gelegen hätte. Doch schlimmer noch war der Zynismus des politischen Geschäfts gewesen. Es ging nicht um die Sache, es ging nur um die Macht. Eiskalt hatte man ihn Gesetzesentwurf und Gegenentwurf im selben Atemzug entwerfen lassen, als stünden dahinter nicht die Schicksale zahlloser Menschen. Nein, der Rechtsstaat war ein Witz, leider ein schlechter. Die Hüter der Staates fühlten sich nicht mehr ihren Wahlversprechen verpflichtet. Der Zweck, nämlich der Erhalt der Macht, heiligte die Mittel. Dieser kleine Funke Rebellion, der schon seit seiner Jugend in ihm geschlummert hatte, brach nun mit vehementer Kraft aus ihm heraus. Die Regeln des Staates bedurften in Marks Augen einer gründlichen Revision. So konnte und wollte er viele Gesetze nicht akzeptieren. Und so weigerte er sich immer häufiger, für Vergehen, die in seinen Augen keine waren, Strafe zu bezahlen.

Mark strich sich mit beiden Händen übers Gesicht, um die Schatten der Vergangenheit zu vertreiben. Er wollte diesen schönen Tag genießen, und sei es hier am Fenster seines Krankenhauszimmers stehend. Er lauschte den Geräuschen, die durch den Spalt des gekippten Fensters hereindrangen, dem fernen Straßenverkehr, dem leisen

Rauschen, das stets über Hamburg lag, den Stimmen der Patienten und Besucher, die im Park spazieren gingen, dem Lachen von Ricarda, das gedämpft an sein Ohr drang ... dem Lachen von Ricarda? Er schaute genauer, ließ den Blick über den Rasen schweifen. Auf einer Bank entdeckte er tatsächlich seine Tochter zusammen mit – Doktor Wenger, beide unterhielten sich offensichtlich glänzend, ja, es sah fast so aus, als würden beide heiß miteinander flirten.

Wieder drang das Lachen Ricardas herauf. Mark kniff die Augen zusammen und schaute so angestrengt, dass sich schon nach wenigen Sekunden die Kopfschmerzen wieder zurückmeldeten. Plötzlich standen beide auf und schlenderten auf das Haus zu. Vermutlich würde seine Tochter in wenigen Augenblicken bei ihm im Zimmer auftauchen. Er legte sich schnell zurück ins Bett und setzte seine bewährte Leidensmiene auf. Er musste innerlich schmunzeln. Obwohl Ricarda längst erwachsen war, versetzte ihm jeder kleine Flirt seiner Tochter mit einem Mann einen Stich. Er wusste sehr wohl, wie lächerlich er sich damit machte, also beschloss er, den verständnisvollen, toleranten Vater zu spielen. Im selben Augenblick wurde ihm aber klar, dass ihm das mit Sicherheit doch wieder nicht gelingen würde.

Auf dem Flur waren Schritte zu hören, doch es kam niemand herein. Wahrscheinlich besuchte sie erst Papa. Das konnte etwas dauern. Mark nahm eine Zeitschrift zur Hand und blätterte darin, doch er konnte sich nicht konzentrieren. Immer wieder glitten seine Gedanken ab, und es schwebte ihm das Bild seiner Tochter mit dem Mediziner vor Augen. Sicher, der Mann hatte seine Qualitäten.

Zweifellos war er intelligent und auch ziemlich gut ausse-
hend, wenn man das als Vater einigermaßen neutral beur-
teilen konnte. Mama hätte ihn vermutlich außerdem für
eine relativ gute Partie gehalten. Ricardas letzter Freund
war jedenfalls Mitglied einer Punkband gewesen. Mit allem, was dazugehörte. Grüne Haarbüschel, Tattoos und ein
Piercing in der Nase. Für Mark spielte dergleichen keine
Rolle. Seit er sich selbst frei gemacht hatte von den Regeln
der sogenannten Gesellschaft.

Mark seufzte. Mit Alexandra hatte er sich darüber in
den letzten Monaten vor dem Unglück häufiger gestritten.
Sie hatte ihm vorgeworfen, seine Zukunft, ihre gemeinsa-
me Zukunft zu gefährden. Doch Mark hatte nicht einsehen
wollen, dass er das angenehme Leben auf später verschie-
ben sollte, nur um im Hier und Jetzt das ohnehin beträcht-
liche Familienvermögen noch weiter zu vergrößern. Mark
legte die Zeitschrift beiseite. Es war schon merkwürdig.
Bei den meisten Paaren hatte er beobachtet, dass sie sich,
je länger sie zusammenlebten, immer ähnlicher wurden.
Bei ihm und seiner Frau war es genau umgekehrt gewesen: Je länger sie zusammenwaren, umso tiefer wurden
die Gräben, die zwischen ihren Meinungen und Ideen,
ihren Hoffnungen und Wünschen verliefen. Dabei hatte er
seine Frau immer geliebt, ja, es schien ihm, als wäre seine
Liebe zu Alexandra immer noch gewachsen. Ob ihre Liebe
zu ihm indes gewachsen war, hätte er beim besten Willen
nicht zu sagen gewusst.

4.

»Sie sind eine interessante Frau, wissen Sie das?«, sagte Doktor Steffen Wenger und blinzelte in die Herbstsonne, die durch das schon etwas fadenscheinige Blätterdach der Buchen fiel.

»Und Sie sind ein ziemlicher Charmeur«, sagte Ricarda und warf ihr volles, dunkles Haar über die Schulter, »wissen Sie das?«

»Nur, wenn ich nicht anders kann. Kommen Sie, gehen wir ein Stück gemeinsam. Sie wollen doch auch ins Haupthaus?«

»Klar. Ich habe ja zwei Patienten bei Ihnen.«

»Erzählen Sie mir ein bisschen von Ihren Träumen.«

Ricarda lachte auf. »Sind Sie auch Seelenklempner? Oder ist das nur eine Methode, einen besseren Zugang zu Ihren Patienten zu bekommen?«

»Oh, weder noch. Das ist lediglich Interesse. Sie sind eine attraktive junge Frau und kommen aus einer angesehenen Familie, Sie sind von Hause aus reich. Da fragt man sich natürlich, welche Ziele jemand hat, der vom Glück so begünstigt wurde.«

»Ach, so sehen Sie das? Na ja, vielleicht stimmt die Analyse ja. Sie wäre zumindest eine Erklärung dafür, dass ich ständig mein Studienfach wechsle.«

»Ah ja? Und was ist es jetzt?«

»Kunstgeschichte, Kunsttheorie und Grafikdesign.«

»Sie haben es auf eine Karriere im Kunsthandel abgesehen. Oder als Kuratorin in einem der großen Museen? Bei den Beziehungen Ihres Großvaters sehe ich Sie schon vor mir als Leiterin der Eremitage in Sankt Petersburg.«

Die Bemerkung missfiel Ricarda. Sie war es gewohnt, dass alle Welt mutmaßte, jede gute Note, die sie schrieb, jedes gelungene Vorhaben, das sie anpackte, wäre nichts weiter als das Ergebnis der geschäftigen Erfolge ihres Großvaters. »Vermutlich«, sagte sie betont knapp. »Aber ich habe es nicht auf eine Karriere als Hüterin der Kunstwerke anderer abgesehen. Ich werde Konzeptkünstlerin.«

»Oh.« Wenger schwieg eine Weile. Es war offensichtlich, dass er nicht sicher war, was eine Konzeptkünstlerin war. Ricarda genoss die Verlegenheit und schwieg ebenfalls. Schließlich fragte Wenger: »Und was macht man so als Konzeptkünstlerin? Ich bin Arzt, und von moderner Kunst verstehe ich so gut wie nichts.«

»Nun, je nachdem, durch welche Mittel man sich künstlerisch ausdrücken will, greift man auf Tanz, Theater, Malerei, Bildhauerei, Literatur zurück, auf Vortrag oder Video, bewegte oder statische Bilder.«

»Ah, ich verstehe.« Man sah Wenger deutlich an, dass er von alldem nichts verstanden hatte. »Das klingt aufregend. Ich kann mir vorstellen, dass das großen Spaß macht.«

»Tut es«, bestätigte Ricarda. »Na ja, sagen wir: täte es.«

»Täte es?«

»Wenn es nicht so verdammt schwer wäre, Konzeptkunst zu platzieren. Sie können sich nicht vorstellen, wie spießig die Kunstszene ist.« Sie sah ihn von der Seite an. »Und auf die guten Verbindungen meines Großvaters möchte ich mich nicht berufen.«

»Sie wollen das allein schaffen«, stellte Wenger fest und blieb stehen.

»Exakt.«

Er überlegte. »Vielleicht kann ich Ihnen dabei helfen.«

»Echt?«

»Es gibt da eine Stiftung, zu der ich ganz gute Kontakte habe, weil unser ehemaliger Chefarzt dort Vorsitzender war. Vielleicht kennen Sie sie: die Paduani-Stiftung.«

»Sagt mir nichts.«

»Sie fördert vielversprechende Kunstprojekte, und ich könnte arrangieren, dass Sie dort vor den entsprechenden Leuten Ihr Projekt vorstellen.«

Ricarda strahlte Wenger an. Vielleicht war das die Chance. Vielleicht hatte sie gerade das Gespräch geführt, das ihrem Leben die entscheidende Wendung geben würde.

5.

Es klopfte. Mark schloss die Augen und neigte den Kopf zur Seite. Es klopfte noch einmal, doch er stellte sich schlafend. Die Tür wurde geöffnet, und jemand kam auf leisen Sohlen ins Zimmer, trat an sein Bett und verharrte dort eine kleine Weile wort- und regungslos. Es fiel Mark schwer, ein Grinsen zu unterdrücken.

Ein Rascheln, dann ein paar Schritte im Zimmer, das Rauschen von Wasser, kurze Stille und erneut einige Schritte. Mark spähte unter fast geschlossenen Lidern hervor und erschrak, als er sah, dass Ricarda ihm direkt in die Augen blickte.

»Tu nicht so«, lachte sie. »Ich weiß doch, dass du nicht schläfst.«

»Wieso? Sah es nicht echt aus?«

»Doch, täuschend echt. Aber du schnarchst, wenn du schläfst.«

»Ich schnarche nicht.« Mark richtete sich scheinbar empört auf.

Ricarda lachte. »Das sagt Großmama auch immer. Und trotzdem zieht Großpapa jede zweite Nacht ins Gästezimmer.«

»Du hast mir Blumen mitgebracht. Das ist wirklich lieb von dir.«

»Ja. So bin ich eben.« Sie setzte sich zu ihm ans Bett und legte ihre Hand auf die seine. »Ich hoffe, du kommst bald wieder raus. Ihr beide«

»Das hoffe ich auch, Ricki.« Er seufzte. »Lust auf eine Partie Schach?«

Im Nu war seine Tochter wieder aufgesprungen. »Keine Zeit«, beschied sie ihn hastig. Etwas zu hastig, wie er fand. »Ich muss noch zu Großpapa. Und dann muss ich wieder in die Uni.«

»Aber es ist Sonntag!«

»Ach, ja. Privater Arbeitskreis. Wir wollen vorwärtskommen, wenn du verstehst, was ich meine.« Ricarda lächelte und schnappte sich ihre Tasche. »Also dann, tschüs.«

»Bis dann«, sagte Mark, doch das hörte sie schon nicht mehr.

6.

Es war hier, dachte Mark, hier in dieser Klinik. Wahrscheinlich hat sie schon nicht mehr gelebt, als sie hier angekommen ist. Dennoch: Es gruselte ihn, als er daran dachte, dass sein Vater und er in dasselbe Krankenhaus gebracht worden waren, in dem seine Frau nach ihrem Unfall verstorben war. Mark stand auf dem Flur und schaute einmal mehr in den Park hinab, der im schönsten Herbstlicht dalag und gut und gerne zu einem Nobelhotel hätte gehören können.

»Alles in Ordnung, Herr Richter?«, fragte die Krankenschwester, die mit ihrem Tablett mit den Fieberthermometern unterwegs war.

Mark seufzte. »Doch, doch«, sagte er leise und drehte sich um, um wieder in seinem Zimmer zu verschwinden.

»Nehmen Sie doch gleich Ihr Thermometer mit«, rief die Schwester ihm nach.

»Mein was?« Mark wandte sich um.

»Zum Temperaturmessen«, erklärte sie.

»Danke, sehr freundlich«, erwiderte Mark, »ich weiß, wozu die Dinger gut sind. Aber Sie werden von mir nicht erwarten, dass ich meine Temperatur messe. Ich meine, ich habe eine Gehirnerschütterung und eine harmlose Schulterverletzung, nicht wahr? Und keinen Infekt oder so was.«

»Ach«, lachte die Schwester unbekümmert, »so genau nehmen wir das hier nicht. Messen Sie – und wir überlegen uns dann, was wir daraus machen.«

Mark machte eine ablehnende Handbewegung. »Ich halte das in meinem Fall für unnötig«, murmelte er und verschwand in seinem Zimmer. »Blödsinn«, schimpfte er leise, während er sich auf sein Bett fallen ließ, was er aber sogleich mit heftigen Kopfschmerzen büßte.

Die Tür ging auf. Die Krankenschwester trat herein. Sie hatte nichts von ihrem professionellen Charme verloren, während sie vor ihn hintrat, ihm das Thermometer unter die Nase hielt und in aller Gelassenheit sagte: »Sie können gerne unter der Zunge messen, wenn Ihnen das

lieber ist – die anderen Patienten messen woanders ...«
Sie lächelte siegesgewiss. »Jedenfalls: Gemessen werden
muss. Sie sind hier in einer Klinik, und da gelten unsere Spielregeln. Schöne Blumen, die Sie da bekommen
haben.«

Mark bewegte den Kopf lieber nicht, sondern machte
nur kurz die Augen zu, um zu zeigen, dass er sich in sein
Schicksal gefügt hatte. »Kann ich wenigstens noch ein
bisschen Tee haben?«, fragte er mit Leidensmiene.

»Immer gern!«, erwiderte die Schwester, die ein wenig
drall, aber durchaus attraktiv war, wie Mark aus den
Augenwinkeln feststellte. Sie entsprach wahrscheinlich genau dem Typ Frau, den sein Vater unwiderstehlich fand.
Sie stellte ihr Tablett ab, trat kurz nach draußen, um sogleich wieder mit einer Kanne frischen Tees zurückzukommen und ihm etwas in die leere Tasse zu gießen. »Wir
wollen ja, dass Sie sich bei uns wohlfühlen.«

»Damit ich möglichst oft wiederkomme, oder was?«
Langsam, ganz langsam drehte sich Mark auf den Rücken.

»Nur, wenn es wirklich nötig ist. Und das wollen wir
natürlich nicht hoffen«, sagte die Schwester und nahm ihr
Tablett wieder auf. »Sie sollten sich jetzt besser auf die
Seite legen. Sie wissen schon: wegen dem Thermometer.«

»Zu Befehl«, murmelte Mark, rollte sich wieder zur Seite und wartete, bis die Tür sich hinter der Schwester
schloss, ehe er das Thermometer in die frisch gefüllte Tasse tauchte und zusah, wie sich seine Temperatur in Windeseile lebensbedrohlich erhöhte.

Als die Schwester keine halbe Stunde später in sein Zimmer trat, war von Mark Richter nichts zu sehen Sie nahm

das Thermometer aus der Tasse, warf einen kurzen Blick
darauf und betrachtete es kopfschüttelnd, dann begann
sie, das Bett zu machen. Als sie die Vorhänge aufzog, sah
sie ihren Patienten schräg gegenüber und ein Stockwerk
tiefer am Fenster eines anderen Krankenzimmers stehen.
Offenbar hatte er nach seinem Vater auf der Intensivstation sehen wollen.

7.

Mark drehte sich wieder zu seinem Vater um. Sein Zustand hatte sich wieder verschlechtert. So krank hatte er
seinen alten Herrn noch nie gesehen. Mit einem Schlaganfall war eben nicht zu spaßen. Er seufzte und berührte
im Vorbeigehen nur sacht das Bein seines Vaters, um ihn
nicht zu wecken.

Vor der Tür traf er Dr. Wenger. »Wie geht es ihm?«, fragte der.

»Das müssten Sie mir sagen, Doktor.« Mark zuckte mit
den Achseln. »Er schläft.«

»Das ist das Beste, was er tun kann«, erwiderte der Arzt.

»Ich weiß nicht«, murmelte Mark. »Ich denke nicht, dass
er in den letzten fünfzig Jahren um diese Tageszeit geschlafen hat.« Mark sah unwillkürlich auf seine Uhr. Es
war gerade erst kurz nach fünf.

Dr. Wenger nickte und sah Mark in die Augen. »Ja«,
sagte er. »Das kann ich mir denken. Aber sehen Sie«, der
Arzt griff sich an die Seite, um den Beeper auszuschalten,
der Laut gab, »gönnen wir ihm seine Ruhe. Ich kann etwas
später noch mal wiederkommen.« Mit einer knappen Hand-

bewegung verabschiedete er sich und ging schnellen Schrittes den Gang hinunter.

Mark aber wurde das Gefühl nicht los, als sei es weniger die Rücksichtnahme als vielmehr der Beeper gewesen, der den Arzt hatte davoneilen lassen. Langsam, um seinen empfindlichen Kopf nicht allzu sehr zu erschüttern, ging er zum Lift und fuhr nach unten, um sich am Kiosk nach etwas Lesbarem umzusehen. Doch dort stellte er fest, dass er kein Geld bei sich hatte. Also kehrte er um und ging wieder auf sein Zimmer. Die Schwester hatte inzwischen für etwas Ordnung gesorgt.

Er schaltete den Fernseher ein und zappte durch die Programme. Nichts. Er schaltete wieder aus und griff nach der Zigarettenschachtel, die natürlich nicht vorhanden war. Mein Gott, dachte er, scheint doch ein härterer Sturz gewesen zu sein. Wie lange rauche ich schon nicht mehr? Zehn Jahre? Fünfzehn? Es waren gut zwanzig Jahre, fiel ihm ein. An dem Tag, an dem Alexandra ihm eröffnet hatte, dass sie schwanger war, hatte er aufgehört zu rauchen. Sieben Monate später war Ricarda zur Welt gekommen.

Ein Klopfen an der Tür riss ihn aus seinen Gedanken. »Ja?«

Christina steckte den Kopf herein. »Tach!«, rief sie leichthin und trat näher. »Wollte mal nach dir sehen.«

»Christina! Das ist aber eine nette Überraschung!«, sagte Mark und kam sich schrecklich hölzern dabei vor.

Er war ihr das erste Mal begegnet, als sie beide mit demselben Fall zu tun hatten, er als Strafverteidiger eines üblen Kiez-Kriminellen, sie als Gutachterin der Staatsanwaltschaft. Sie waren in der Gerichtskantine zufällig am selben Tisch gelandet, er mit seinem Kaffee, sie mit einem Würstchen, das sie sehr säuberlich aus der Pelle schälte.

»Man erkennt sofort die Pathologin«, hatte er sie angesprochen.

»Psychologin«, hatte sie ihn verbessert. »Aber der Versprecher lässt interessante Rückschlüsse auf Ihre Persönlichkeit zu.«

»Ja«, hatte er schmunzelnd bemerkt. »Schade, dass Sie gegen meinen unschuldigen Mandanten einen schweren Stand haben werden.«

»Natürlich. Ihr Mandant ist die Unschuld in Person«, hatte sie gekontert. Sie hatten sich auf Anhieb verstanden, ohne dass es großer Worte bedurft hätte. Und wann immer sie sich begegnet waren, hatten sie sich füreinander Zeit genommen, hatten einen Kaffee zusammen getrunken oder waren im Park spazieren gegangen und hatten wild drauflosgeflirtet. Zu mehr war es allerdings nie gekommen. Mark musste sich eingestehen, dass er sich von dieser ausnehmend attraktiven Frau, deren Witz und Intelligenz ihn faszinierte, sehr angezogen fühlte. Und nun stand sie vor ihm und sah ihn mit diesen türkisgrünen Augen an, als könne sie in seine Seele blicken.

»Du siehst gut aus«, sagte sie, doch ihre Miene besagte das Gegenteil.

»Danke. Du bist eine lausige Lügnerin.«

Sie lächelte verlegen. Doch dann fiel ihr ein, dass sie ihm etwas mitgebracht hatte. »Ich habe die Erfahrung gemacht, dass Männer nicht so auf Blumen stehen«, sagte sie und zog eine Schachtel Pralinen aus der Tasche.

»Blumen sind schön anzusehen«, sagte Mark und nahm

ihr die Schachtel aus der Hand, »aber die hier schmecken besser.« Er grinste. »Das ist natürlich ein ganz niederträchtiger Anschlag auf meine Linie.«

»Nichts da!«, erwiderte Christina leichthin. »Männer müssen nicht dünn sein. Sie müssen intelligent sein, Humor haben«, sie hielt kurz inne und musste grinsen, »und natürlich einen knackigen Hintern!«

»Genau, Waschbrettbauch ist out – Charakter ist in«, bestätigte Mark tiefernst und steckte sich eine Praline in den Mund. Beide mussten lachen.

8.

Ein stechender Schmerz ließ Mark aus seinem unruhigen Schlaf auffahren. Mit glasigem Blick registrierte er, dass er über dem Schachspiel eingeschlafen war, das er auf dem Nachttisch aufgebaut und sich übers Bett gezogen hatte. Sein Genick schmerzte. Mark schob den Nachttisch beiseite und rollte sich langsam in eine sitzende Haltung. Nur mühsam kämpfte er sich aus dem Bett hoch, um hinüber ins Badezimmer zu schlurfen, weil ihn auch noch seine volle Blase peinigte.

»Ich fühle mich, als wäre ich hundert«, murmelte er und riskierte lieber keinen Blick in den Spiegel. Er war noch nicht zurück am Bett, als er entschied, lieber mit einigen Chemikalien mehr im Blut, dafür glücklich und schmerzfrei zu leben und sich eine dieser starken Kopfschmerztabletten geben zu lassen.

Er warf sich den Morgenmantel über und trat hinaus auf den Flur, der jetzt im Halbdunkel lag und auf dem gähnende Leere herrschte. Das Schwesternzimmer lag nicht weit von seinem Zimmer entfernt, direkt neben dem Fahrstuhl. Doch auch dort war niemand. Sollte er zurückgehen und doch nach der Schwester läuten? Nein, er entschloss sich zu warten.

Um die Schmerzen in seinem Genick ein wenig zu lindern, massierte er sich mit einer Hand den verspannten Muskel. Nach einer Weile sah Mark sich um. Eine Sitzmöglichkeit gab es nicht, also ging er langsam auf und ab. Das Schwesternzimmer war verglast. Hinter der Durchreiche, die ihn an die Schalterhalle der Bank seines Vaters erinnerte, lagen Patientenakten. Mark blieb stehen und spähte durch das Glas. Tatsächlich: Seine Akte lag auch da. Er blickte sich um. Aber es war immer noch niemand zu sehen.

Vorsichtig öffnete er die Tür, nahm sich seine Akte und blätterte darin. Doch es gab nicht viel zu sehen. Drei handschriftliche Zeilen in einer unleserlichen Schrift, einige Kreuzchen und sonstige Zeichen. Interessant fand er den Vermerk »Selbstzahler« und beschloss, aufmerksam den Honorarsatz zu prüfen, den man für ihn veranschlagen würde. Mit flinker Hand sah er die anderen Akten durch, ob auch die seines Vaters dabei war, konnte sie aber nicht entdecken. Klar, dachte er, das ist eine andere Station. Die werden sie dort haben.

Er ordnete die Unterlagen wieder und verließ das Schwesternzimmer – gerade rechtzeitig, denn im nächsten Moment ging die Fahrstuhltür auf. Er hörte, wie ein Mann ziemlich erregt sagte: »Und warum nicht? Früher hat dir das nichts ausgemacht! Jeder sieht doch, dass er dir ...« Und eine Frau fiel ihm ins Wort: »Das haben wir oft genug besprochen. Es ist aus und vorbei. Ich habe auch keine Lust, dir ständig wieder ...«

In diesem Augenblick traten Schwester Beate und Doktor Wenger aus dem Fahrstuhl, und abrupt verstummte das Gespräch. Es war offensichtlich, dass die Beziehung zwischen ihnen nicht nur beruflicher Natur war. Mark musste an Ricarda denken und daran, wie er sie am Nachmittag mit dem Arzt im Park gesehen hatte. Hatte dieser Wenger tatsächlich mit seiner Tochter geflirtet? Vielleicht sollte er mit Ricarda sprechen. Aber dann schob er diesen Gedanken beiseite. Sie würde ihn nur wieder der väterlichen Eifersucht bezichtigen, und Mark gestand sich ein, dass sie meistens damit auch recht hatte.

»Kann man Ihnen irgendwie helfen?«, fragte Doktor Wenger und musterte zuerst Mark und dann die Tür zum Schwesternzimmer.

Verdammt, dachte Mark, ich habe sie offen gelassen. »Ich, äh, bräuchte etwas gegen meine Kopfschmerzen«, sagte er und hatte das Gefühl, dass Wenger verärgert schien. Hatten sich die beiden gestritten? Auch Schwester Beate wirkte ungehalten.

»Gerne«, sagte sie knapp. »Ich bringe Ihnen gleich was.« Sie ging ins Schwesternzimmer und schloss die Tür hinter sich lauter, als es nötig gewesen wäre.

»Danke«, murmelte Mark verdutzt und winkte dem Arzt mit müdem Arm. »Gute Nacht dann. Ich hoffe, Sie haben heute keinen Nachtdienst.«

Doktor Wenger lächelte gequält. »Das war für mich die letzte OP heute«, sagte er, offenbar um einen gelassenen Tonfall bemüht. »Gute Nacht. Versuchen Sie etwas zu schlafen.«

Mark nickte und ging wieder zu seinem Zimmer. Die Kopfschmerzen waren schon fast weg, der Nacken machte auch keine größeren Probleme mehr. Ein wenig Bewegung und Ablenkung, und man fühlte sich gleich viel gesünder. Die Tablette würde er trotzdem nehmen.

Wenig später kam die Schwester ins Zimmer und hatte wieder ihre gewohnt aufgeräumte Miene aufgesetzt. »So«, sagte sie. »Jetzt bekommen Sie etwas gegen ihre Schmerzen.«

»Danke, Schwester ...«

»Beate«, sagte die Schwester. Sie drückte Mark eine Tablette aus der Folie und schenkte ihm eine Tasse Pfefferminztee ein. »Hier. Die nehmen Sie bitte mit ein paar Schlucken Tee. Wirkt in fünf Minuten. Wenn Sie dran glauben, geht es sogar noch schneller.«

Sie lächelte und sah dabei bezaubernd aus.

»Beugen Sie sich mal ein bisschen vor«, sagte sie. »Dann kann ich Ihr Kissen aufschütteln.« Während sie sein Bett zurechtmachte, warf sie einen Blick auf das Schachbrett und lächelte ihn an: »Matt in zwei Zügen.«

»In ... zwei ... Zügen«, stotterte Mark irritiert. »Im Ernst?«

»Sagen Sie bloß, das war nicht geplant!«

»Ich sehe es nicht einmal ...« Mark starrte mit verwirrter Miene auf das Schachbrett, während die Schwester wieder zur Tür ging. »Na, dann sollten Sie mal Ihre Springer etwas im Auge behalten. Und jetzt gute Nacht. Diesmal machen wir die Tür zu, ja?« Sie löschte das Licht und verließ leise das Zimmer. Mark aber saß grübelnd in seinem Bett und sah ihr nachdenklich nach.

9.

»Wir müssen nachher unbedingt noch sprechen. Warte bitte auf mich. Ich komme zu dir ins Büro, wenn ich fertig bin. B.« Doktor Englisch steckte das Handy weg und tat, als sei nichts gewesen. »Dann sollten wir mal zur Spätvisite«, sagte er und setzte sich sogleich in Bewegung, gefolgt von einem jungen Assistenzarzt und einer Schwester, um den Patienten einen Besuch abzustatten. Doch innerlich arbeitete es in ihm. Was war los? Worum ging es? Was gab es so Wichtiges, dass sie ihn so spät noch sprechen wollte?

3. Kapitel

1.

»Hallo Großmama!« Ricarda bemühte sich, besonders fröhlich zu klingen. Sie konnte sich vorstellen, dass ihre Großmutter sich genügend Sorgen machte. Sollte sie wenigstens durch ihre Enkelin ein wenig aufgemuntert werden.

»Guten Tag, mein Kind.« Viola Richter warf einen skeptischen Blick auf den rosaroten VW Golf, der vor dem Haus parkte und dessen Beifahrertür Ricarda mit großer Geste aufhielt. »Werden wir die Fahrt mit dem Ding überleben?«

»Aber klar doch, der Wagen ist wie ein guter Freund«, lachte Ricarda. »Zuverlässig, treu, immer zur Stelle.«

»Deine Freunde kann ich mir lebhaft vorstellen, Kind«, ächzte Viola Richter, als sie sich mühsam in den Wagen zwängte. »Kleiner hätten sie das Ding wohl nicht bauen können?«

Ricarda schlug die Tür zu und ging um das Auto herum. »Also, ich find's süß«, sagte sie, als sie sich neben ihre Großmutter setzte. »Außerdem findet man viel leichter einen Parkplatz in der Stadt.«

Viola Richter sparte sich einen Kommentar. Ricarda hörte sie lediglich etwas Unverständliches murmeln. Als sie im nächsten Moment anfuhr – vielleicht ein bisschen zu sportlich –, sah Ricarda aus den Augenwinkeln, wie ihre Großmutter ein flaches Metallfläschchen aus der Handtasche holte, die Verschlusskappe vollschenkte und diese dann einmal und noch ein zweites Mal hinunterstürzte.

»Großpapa wird bestimmt bald wieder nach Hause können«, sagte Ricarda, um der alten Dame Mut zu machen.

»Dein Wort in Gottes Ohr, Kind.« Viola Richter legte beide Hände vor sich auf das Handschuhfach. Als würde sie Achterbahn fahren, dachte Ricarda. Sie wusste, dass in der harten Schale, die ihre Großmutter so oft zur Schau trug, in Wirklichkeit ein weicher Kern verborgen war. Viola Richter war eine stolze Frau. Sie entstammte einer alten schottischen Adelsfamilie, sie hatte Gin im Blut, wie Großpapa immer sagte. Und das meinte er als Kompliment, weil seine Frau temperamentvoll und immer geradeheraus war.

»Verkaufen sie solche Autos gleich mit Lebensversicherung?«, fragte Viola Richter, und Ricarda musste lachen.

»Solange du noch zum Scherzen aufgelegt bist, kann es so schlimm ja nicht sein, Großmama.«

»Na ja, vielleicht hältst zumindest du dich an die Straßenverkehrsordnung.«

»Du meinst, anders als Papa?«

»Zum Beispiel. Mit deinem Vater fahre ich jedenfalls nicht mehr.«

»Kannst du auch gar nicht«, meinte Ricarda. »Er darf nämlich nicht mehr fahren. Jedenfalls für die nächsten zwei Jahre. Sie haben ihm den Führerschein abgenommen.«

»Endlich«, seufzte Viola Richter. »Das ist einmal eine gute Nachricht, für ihn und für die ganze Stadt. Wenn ich daran denke, wie oft er schon Ärger mit der Polizei hatte. Er kann einfach nicht Auto fahren.«

»Aber Großmama, das liegt doch nicht daran! Das ist nur, weil er keine Regeln akzeptieren kann.«

»Keine Regeln akzeptieren, pah«, machte Viola Richter. »Jeder Mensch kann Regeln akzeptieren. Ich weiß schon, dass es ihm immer schwergefallen ist. Wenn ich nur daran denke, wie schwierig er war, wenn er mal einen Plumpudding essen sollte oder unseren schottischen Weihnachtskuchen ...«

»Großmama! Das kannst du doch nicht vergleichen mit dem Verstoß gegen ein Gesetz!«

»Na, im Kleinen fängt es an ...«

»Nein, Großmama, wirklich, das ist was anderes. Mama hat es mir einmal erklärt.«

Viola Richter blickte erstaunt zu ihrer Enkeltochter hin. Seit Alexandra gestorben war, war es das erste Mal, dass Ricarda ihre Mutter erwähnte. »Sie hat es dir erklärt?«

»Ja. Sie hat es zumindest versucht. Ich meine, damals war es natürlich noch nicht so schlimm. Aber inzwischen ist es nur noch deutlicher geworden.« Ricarda sah sich um und wechselte die Spur. »Es hängt mit seinem früheren Job zusammen.«

»Du meinst, als Anwalt?«

»Nein, in der Politik.«

»Aber da war er doch nur ein ganz kleines Licht.«

»Er war Referent im Wirtschaftsministerium. Ganz klein ist das nicht.« Plötzlich hatte Ricarda das Gefühl, sie müsse ihren Vater gegen seine Mutter in Schutz nehmen. »Und er wusste, was wichtig war und was hätte getan werden müssen. Aber sie haben es nicht getan. Er ist richtig fies ausgebremst worden. Sie haben seine Gesetzesentwürfe umgekrempelt, bis sie nicht mehr wiederzuerkennen waren.«

»Vielleicht waren sie nicht gut?«

»Großmama, sie waren gut! Aber sie haben den machtgeilen Berufspolitikern halt nicht gepasst. Mama hat mir's wörtlich gesagt, was der Senator zu Papa gesagt hat: ›Wir haben Wahlen zu gewinnen, keine Wohltätigkeitsveranstaltungen.‹ Dabei hatte Papa bloß das umgesetzt, was in den Verhandlungen abgemacht worden war.«

Viola Richter legte behutsam eine Hand auf Ricardas Arm. »Deine Mutter war eine gute Ehefrau, mein Kind. Sie wollte halt in deinem Vater nur das Beste sehen. Und vielleicht hatte sie recht. Aber mit seinem Verkehrsrowdytum hat das alles nichts zu tun.«

»Doch. Hat es. Es hat deshalb etwas damit zu tun, weil Papa das Vertrauen in die Gesetze verloren hat. Er hat gesehen, wie Gesetze wirklich gemacht werden – und seitdem will er sich nicht mehr daran halten.«

»Aha«, sagte Viola Richter, und Ricarda hörte genau, dass sie das für eine naive Theorie eines naiven Mädchens hielt. Aber inzwischen waren sie fast bei der Klinik angekommen, es hatte keinen Sinn, die Diskussion fortzusetzen.

Ricarda warf ihrer Großmutter einen Blick zu. »So sehe ich das jedenfalls.«

2.

»Wohin so eilig, Frau Richter?« Doktor Wenger hatte lässig seinen Arm auf der Tür seines Cabrios liegen und lächelte Ricarda über seine Sonnenbrille hinweg an.

»Oh, Doktor Wenger!«, rief Ricarda und blieb stehen. »Ich hätte sie fast nicht erkannt.« Hinter dem Arzt hupte ein anderer Autofahrer.

»Moment«, sagte Wenger, »ich fahre mal rechts ran.« Er rollte vorsichtig über die Bordsteinkante und blieb ein paar Meter weiter stehen. Dann stieg er aus und kam auf

Ricarda zu. Er sah gut aus in seinem lässigen Segler-Outfit. »Sie sehen aus, als ob Sie's eilig hätten«, sagte er. »Darf ich Sie irgendwo hinbringen?«

Ricarda winkte ab. »Nicht nötig. Ich will bloß ein paar Sachen für meinen Großvater besorgen.«

»Verstehe. Und da haben Sie natürlich keine Zeit, sich vorne am Kai mit mir auf eine Tasse Kaffee in die Sonne zu setzen?«

»Soll das eine Einladung sein?«

»Warum nicht?«

»Okay«, sagte Ricarda. »Warum nicht.« Wie sehr es doch einen Menschen veränderte, ob er einen Arztkittel trug oder lockere Freizeitkleidung. Wenger sah auch als Medizinmann gut aus – aber so hatte er das gewisse Etwas, fand Ricarda. »Trotzdem muss ich zuerst noch zwei, drei Besorgungen erledigen.«

»Gut«, sagte Wenger. »Ich parke irgendwo und suche uns einen hübschen Tisch. Und Sie kommen nach, wenn Sie so weit sind? Versprochen?«

»Ja, bis gleich.« Ricarda winkte ihm zu und hastete weiter, diesmal aber sehr viel beschwingter als eben noch. Ein Rendezvous mit Doktor Wenger. Sie musste grinsen. Wenn Großmama das wüsste ...

Kaum zwanzig Minuten später stand Ricarda am Eingang zur Terrasse und hielt Ausschau nach Doktor Wenger. Noch ehe sie ihn entdecken konnte, winkte er ihr zu und erhob sich von seinem Stuhl, um ihr entgegenzukommen. Ein sportlicher Mann, der sich seiner Ausstrahlung wohl bewusst war. »Schön, dass Sie gekommen sind!«

»Dachten Sie, ich versetze Sie?«

Wenger lachte und entblößte zwei makellose Zahnreihen. »Vielleicht«, sagte er und lächelte vieldeutig, während er ihr den Stuhl zurechtrückte, die Einkaufstasche abnahm und auf dem Sockel der Balustrade platzierte. »Bei schönen Frauen weiß man nie!«

»Doktor Wenger! Ich bin nur die Tochter eines Ihrer Patienten.« Sie mahnte ihn scherzhaft mit erhobenem Zeigefinger.

»Steffen, bitte«, erwiderte er. »Den Doktor lege ich ab, wenn ich den Kittel ausziehe. Außerdem ist Ihr Vater ab heute kein Patient mehr, er kann nach Hause.«

Ein Kellner trat an den Tisch.

»Eine Latte macchiato, bitte«, bestellte Ricarda.

»Zwei«, sagte Wenger, ohne den Blick von Ricarda zu lösen.

Ricarda lächelte befangen. »Hatten Sie gerade nichts vor, und sind Sie immer so spontan mit Ihren Einladungen?«, fragte sie, um das Thema zu wechseln.

»Um ganz ehrlich zu sein, ich hatte in der Tat gerade nichts vor. Aber selbst wenn: Sollten wir nicht alle ein wenig spontaner sein?«

Ricarda lachte. »Sie würden sich mit meinem Vater verstehen. Er ist ziemlich spontan – und wahrscheinlich auch sehr unkonventionell.«

»Das müssen Sie mir erklären.«

Der Ober brachte die Bestellung.

»Sie lenken ab, Doktor Wenger.«

»Steffen.« Er hob sein Glas mit dem Milchkaffee und hielt es zu ihr hin.

Ricarda nickte. »Okay. Ricarda.« Sie stießen an und nippten.

»Nun, da gibt es auch nicht viel zu erzählen«, meinte

Wenger. »Ich bin Junggeselle und kann mir regelmäßige Verpflichtungen nicht gut leisten, weil das mein Dienstplan nicht zulässt. Deshalb habe ich dann immer einmal Zeiten des Leerlaufs, in denen ich als einsamer Wolf umherstreife.«

»Ach. Und ich bin die Beute?«

Wenger lachte. »Nein, so habe ich das nicht gemeint!«

Doch Ricarda hatte das ziemlich sichere Gefühl, dass er genau das gemeint hatte.

»Wissen Sie«, sagte Wenger und schob sich wieder seine Sonnenbrille auf die Nase, »was Sie mir gestern erzählt haben, das hat mich beschäftigt.«

»Was ich Ihnen erzählt habe?«

»Ja. Diese Sache mit der Konzeptkunst. Wie kommt man darauf?«

Ricarda lachte. »Vielleicht liegt es daran, dass ich nach meinen verschiedenen Studien etwas gesucht habe, in dem alles enthalten ist: Mathematik, Betriebswirtschaft, Volkswirtschaft, Psychologie, Kunstgeschichte ...«

Wenger lachte auf. »All das haben Sie schon studiert? Respekt!«

»Alles nur angefangen – und wieder aufgehört. Das heißt: Kunstgeschichte studiere ich noch immer. Aber eigentlich hat es mich mehr zur Schauspielerei gezogen.«

»Schauspielerei«, sinnierte Wenger. »Gehört die nicht letztlich zu jedem Beruf irgendwie dazu?«

»Da haben Sie vermutlich recht. Es kommt eben immer auch auf die Präsentation an.«

»Aber sagen Sie, Kunstgeschichte, heißt das, Sie können, sagen wir, einen echten Picasso von einem gefälschten unterscheiden?«

Ricarda nippte an ihrer Latte macchiato. »Einen echten Picasso von einem gefälschten?« Wengers Interesse gefiel ihr. So aufgeweckt hätte ihr Vater mal schauen sollen, wenn sie über ihre beruflichen Absichten sprachen. Aber der hatte meist nur einen schlechten Scherz über ihre wechselnden Studien übrig. »So pauschal kann ich das nicht sagen. Aber im Prinzip: ja. Das sollte möglich sein. Die richtige Literatur vorausgesetzt.«

»Würden Sie sich meinen mal ansehen?«

»Sie haben einen echten Picasso bei sich hängen?«

Wenger machte eine vage Handbewegung. »Sagen wir, ich habe einen Picasso. Ob er echt ist, das könnten vielleicht Sie mir sagen.« Er nahm einen Schluck aus seinem Glas und sah sie von unten herauf mit tiefem Blick an. »Es ist nur eine Lithografie. Etwas aus den Fünfzigern, glaube ich.«

»Großartig!«, rief Ricarda aus. »Die Phase liebe ich besonders! Vermutlich ein Stier, der Europa raubt, oder ein Bild gegen den faschistischen Terror in Spanien ...«

»Eher eine ziemlich unanständige Szene mit einem Liebespaar«, lächelte Wenger schräg.

Ricarda lächelte zurück. »Noch besser«, sagte sie. »Und, wo wohnen Sie?«

Keine halbe Stunde später waren sie bei Wenger zu Hause. Er residierte in einer sehr stilvollen Altbauwohnung in der Anne-Frank-Straße in Blankenese.

»Gar nicht die Wohnung eines Junggesellen«, rutschte es Ricarda raus, als sie das Wohnzimmer betrat.

»Danke«, sagte Wenger. »Das nehme ich als Kompliment.«

»Und das ist der Picasso?« Sie ging auf eine Grafik zu, die etwas verdeckt hinter einer größeren Palme an der Wand hing.

»Äh, nein«, verbesserte Wenger und kam ihr nach. »Das sollte ein Chagall sein.«

»Ja, richtig«, sagte Ricarda und trat näher. »Das ist ein Chagall. Und der ist bestimmt auch echt.« Sie drehte sich um und spielte ihren ganzen Charme aus. »Und falls es keiner ist, dann sieht er jedenfalls so sehr nach Chagall aus, dass sogar Chagall seine Zweifel gehabt hätte.« Ihr Blick streifte durch den Raum. »Und wo ist der Picasso?«

»Der ist, äh, im Schlafzimmer«, sagte Wenger.

»Ach. Im Schlafzimmer?«

»Ja, aber ...«

»Wollen Sie mir das Bild zeigen?«

»Gerne.« Wenger ging voran.

Ricarda folgte ihm, nicht ohne sich noch ein wenig umzusehen. Die Wohnung war geschmackvoll. Man sah, dass Wenger Geld und vor allem Zeit hatte, sich mit schönen Dingen zu umgeben. Auf dem Schreibtisch bemerkte sie verschiedene Fotos, die Wenger mit einer attraktiven Blondine zeigten. Auf dem Nachttisch neben dem Bett stand ein Bild, das Wenger und dieselbe junge Frau zeigte. Offensichtlich waren die beiden ein Paar.

Wenger, der ihre Blicke nicht bemerkt hatte, zeigte auf das Bild, das über dem Bett hing und eine ziemlich derbe Kopulationsszene zeigte. »Und?«, sagte er.

Ricarda seufzte. »Der Chagall war besser.«

3.

»Junge«, seufzte Reinhard Richter, »diese Krankenhausluft bringt mich noch um. Der einzige Trost ist, dass deine Mutter mich hier eher in Frieden lässt als zu Hause.« Für einen Fremden hätte der alte Herr vermutlich ganz normal geklungen. Mark indes hörte sehr deutlich, dass die Zunge seines Vaters schwerer war als sonst und dass er kleine und vor allem unmotivierte Pausen in seiner Rede einlegte. »Weißt du, ich stelle mir vor, dass das hier ein paar Ruhetage in einem Kloster sind. Einige aus der Bank machen das gelegentlich, um sich innerlich ›frei zu machen‹. Sie gehen für eine Woche oder zwei in ein Kloster, zahlen ein Heidengeld dafür und bekommen keine Unterhaltung, nichts zu essen und ein riesiges schlechtes Gewissen.«

»Na, dann geht's dir doch hier vergleichsweise gut. Dir zahlt die Krankenversicherung den Aufenthalt, du bekommst ständig Besuch, kannst fernsehen, das Essen wird dir sogar ans Bett gebracht – und du brauchst auch kein schlechtes Gewissen zu haben.«

»Unsinn, Junge. Das ist das Schlimmste dabei: Natürlich habe ich ein schlechtes Gewissen. Was vertue ich hier meine Zeit, statt etwas zu unternehmen. Ich sollte arbeiten. Ich sollte Termine wahrnehmen, sollte Geschäftsabschlüsse vorbereiten, unsere Bank auf dem Kongress in Sankt Petersburg nächste Woche vertreten ...«

»Um Himmels willen, Papa!«, entfuhr es Mark. »Wie kommst du darauf, dass irgendjemand von dir erwartet, dass du das alles machst – in deinem Zustand.«

»*Ich* erwarte es von mir, Junge. Und das reicht völlig aus. Im Übrigen ist mein Zustand der allerbeste. Ich bin nicht einmal sicher, ob die sich hier nicht täuschen und sich meinen sogenannten Schlaganfall nur einbilden. Wenn der alte Paduani noch hier wäre, hätte ich mehr Vertrauen.«

»Der alte Paduani?«

»Ja, Professor Paduani, der Chefarzt. Ich kannte ihn ganz gut vom Club. Er ist doch auch ein Alsterianer. Das heißt: Er *war* einer.«

»Er war Mitglied in der Alstergesellschaft?«

»Länger als ich, Junge. Und das will was heißen! Und dann hat ihn vor einem halben Jahr der Krebs hingerafft. Scheußlich, das. Und so ungerecht. Paduani hat nicht geraucht, höchstens mal eine Zigarre nach dem Essen, er hat nicht getrunken oder jedenfalls wenig. Er hat sogar Sport gemacht. Wir haben ihn immer ausgelacht deshalb und ihn aufgezogen, dass er auf das ewige Leben spekuliert. Und dann kriegt er plötzlich Krebs und liegt ein paar Monate später unter der Erde.« Reinhard Richter atmete schwer. Die lange Rede hatte ihn sichtlich angestrengt. Als er aber Marks mitleidvollen Blick sah, drückte er den Rücken durch und schaute mit blitzenden Augen zurück. »Es geht mir gut, Junge«, sagte er und nahm demonstrativ die Zeitung vom Nachttisch.

Mark ging nicht darauf ein. »Ich hatte schon gehört, dass der Chefarzt gestorben ist«, sagte er stattdessen. »Sie haben noch keinen neuen.«

»Wird auch nicht so leicht sein, einen zu finden.«

»Wieso? Das ist doch hier sicher ein begehrter Posten.«

Reinhard Richter lachte müde, während sein Blick über die Börsenmeldungen glitt. »Da liegt manches im Argen, Junge. Dem Paduani hat der Posten jedenfalls in der letzten Zeit nicht mehr viel Freude bereitet. Der hat schon länger von der Pension geredet. Tja, und jetzt kann er sie nicht mehr genießen.«

Das Telefon klingelte. »Richter«, meldete sich der alte Herr. »Ja, grüße Sie. – Die finden Sie bei den Unterlagen über die Fusion Wackermann. Aber geben sie Acht, dass Sie nichts durcheinanderbringen. – Nein, das hat die paar Tage Zeit. Lassen Sie alles genau da, wo es ist. – Das soll Lindenmeyer mit Staufer besprechen. Aber er soll aufpassen, dass Staufer nicht wieder die Stoppuhr mitlaufen lässt. Wir haben eine Pauschale vereinbart. – Gut. Tun Sie das. – Ja, machen Sie einen Termin. Lindenmeyer und Berksch von unserer Seite. – Nein, ich muss da nicht dabei sein. Das ist nur ein Vorgespräch. Was wir jetzt brauchen, ist ein Angebot, das wir ablehnen können. – Richtig. – Bald. Schneller, als Sie denken.« Er legte auf und lehnte sich in sein Kissen zurück. »Wird Zeit, dass ich wieder rauskomme, mein Junge«, sagte er und rollte die Augen.

Mark sah seinen alten Herrn besorgt an.

4.

Es war früh am Abend. Ricarda räkelte sich auf dem Sofa. Das Buch hatte sie zur Seite gelegt, im Fernsehen lief nur Mist, und Hunger hatte sie außerdem. Sie rief bei einer Freundin an, aber es antwortete nur der AB. Entweder sie war außer Haus, oder sie hatte ihren Freund da. Ricardas letzter Freund lag mindestens fünf Wochen zurück, und sie waren nicht mal so weit gekommen, dass sie ihn ihrem Vater vorgestellt hätte. Allerdings war das sowieso etwas,

was sie in zunehmendem Maße ungern machte. Mark war ein ziemlich peinlicher Vater. Er verschreckte ihre Freunde mit Indiskretionen und nervte hinterher mit seinen süffisanten Bemerkungen.

Sie musste an Steffen Wenger denken. Er sah gut aus, er führte ein Leben, das man sich gefallen lassen könnte, er war charmant und intelligent – aber er schien nicht ganz frei zu sein.

»Deine Freundin?«, hatte sie ihn gefragt, als sie aus dem Schlafzimmer gingen.

»Hm?«

»Auf dem Nachttisch.«

»Oh. Nein. Wir waren mal zusammen. Ist längst vorbei.«

Ricarda hatte nicht mehr nachgebohrt. Aber sie kannte das von sich. »Längst vorbei.« Aber das Foto auf dem Nachttisch hieß: Ich liebe ihn immer noch, ich wünschte, wir wären noch zusammen.

Sie schlüpfte in ihren Jogginganzug und verließ die Wohnung. Sie musste sich bewegen, musste sich verausgaben, dann etwas in den Bauch bekommen, und später am Abend wollte sie noch irgendwo ein Glas trinken, dann würde sie schlafen wie ein Murmeltier.

Die Straße war nass, am Nachmittag war leichter Regen gefallen. Hinter einigen Fenstern brannte bereits Licht. Ricarda lief langsam an den Fassaden der Häuser entlang und schaute in die Wohnzimmer und Kinderzimmer, in die Küchen und Hausflure. Wie Puppenstuben, dachte sie. Plötzlich überfiel sie ein Gefühl der Einsamkeit.

Wie zufällig stand sie plötzlich vor einem McDonald's und kramte in den Taschen nach Geld. Zwei Euro fand sie.

Das war nicht viel, aber um den ärgsten Hunger zu stillen, würde es ausreichen. Sie trat in das menschenleere Fast-Food-Restaurant, bestellte sich zwei kleine Burger und setzte sich in eine Ecke, von der aus man die Mitarbeiter beim Arbeiten beobachten konnte.

Sie seufzte: Steffen hatte sein Herz noch an eine andere vergeben – und jetzt fiel ihr auch ein, wo sie die junge Frau bereits gesehen hatte. Nein, sie würde sich nicht in diese Beziehung drängen, auch wenn sie faktisch nicht mehr bestand. Das war nicht ihr Stil.

5.

Mark fühlte einen leichten Schwindel. Dennoch ging es ihm nach der Dusche besser. Frisch gewaschen, rasiert und nach Aftershave duftend angelte er nach seinem Morgenmantel, als plötzlich eine Schwester in der Tür stand.

»Kann ich Ihnen helfen?«, fragte die etwas pummelige junge Frau und lächelte freundlich, während sie unbekümmert seinen nackten Körper betrachtete.

Peinlich berührt zog sich Mark den Morgenmantel über, trat aus dem Badezimmer und ging zum Bett hinüber, wo die Schwester das Abendessen hingestellt hatte. Mark blickte zur Uhr. »Jetzt schon das Abendessen?«, fragte er etwas verwirrt.

»Es ist fast halb fünf.«

»Eben.«

Die Schwester schüttelte den Kopf, während sie den Deckel vom Teller nahm und die Thermoskanne schwenkte, ob noch Tee darin war.

»Ist Schwester Beate heute nicht da?«

Die Schwester hob die Augenbrauen. Mark ahnte, was sie dachte: Es wäre dir wohl lieber gewesen, *sie* hätte dich aus der Dusche steigen sehen. Doch sie lächelte nur unverbindlich und meinte: »Die hat heute Spätschicht.«

»Ah. Ich dachte, das sei schon die Spätschicht.«

»Spätschicht ist von halb fünf bis halb zwölf«, klärte die Schwester ihn auf.

»Dann kommt Schwester Beate ja gleich ...«

Die Schwester konnte es sich nun doch nicht verkneifen: »Hat sie Ihr Herz schon erobert?«

Mark setzte sich vorsichtig aufs Bett. »Na hören Sie mal, Schwester ...«, er blickte auf ihr Namensschild: »... Gudrun. Wo denken Sie hin? Ich möchte Schwester Beate gerne etwas zu meinem Schachspiel fragen.« Er deutete hinüber zu dem Spielbrett mit den unveränderten Figuren, das er inzwischen auf den Tisch neben dem Fenster gestellt hatte.

Schwester Gudrun lachte hell auf. »Ach so! Das hätte ich mir denken sollen, dass Sie mit Schwester Beate über Schach sprechen möchten.« Sie zwinkerte ihm zu. »Gute Masche. Das muss ich unserem Stationsarzt sagen.« Sie wandte sich zum Gehen. Doch dann hielt sie noch einmal inne und sagte mit verschwörerischem Unterton: »Ich sage ihr gleich Bescheid, wenn ich sie sehe ...«

Mark erwiderte nichts. Als sich die Tür hinter der Schwester schloss, vermeinte er noch zu hören, wie sie mit halb amüsierter, halb pikierter Stimme sagte: »Männer.«

Mark stocherte lustlos mit der Gabel in dem vermeintlichen Waldorfsalat, den er zwar bestellt hatte, aber nun eigentlich nicht mehr wollte. Er überlegte, ob er sich etwas vom Chinesen kommen lassen sollte, doch auch dazu fehlte ihm der Appetit. So war sein Teller beinahe unberührt, als Schwester Gudrun wieder auftauchte, um das Tablett abzuräumen.

»Keinen Hunger gehabt?«, fragte sie und warf ihm einen prüfenden Blick zu.

Mark seufzte. »Ist heute nicht mein Tag.«

»Verstehe.« Ohne noch etwas zu sagen, nahm die etwas pummelige Frau die Sachen mit. Sie war schon wieder an der Tür, da fiel Mark noch etwas ein:

»Sagen Sie, Schwester Gudrun, was haben Sie damit gemeint?«

»Womit?«

»Mit Ihrer Bemerkung, dass Sie das dem Stationsarzt sagen müssten.« Und auf ihren etwas ratlosen Blick hin ergänzte er: »Das mit dem Schachspiel.«

Schwester Gudrun kam noch einmal zum Bett. »Ach, nur dummes Gerede, tut mir leid.« Sie wirkte wie ertappt. »Schwester Beate ist schon in Ordnung. Sie ist nicht so eine, die mit jedem rummacht ...«

»Der Stationsarzt«, forschte Mark weiter, »das ist doch Doktor Wenger, nicht wahr?«

Schwester Gudrun sah sich vorsichtig um und beugte sich dann leicht vor: »Er hatte mal was mit ihr. Aber das ist vorbei. Jedenfalls wenn man Beate fragt. Die ist doch jetzt mit ...« Sie brach ab. »Also, wie gesagt, das war nur dummes Gerede von mir. Vergessen Sie's einfach.« Ihr Blick hatte etwas Bittendes.

»Klar«, sagte Mark. »Ich denk schon nicht mehr dran.« Er lächelte ihr aufmunternd zu, und sie beeilte sich, aus dem Zimmer zu kommen. Doch in Wirklichkeit hatte es begonnen, in Mark zu arbeiten. *Jedenfalls wenn man Beate fragt,* dachte er: Was sollte das nur heißen?

6.

In der Stille der Nacht registrierte Mark jedes Geräusch wie einen kleinen Nadelstich in seinem malträtierten Kopf. Die Nacht war erstaunlich warm, ja beinahe schwül. Er schlug die Bettdecke zurück und sah auf. Im Zimmer war es still, er war allein. Gerädert von den schlaflosen Stunden, die er grübelnd zugebracht hatte, richtete er sich auf und musste erst einmal an der Kante seines Krankenbetts sitzen bleiben und warten, bis der Schwindel nachließ. Sein Kopf hämmerte, wie jedes Mal, wenn er seine Lage veränderte. Er tastete mit den Füßen nach den Hausschuhen und griff sich den Morgenmantel, der über dem Fußteil des Bettes lag.

Mark stand auf und trat auf den Flur. Hier war es kühler. Der Geruch von Reinigungsmittel stach ihm in die Nase. Am Ende des Gangs sah er eine Putzfrau den Boden wischen. So spät, dachte er. Doch das war vermutlich, um der Hektik zu entgehen, die tagsüber in der Klinik herrschte. Was für ein trister Job. Schlecht bezahlt, Nachtarbeit und dann auch noch Putzen. Die Putzfrau schien fertig zu sein. Sie zog den Stecker ihrer Bodenreinigungsmaschine, rollte das Kabel auf und schob das Gerät dann über den Flur. »Guten Abend«, grüßte Mark, als sie an ihm vorbeikam.

»Guten Abend«, antwortete die Frau mit breitem Akzent und lächelte ihn freundlich an.

Sie musste irgendwo aus Osteuropa kommen. Mark sah ihr noch einen Augenblick nach, dann ging er wieder in sein Zimmer zurück. Er würde das Fenster öffnen, um ein wenig frische Luft zu bekommen.

Draußen klappte eine Autotür – ein weiterer Nadelstich irgendwo hinter dem rechten Ohr. Mark musste über sich selbst lächeln: eine kleine Gehirnerschütterung, aber Symptome wie Ludwig XVI. im Angesicht der Guillotine. Wie krank man sich nach nur anderthalb Tagen Krankenhaus fühlte!

Im Hof standen zwei Männer an einem Wagen, einer von ihnen musste ein Arzt sein. Er hatte die Hände in den Taschen seines weißen Kittels. Mark trat näher ans Fenster. Aber er konnte nicht erkennen, wer es war. Der andere Mann hielt ihm die Hand hin, wollte ihm etwas geben – nein: Er nahm etwas entgegen, was der Arzt aus seiner Tasche gezogen hatte. Wie im Film sahen sich die beiden um, zwei Ganoven, die sichergehen wollten, dass sie nicht beobachtet wurden. Wieder musste Mark lächeln. Was für eine wunderbare Szene. Würde man sie erfinden, keiner würde sie glauben.

Der andere Mann schien sich eine Mütze überzuziehen, setzte sich wieder in seinen Wagen, schlug die Tür zu. Seltsam, dachte Mark, er setzt die Mütze auf, wenn er einsteigt, nicht wenn er aussteigt. Der Motor des Wagens sprang an. Es war ein satter Klang, Mark kannte ihn vom Mercedes seines Vaters. Dann leuchteten die Scheinwerfer auf, es war tatsächlich ein Mercedes. Der Arzt trat zwar einen Schritt zurück, wartete aber, als wollte er sichergehen, dass der nächtliche Besucher tatsächlich wieder vom Hof fuhr, dann drehte er sich um und ging eilig auf das Haus zu.

Alle möglichen Ideen spukten plötzlich in Marks Kopf umher. Ein konspiratives Treffen? Ein Tipp unter Gaunern? Die Übergabe von Diebesgut? Von Lösegeld?

»Ach«, seufzte er, »zu viel Umgang mit zwielichtigen Gestalten verdirbt wirklich die Fantasie.« Vielleicht hatte der Mann ein Medikament gebraucht. Vielleicht war es etwas Privates.

Mark blieb noch eine Weile am Fenster stehen. Wenig später verließ eine Frau das Krankenhaus und ging mit schnellen Schritten über den Parkplatz. Als sie unter einer Laterne vorbeikam, leuchtete ihr Haar so hellblond auf, dass Mark sich sicher war, dass es Schwester Beate war. Er lächelte. Er mochte ihre schnippische Art. Sie war gegen sechs zu ihm ins Zimmer gekommen, und sie hatten sich tatsächlich über Schach unterhalten. Aber sehr scherzhaft und flapsig, Schwester Beate war nicht auf den Mund gefallen.

Mark blickte zur Uhr. Ihre Schicht musste vorüber sein, es war bereits halb zwölf. Wahrscheinlich würde sie nun auch noch mit der U-Bahn nach Hause fahren, während die Ärzte in ihren bequemen Wagen über die Straßen glitten, um so schnell wie möglich an ihr Ziel zu kommen. Plötzlich machte Mark sich Sorgen. Eine Frau so spät allein – und dazu eine so attraktive Frau ...

Seufzend ließ er sich wieder aufs Bett sinken. »Ich sehe wirklich überall Gespenster.«

4. Kapitel

1.

»Paps«, sagte Ricarda, während sie achtlos seine Sachen in die Reisetasche stopfte, »ich finde, es wird Zeit, dass du mir ein Gehalt als Chauffeurin zahlst. Ich bin inzwischen so gut wie hauptberuflich dein Shuttle. Knast – Wohnung – Knast – Klinik ...«

»Ich habe nie gesagt, dass du mich vom Knast abholen sollst«, erinnerte Mark sie und strich sich noch einmal über das widerspenstige Haar. Er hätte doch duschen sollen. Aber lieber ein schönes Bad in den eigenen vier Wänden, ohne dass jeden Augenblick eine Krankenschwester hereinplatzt oder – noch schlimmer – die lieben Verwandten.

»Ich möchte noch schnell zu Opa«, sagte Ricarda und zog energisch den Reißverschluss zu.

»Das trifft sich. Da will ich auch noch mal hin – du kannst also gerne meine Tasche tragen.«

»Deine Tasche tragen? Sag mal, wollest du nicht ein Gentleman sein?«

Mark sah sie mit einem spöttischen Blick an. »Ein Gentleman? Immer gerne. Aber du bist meine Tochter, da muss ich doch kein Gentleman sein, oder?«

Ricarda imitierte seinen Blick und wackelte leicht mit dem Kopf. »Ein wahrer Gentleman fragt nicht, wer die Dame ist ...«

»Touché, Madame«, entgegnete Mark und nahm ihr die Tasche aus der Hand. »Sie haben recht. Und außerdem will ich mich nicht fühlen wie ein Invalide, bloß weil ich auf den Kopf gefallen bin.« Er warf noch einmal einen Blick ins Zimmer. »Okay«, sagte er, »ich glaube, wir haben alles. Also dann: Auf zu meinem alten Herrn.«

Doch so munter, wie er sich gab, fühlte er sich ganz und gar nicht. Als sie vor die Tür traten, musste er sich einen Moment gegen die Wand lehnen. Ricarda nahm ihm die Tasche wieder ab und hakte ihn unter.

»Komm schon, mein alter Herr«, sagte sie gutmütig. »Ich weiß ja, dass du ein Gentleman bist. Du musst nicht auch noch ein Held sein. Diesmal trage ich die Tasche – dafür fährst du das nächste Mal mit dem Bus vom Knast nach Hause.«

Dann schob seine Tochter ihn sanft in Richtung Intensivstation.

Reinhard Richter war der Typ Mann, der für Wehleidigkeiten nicht viel übrig hatte. Sein Leben bestand aus Disziplin und Verantwortung, und manchmal hatte Mark den Eindruck, sein Vater habe geradezu Spaß an der Disziplin. Vielleicht bescherte ihm die Strenge und die Strebsamkeit einen ähnlichen Endorphinschub wie manchem Sportler die körperliche Verausgabung. Doch heute wirkte der alte Herr ungewöhnlich zerbrechlich. Seine vornehme Nase ragte weit aus dem blassen Gesicht, die Augen waren von Schatten umrandet, und eine seiner Hände zitterte. Mark überkam ein Schauder, als er an sein Bett trat. Sein Vater schien über Nacht alt geworden zu sein. Das war nicht der starke Banker, der alles unter Kontrolle hatte, der Mann, der auch im gehobenen Alter noch die Fäden zog und nach dessen Pfeife ganze Hundertschaften von Mitarbeitern und Geschäftspartnern tanzten.

»Hallo Vater«, sagte er und legte ihm eine Hand auf die Schulter.

»Mark. Du bist wieder in Ordnung? Du kannst schon raus?«

Mark nickte. »Ja. Ich gehe schon mal vor.« Das Lächeln fiel ihm schwer. Gestern hatte er noch den Eindruck gehabt, als hätte der Schlaganfall seinem alten Herrn kaum etwas ausgemacht. Heute sah die Welt anders aus. Düsterer.

»Du könntest nicht einen oder zwei Termine für mich wahrnehmen?«

»Mein Gott, Vater, du denkst doch nicht schon wieder ans Geschäft!«

»Weshalb? Natürlich denke ich ans Geschäft. Ich habe meine Arbeit zu tun – und ich werde mich nicht von einem vorübergehenden Unwohlsein davon abhalten lassen.« Er atmete tief durch. »Jedenfalls nicht, wenn du mich unterstützt«, fügte er leise hinzu.

»Schon in Ordnung, Vater«, erwiderte Mark. »Ich springe gerne ein. Ich weiß bloß nicht, ob das deine Banker gerne sehen ...«

»Es sind keine Termine für die Firma. Das regeln wir schon intern.« Er gab Mark einige Anweisungen, seinen Schriftverkehr zu erledigen, und bat ihn, den Schlüssel zum Sekretär im heimischen Arbeitszimmer aus seinem Jackett zu nehmen.

Mark nahm den Schlüssel an sich, beugte sich über seinen Vater und umarmte ihn etwas linkisch. Dann zog er sich zurück und Ricarda trat mit verheulten Augen ans Bett.

»Was ist denn mit dir los, Kind?«, fragte Reinhard Richter, und Mark schien es, als käme ein wenig Farbe in das alte Gesicht zurück. »Liebeskummer?«

»Ach, Großvater«, seufzte Ricarda und setzte sich neben ihn. »Entschuldige. Ich will dir nichts vorheulen. Aber irgendwie ... ich kann nicht anders!« Sie musste schluchzen, und Reinhard Richter nahm die Hand seiner Enkeltochter und drückte sie.

»Das kommt schon wieder in Ordnung, Liebes«, sagte er. »Für einen alten Haudegen wie mich braucht es schon härtere Attacken.« Er strich ihr übers Haar. »Aber du könntest mir einen Gefallen tun.«

»Klar!«, rief Ricarda aus, offensichtlich froh, dass sie sich nützlich machen konnte. »Was soll ich tun?«

»Ich komme mir hier vor wie auf einem fremden Planeten. Ohne meine Zeitungen fühle ich mich wie ein Autist. Die haben unten am Kiosk nur Zeitungen für Schöngeister und Grenzdebile. Sei so gut und besorge mir die Financial Times, das Wall Street Journal ...« – er überlegte kurz, befand offenbar, dass er genügend Zeit hatte, und fügte hinzu: »... und den Economist. Damit ich endlich wieder weiß, was auf der Welt gespielt wird.«

»Wird sofort erledigt!«

»In meiner Jacke müsste auch meine Geldbörse sein ...«

»Kommt ja gar nicht infrage!«, widersprach Ricarda und warf ihr Haar energisch über die Schulter. »Die spendier ich dir.«

Ricarda huschte aus der Tür, und Mark sah seinen Vater überrascht an. »Habe ich dich nicht erst gestern den Kursteil einer Zeitung lesen sehen?«

»Doch, doch, ich habe mit der Schwester hier ein Abkommen, wonach sie mir gegen einen kleinen Obolus die wichtigsten Zeitungen mitbringt – allerdings war sie heute noch nicht da.« Er blickte Mark ernsthaft an. »Ich wollte unsere Ricarda nur kurz loswerden, um mit dir noch etwas zu besprechen.«

»Ich bin ganz Ohr«, sagte Mark und setzte sich an das Bett seines Vaters.

»Die Sache ist die«, fing Reinhard Richter an. »Es gibt in meinem Sekretär ein paar Unterlagen, die deine Mutter nicht unbedingt zu Gesicht bekommen muss.«

Mark lauschte gespannt. Sein Vater hatte Geheimnisse vor seiner Frau? Eigentlich überraschte Mark das nicht sehr. Seine Mutter war eine so anstrengende und dominante Persönlichkeit, und er konnte jeden verstehen, der unnötige Diskussionen mit ihr vermied. Er lächelte seinem Vater aufmunternd zu.

»Was ist es? Soll ich ihr das Testament vorenthalten, in dem du sie enterbt hast?«, fragte er scherzhaft. »Oder ist es die Geburtsurkunde deiner unehelichen Tochter in Montevideo?«

»In Mailand«, sagte Reinhard Richter leise und verblüffte seinen Sohn damit so sichtlich, dass der alte Herr lachen musste. »Kleiner Scherz am Rande«, sagte er. »Es geht um einige nicht ganz undelikate Immobilienspekulationen aus der jüngeren Zeit. Ich möchte nicht, dass deine Mutter sich Sorgen macht. Ich habe einige unserer Häuser und Wohnungen beliehen, um unsere Anteile bei der letzten Kapitalerhöhung der Bank nicht zu verwässern. Wenn du verstehst, was ich meine.«

»Ehrlich gesagt ...«

»Egal«, wischte Reinhard Richter den Einwurf mit einer energischen Handbewegung weg. »Es sieht so aus, als wären wir über beide Ohren verschuldet. Das sind wir aber nur auf dem Papier. Deine Mutter wird an die Decke gehen, wenn sie es mitbekommt – weil sie es einfach nicht versteht.« Er sah seinem Sohn in dessen ausdrucksloses Gesicht und seufzte. »Es scheint wohl in der Familie zu liegen.« Er lächelte verbindlich. »Also tu mir den Gefallen und nimm die Sachen raus und lege sie in deinen Banksafe, ehe Viola auf die Idee kommt, aus reiner Langeweile in meinen Unterlagen zu stöbern.«

Mark nickte. »Das kann ich gerne machen. Das heißt: Einen Banksafe habe ich nicht.«

»Du hast keinen Safe?« Reinhard Richter konnte es nicht fassen. Der Sohn eines angesehenen Bankiers, ein studierter Rechtsanwalt, wenn auch ohne Zulassung, und ehemaliger Referent des Hamburger Wirtschaftsse- nators verfügte nicht über einen eigenen Safe? Er griff zum Telefon, wählte mit leicht zitternder Hand eine Nummer, lauschte und führte dann ein kurzes Gespräch: »Friedemann? – Ja, Richter hier. – Seien Sie so gut und bereiten Sie einen Safe vor. Er ist für meinen Sohn. Er wird in zwanzig Minuten ...« Reinhard Richter blickte zu seinem Sohn. »In dreißig Minuten bei Ihnen sein«, ver- besserte er. »Sorgen sie dafür, dass er nur rasch abzeich- nen muss, und geben Sie ihm einen von den größeren bit- te. – Ja. – Danke.« Er legte auf. »So«, sagte er. »Jetzt hast du einen.«

2.

»Stehst du auf dem Klinikparkplatz?«, fragte Mark, als sie aus dem Aufzug traten.

»Klar.« Ricarda ging mit schnellen Schritten zum Empfang, um ihren Vater abzumelden. »Herr Doktor Wenger war so nett, mir eine Parkgenehmigung zu geben.«

»Herr Doktor Wenger. So, so«, sagte Mark und wusste nicht, ob er darüber lächeln oder die Stirn runzeln sollte. »Du scheinst dich gut mit ihm zu verstehen.«

»Auffällig oft? Spionierst du mir nach?« Ricarda warf einen Blick auf die Rechnung, die ihr die Empfangsdame über die Theke gereicht hatte.

Als Mark sie so betrachtete, wurde ihm wieder einmal klar, wie stolz er auf seine hübsche Tochter war. Er entschloss sich nun doch, zu lächeln. »Klar«, sagte er. »Ich habe die größte Detektei am Ort auf dich angesetzt. Die verfolgen dich rund um die Uhr. Die kennen deine Schuhgröße, deinen IQ und dein Lieblingsfernsehprogramm.«

»Dann wissen die mehr als ich«, sagte Ricarda und lächelte säuerlich. Sie nahm einen Geldschein aus dem Portemonnaie und schob ihn über die Theke. »Stimmt so«, beschied sie die Empfangsdame knapp und schnappte sich dann wieder die Tasche, die sie auf dem Boden abgestellt hatte, während sie mit der anderen Hand Mark unterhakte und nach draußen schob.

Kühle Luft schlug ihnen entgegen. Mark atmete tief durch. »Ah«, seufzte er, »das ist doch was Feines, wieder in Freiheit zu sein.«

»Gehst du deshalb immer wieder in den Knast«, stichelte Ricarda, nahm ihre Sonnenbrille aus dem Haar und setzte sie auf, »damit du immer wieder dieses Gefühl genießen kannst?«

»Vielleicht.« Mark lächelte ihr aufmunternd zu. »Jedenfalls wird sich deine Großmutter freuen, dass du so intim mit medizinischen Koryphäen verkehrst – um wieder zum Thema zurückzukommen.«

Ricarda blieb stehen und funkelte Mark an. »Erstens«, blaffte sie ihn an, »verkehre ich nicht mit ihm. Zweitens ist er keine medizinische Koryphäe. Und drittens geht das Großmama rein gar nichts an, und je mehr ich darüber nachdenke, auch dich nicht! Erzähl ihr bloß nichts davon. Ich sehe sie schon Steffen einladen ...«

»Steffen?«

»Herrn Doktor Wenger.«

»Ach so«, grinste Mark und schlenderte zu Ricardas Auto hin, das sich in seiner Schlichtheit, verbunden mit der netzhautfolternden Farbe, bizarr von den übrigen auf dem Klinikparkplatz befindlichen Wagen abhob. Neben Ricardas Kleinwagen parkte ein schöner, wenn auch nicht mehr ganz neuer Mercedes S-Klasse, ein dunkelblauer, edler Wagen mit Hamburger Kennzeichen.

»Könnte Opas Auto sein«, sagte Ricarda, die Marks Blick sah.

»Ja«, entgegnete er. »Nur dass der mit so einer Beule nicht rumfahren würde.« Mark zeigte auf den vorderen rechten Kotflügel, der erkennbar eingedellt war.

»Wohl nicht«, sagte Ricarda, sperrte ihren Golf auf und warf Marks Tasche auf den Rücksitz. »Können wir?«

»Jederzeit.«

Als sie am Pförtnerhäuschen vorbeikamen, bog ein dunkelblauer VW um die Ecke, dessen kurzes Kennzeichen Mark wohlbekannt war. »Die Freunde von der Exekutive«, murmelte er.

»Wie?«, fragte Ricarda verwirrt, während sie sich in den Verkehr einfädelte und Richtung Teufelsbrück fuhr.

»Polizei«, sagte Mark. »Die Jungs haben mich auch schon in den Knast gebracht. Etwas einfältig, aber ganz nett.«

»Na, deine Erfahrung muss man erst einmal haben«, lachte Ricarda.

»Sag mal«, wechselte Mark das Thema. »Willst du mir nicht ein bisschen von deinem Doktor Wenger erzählen?«

»Von deinem Doktor Wenger«, äffte Ricarda ihn nach. »Wir haben uns zweimal getroffen, Paps, das ist alles, was soll ich dir da schon groß erzählen.«

»Na, wie er so ist und so ...«

»Und so. So, so.« Ricarda schürzte genüsslich die Lippen. »Interessiert dich das wirklich?«

»Ich habe mich immer für deine Freunde interessiert.«

»Ja, wie ein Scharfrichter für sein Opfer.«

»Da war Paul, der die Vogelspinne in seinem Zimmer hielt«, fing Mark an aufzuzählen. »Dann Jens, der noch eine andere Freundin gleichzeitig hatte ...«

»Das war keine echte Freundin ...«, fiel Ricarda ihrem Vater ins Wort.

»Stimmt. Eigentlich war das nur so eine Art Nebengeliebte.« Ricarda wollte etwas sagen, doch Mark legte schnell nach: »Und dann kann ich mich noch ganz gut an Bernd erinnern, bei dem ich mal auf den Gerichtsvollzieher gestoßen bin, als ich dich abholen wollte.«

»Na, da kannst du ja mit Steffen ganz beruhigt sein«, nahm Ricarda den Faden auf. »Der hält keine Haustiere, weil er das als Arzt gar nicht kann, der hat keine zweite Freundin – und eine gute Partie ist er außerdem.«

»Wie Mama sagen würde.«

»Stimmt. Wie Großmama sagen würde.« Beide lachten.

Und doch war da etwas, das Mark Sorgen machte. Er

hätte nicht zu sagen vermocht, warum, aber er hatte das sichere Gefühl, dass Doktor Steffen Wenger nicht der richtige Mann für seine Tochter war.

Der Weg führte sie vorbei an einem Park, und als sie an einer nahe gelegenen Bushaltestelle stehen bleiben mussten, weil der Bus gerade Fahrgäste aussteigen ließ, da war es Mark für einen Augenblick, als sähe er Schwester Beate – doch dann war es nur eine Frau mit ähnlich leuchtend blondem Haar, die sich durch den Park entfernte.

3.

Zwei Beamte der Hamburger Kriminalpolizei betraten die Feilhauer-Klinik und informierten sich am Empfang nach Dr. med. Friedemann Englisch, um sich sogleich auf den Weg in die zweite Etage zu machen. Die Empfangsdame kündigte die Herren unterdessen telefonisch oben an, obwohl die nicht darum gebeten hatten. Es kam nicht häufig vor, dass Kriminalbeamte sich in die Klinik verirrten, eigentlich war es überhaupt erst zum zweiten Mal der Fall. Schwester Gudrun war deshalb ziemlich aufgeregt, als sie davon hörte. Ob man doch noch Nachforschungen in dem Unglücksfall von vor ein paar Jahren anstellte? Aber das war doch zunehmend aussichtslos. Inzwischen war noch der Chefarzt Doktor Paduani gestorben, die Klinikleitung war also vakant. Und bei Englisch waren sie nun garantiert an der falschen Adresse. Schwester Gudrun überlegte, ob sie nicht einen Grund haben könnte, Englisch ausgerechnet jetzt dringend sprechen zu wollen. Doch es fiel ihr keiner ein.

Die beiden Herren hielten kurz vor der Tür zu Englischs Büro, dann klopfte einer von ihnen an. Auf ein kurzes »Ja bitte?« traten sie ein.

»Herr Doktor Englisch?«

»Ja? Was kann ich für Sie tun?«

»Wir hätten da ein paar Fragen an Sie, wenn Sie erlauben.« Einer der Polizisten in Zivil zückte seine Polizeimarke und hielt sie kurz unter Englischs Nase.

»Jederzeit gerne«, sagte der. »Wenn Sie sich setzen wollen ...«

»Danke.« Einer der Männer setzte sich. »Es geht um Ihren Wagen.«

»Ah. Was ist damit?« Englisch wirkte verwirrt. Die Männer musterten ihn unverhohlen.

»Ist er gestohlen worden?«, fragte Englisch.

»Nein, nein«, erwiderte der ältere der beiden Polizisten. »Aber wir fürchten, er könnte in einen Unfall verwickelt gewesen sein.«

»Ah!« Jetzt ging Englisch ein Licht auf. »Es geht um die Beule! Ja, wahnsinnig ärgerlich.« Er stutzte einen Augenblick. »Aber ich habe die Sache doch noch gar nicht gemeldet.«

Die beiden Männer schwiegen und sahen Englisch lange an, der sich zunehmend seltsam fühlte. »Tja, äh ...«

Da griff einer der Polizisten in die Innentasche seiner Jacke und holte einen Umschlag heraus. Mit sachter Hand entnahm er dem Umschlag ein Foto und legte es vor Englisch auf den Schreibtisch. »Kennen Sie diese Frau?«

4.

Ricarda stürzte voller jugendlichem Elan ins Zimmer. »Hallo, Großmama!«, rief sie und versuchte, besonders aufgeräumt und fröhlich zu wirken. Viola Richter saß an ihrem Lieblingsplatz am Fenster, hielt ein Glas in der Hand und schaute hinaus, wo sich die Bäume im Wind wiegten.

»Guten Tag, Ricarda«, sagte sie, ohne ihre Enkeltochter anzusehen. »Was führt dich zu mir? Brauchst du Geld?«

Ricarda blieb stehen. Viola Richter hatte sie schon öfter mit sehr nüchternen Worten begrüßt. Doch diesmal traf es sie wirklich.

»Ich wollte nach dir sehen, Großmama«, sagte sie und konnte die Enttäuschung in ihrer Stimme nicht verbergen.

»Was wolltest du denn sehen?«, fragte Viola Richter, stellte ihr Glas ab und sah zu ihr herüber. Missbilligend betrachtete sie die Kleider ihrer Enkelin, die wie immer die unmöglichsten Farben miteinander kombinierte.

»Ich wollte nur sehen, ob ich dich vielleicht ein bisschen aufheitern soll.«

»Aufheitern«, brummte die alte Dame. Sie lachte knapp und freudlos vor sich hin. »Aufheitern. Deshalb kommst du hier vermutlich rein, als ob du zum Karneval unterwegs wärst.«

Ricarda fühlte, wie ihr Tränen in die Augen stiegen. Sie schluckte. »Ich kann auch wieder gehen«, presste sie hervor. »Ich will dich nicht stören.«

»Ja, natürlich«, erwiderte Viola Richter, »geh nur. Lasst mich alle allein. Ich komme schon irgendwie zurecht.«

»Also hör mal, Großmama«, protestierte Ricarda. »Erst beschwerst du dich, dass ich komme, und dann beschwerst du dich, dass ich gehe ... Hallo, ich bin ja noch nicht einmal weg!«

»Das sehe ich.« Viola Richter machte eine unwirsche Handbewegung. »Dann setz dich wenigstens, wenn du schon hier bist. Es macht mich unruhig, wenn du hier so herumstehst.«

»Danke«, sagte Ricarda knapp und setzte sich. Sie faltete die Hände im Schoß und blickte an ihrer Großmutter vorbei aus dem Fenster.

So saßen sie eine Weile schweigend, bis Viola Richter sagte: »Du bist ein hübsches Mädchen, Ricarda. Ich war auch einmal so hübsch. Aber ich war nicht so gescheit wie du. Du könntest es weit bringen, weißt du?«

Ricarda atmete tief durch. Wenn ihre Großmutter solche Dinge sagte, vergaß Ricarda alle vorhergegangenen Verletzungen. »Na ja«, sagte sie, »vielleicht bringe ich es ja mal weit?«

Die alte Dame seufzte. »Ich weiß nicht. Dafür bist du wiederum nicht klug genug.« Sie nahm einen Schluck Gin und sah wieder aus dem Fenster. »Was hast du nicht schon alles studiert. Politik und Wirtschaft und Sport ...«

»Keinen Sport«, warf Ricarda ein.

»Also dann eben keinen Sport. Aber du machst alles ein bisschen und nichts richtig. Am Ende kommst du zu gar nichts, glaub mir. Du solltest dein Leben nutzen.«

»Und mir einen tüchtigen Mann suchen, wie du damals?«

Viola Richter sah ihre Enkeltochter überrascht an. War das eben so etwas wie Auflehnung gewesen? Sie musste lächeln.

»Nein, Kind, nicht so wie ich damals. Das waren andere Zeiten. Nein, du solltest selbst etwas auf die Beine stellen.

Lerne einen Beruf und lerne ihn richtig. Alles andere findet sich dann ganz von selbst. Vielleicht auch der richtige Mann. Aber das hat noch Zeit. Erst einmal solltest du dich zu etwas Gutem entschließen und es mit Leidenschaft betreiben. Wie dein Großvater!«

Ricarda strahlte ihre Großmutter an. »Das tue ich, Großmama«, sagte sie. »Und ich bin bereits auf dem besten Weg.«

»So? Und was ist es?« Nun war Viola Richter doch ehrlich interessiert.

»Konzeptkunst.«

»Konzeptkunst? Was ist das? Und was hast du damit vor? Willst du eine Galerie eröffnen?«

»Nein, Großmama, ich will Konzeptkünstlerin werden. Das heißt, eigentlich bin ich es bereits. Meine erste große Konzeption steht schon fast. Und mit etwas Glück bekomme ich sogar die Unterstützung einer renommierten Stiftung, die ...«

»Was heißt das: Konzeptkunst? Willst du Malerin werden? Oder Bildhauerin?«

»Oh nein, Konzeptkunst, das ist viel mehr, das ist die völlige Freiheit von den Fesseln der einzelnen Kunstgattungen, es ist eine Mischung aus Tanz und Malerei, Musik, Installation und ...«

»Unsinn«, komplettierte Viola Richter Ricardas Ausführungen. »Das klingt wie großer Unsinn für kleine Mädchen. Ach Kind, ich fürchte, du bist noch weit entfernt davon, etwas Gescheites auf die Beine zu stellen.«

Ricarda sprang auf. »Weißt du was, Großmama«, rief sie und ihre Wangen glühten, »ich werde es dir beweisen.« Mit diesen Worten stürmte sie aus dem Zimmer und ließ Viola Richter mit ihrem Gin zurück.

5.

Ricarda Richter war nicht nur impulsiv und chaotisch, sie war auch brillant und genial – so jedenfalls wäre ihre eigene Einschätzung von sich ausgefallen. Dass niemand sie danach fragte, war für sie ein Beweis für die Ignoranz ihrer Umwelt. Aber die größten Genies waren ja bekanntlich fast alle zu ihren Lebzeiten verkannt worden. Im Gegensatz zu van Gogh oder Robert Schumann hatte sie allerdings nicht vor zu warten, bis sie tot war. Sie wollte jetzt ihr Glück machen, wollte lieber gestern als heute die Welt erobern.

Mit wehenden Haaren und voller Energie verließ sie die Villa ihrer Großeltern, entschlossen, ihnen zu beweisen, dass die Welt bereit war, sich von ihr erobern zu lassen. Sie warf sich in ihr Auto und fuhr damit zur Speicherstadt. Am Alten Wandrahm hatte sie ein Loft entdeckt, das für ihre Zwecke genau richtig war. Dort würde sie ihr Atelier einrichten, ihre Kreativschmiede, das Zentrum ihres Erfolgs. Die Speicherstadt war ideal. Die Gegend war angesagt, schick, das Loft war top ausgebaut – und rundherum residierten jede Menge coole Firmen: Filmproduktionen, Musiklabels, New-Media-Teams. Sie tippte die Nummer des Maklers in ihr Handy und wartete, bis er sich meldete.

»Herr Weber? – Richter hier. Ich wollte Sie fragen, ob Sie gerade vor Ort sind, weil ich mir nochmal das Loft am Alten Wandrahm ansehen wollte. – Geht? Super. Ich bin in einer Viertelstunde da. – Okay. – Danke!«

Sie drückte das Gespräch weg und scheuchte ihren alten Golf über die belebten Straßen. Gut, die Miete war verdammt teuer. Aber sie würde es sich schon leisten können. Es brauchte nur eine kurze Übergangsphase, die es zu finanzieren galt. Vielleicht würde ihr Vater ihr helfen. Doch den wollte sie nicht allzu gern fragen. Seine ironischen Bemerkungen gingen ihr auf den Senkel. Ihr Großvater war da besser. Der schaute nicht so darauf, was er da finanzierte, Hauptsache, seine Enkelin war glücklich. Doch Reinhard Richter konnte sie mit dem Plan in der gegenwärtigen Situation ganz bestimmt nicht belasten. Sie würde warten müssen – oder einen genialen Plan entwickeln.

6.

»Ich habe gehört, dass sie dich aus der Klinik entlassen haben.« Christina Pfau stand vor dem Spiegel und betrachtete sich. Hatten sich ihre Lachfalten schon wieder vermehrt? Sie klemmte den Hörer zwischen Wange und Schulter und trug ein wenig Make-up auf.

»Ja«, sagte Mark – und er klang tatsächlich beschwingt. »Ich komme mir vor, als käme ich aus dem Knast.«

»Bitte sag das nicht«, lachte Christina. »Damit hast du nach meinem Geschmack zu viel Erfahrung.«

Auch Mark lachte. »Na ja, aber eine Erfahrung ist es auf jeden Fall.«

»Du bist aber auch ein Querulant, musst dich immer gegen geltendes Gesetz auflehnen.« Christina fuhr sich mit der Hand durchs Haar.

»Stimmt exakt. Schon das Wort ›geltendes Gesetz‹ bringt meine Abwehrhormone in Wallung«, bestätigte Mark launig.

»Genau das ist dein Problem, Mark, aber genau das ist auch mein Problem, es gefällt mir.«

Beide schwiegen kurz.

»Magst du Querulant vielleicht nachher mit mir ins Kino gehen? Oder zum Essen?«

»Liebend gerne, Christina, aber ich habe erst noch ein paar Dinge zu erledigen, muss nach meiner Mutter sehen, wenn du verstehst ...«

»Schon in Ordnung«, sagte Christina. »Vielleicht ein andermal?«

Christina war plötzlich unsicher. War sie zu weit vorgeprescht? Hätte sie nicht doch lieber warten sollen, bis Mark sich bei ihr meldete?

»Christina?«, sagte Mark.

»Hm?«

»Bei dir alles in Ordnung?«

»Bei mir? Oh, jaja«, beeilte sie sich, ihm zu versichern. »Alles in bester Ordnung. Es ist wahrscheinlich sowieso besser, wenn ich heute Abend arbeite. Ich habe unendlich viel um die Ohren.«

»Es ist schön, wenn man beruflich gefragt ist, nicht wahr?« Sie hörte, wie er versuchte, seinen Worten einen ironischen Klang zu verleihen, und wie er dabei scheiterte.

»Kein Problem ...« Sie dachte an ihren Schreibtisch, der übersät war mit Akten perverser Gewalttäter, mit Fotos von Opfern, mit Beschreibungen von Tathergängen, mit Skizzen und Notizen zu Täterprofilen. Ein Schauder lief ihr über den Rücken. »Also dann«, sagte sie, »vielleicht ein andermal.«

»Ja«, sagte Mark. »Hoffentlich ein andermal.«

Christina wollte schon auflegen, als sie Marks Stimme noch einmal hörte. »Christina?«

»Ja.«

»Danke. Das war sehr nett, dass du an mich gedacht hast.«

Christina musste lächeln. Nun, vielleicht war sie ja doch die Christina, die sie immer war und die sie immer bleiben wollte.

5. Kapitel

1.

Der Alsterpark lag an diesem Nachmittag im milden Herbstlicht da. Eine angenehme Brise strich durch das gelbe Laub und wischte es von den Bäumen. Mark stand eine Weile am Wasser und beobachtete die Boote, die sich auf der Außenalster herumtrieben. Dann schlenderte er über eine Wiese hinüber zur Straße, zu der Stelle, wo sein Vater den Schlaganfall gehabt hatte.

Die Häuser gegenüber reflektierten die schrägen Sonnenstrahlen. Mit langsamen Schritten ging er die Stelle ab. Sein Vater hatte den Wagen, nachdem er das Bewusstsein verloren hatte, gegen den Bordstein gefahren und war an einem Zaun hängen geblieben. Das jedenfalls war die Version, die man ihm in der Klinik erzählt hatte. Aber war da sicher kein Dritter im Spiel gewesen? War es auszuschließen, dass nicht der Schlaganfall den Unfall, sondern ein Unfall den Schlaganfall ausgelöst hatte? Mark hatte in der Werkstatt angerufen und nach irgendwelchen Auffälligkeiten am Wagen seines Vaters gefragt. Doch außer dem, was man von dem Zusammenstoß mit dem Bordstein und einem Zaun erwarten durfte, war offensichtlich nichts gewesen, jedenfalls keine Spuren von einem Zusammenstoß mit einem anderen Fahrzeug.

Im Rinnstein lagen noch einige Splitter von dem zu Bruch gegangenen Scheinwerfer. Doch Bremsspuren waren nicht zu sehen, weder in der Richtung, in der Reinhard

Richter gefahren war, noch in sonst einer Richtung. Wäre da ein anderer Wagen im Spiel gewesen, dann hätte doch wenigstens einer von beiden eine Vollbremsung gemacht. Nein, dass sein Vater ungebremst ins Aus gefahren war, das deutete tatsächlich darauf hin, dass kein Dritter an dem Unfall beteiligt war, sondern dass Reinhard Richter bereits bewusstlos gewesen war, als der Unfall passierte.

Eine Wolke schob sich vor die Sonne. Augenblicklich wurde es kalt und düster. Mark fröstelte. Er sah die Straße hinab, die mit einem Mal feindlich wirkte, und stand da und fror.

Wie sehr sich die Situationen gleichen. Plötzlich steht ihm die Szenerie wieder vor Augen: die nächtliche Straße, der Wagen, der abgekommen ist und seitlich rechts in der Böschung hängt, die Fahrertür ist geöffnet.

Polizisten haben den Unfallort gesichert, Blaulicht winkt gespenstisch durch die Nacht, tausendfach reflektiert vom Regen, der Rinnsale gebildet hat und die Spuren, die die Reifen im Graben hinterlassen haben, nachzeichnet. Die Scheinwerfer sind noch an, das Display des Radios leuchtet ebenfalls aus der dunklen Fahrerkabine. Alexandra haben sie weggebracht, der Wagen ist leer. Mark hat noch die Rücklichter des Rettungswagens gesehen, doch er ist zu spät am Unfallort gewesen, um Alexandra noch zu sehen, um noch ihre Hand nehmen zu können. Der Blick des Kommissars sagt alles.

Er macht einige Schritte auf den Wagen zu, dessen geöffnete Tür ihm wie ein Abgrund entgegenklafft. Doch ein Polizist hindert ihn daran, weiterzugehen. »Tut mir leid, da können Sie nicht hin«, sagt er in sehr amtlichem

Ton. »Wenn Sie jetzt bitte die Unfallstelle verlassen würden.« Das ist keine Frage, kein Rat, sondern eine Feststellung. Mark versucht etwas zu sagen, doch sein Mund ist völlig ausgetrocknet, seine Zunge will sich nicht bewegen. Der Regen schlägt ihm ins Gesicht, er wischt sich über die Augen.

»Verlassen Sie jetzt bitte die Unfallstelle«, fordert ihn der Polizist erneut auf.

Ein dunkler Wagen hält etwas weiter vorne. Ein Mann steigt aus, schlägt den Kragen seines Mantels hoch, um sich vor dem Regen zu schützen, und steigt die Böschung zu Alexandras Wagen hinab. Mark streckt eine Hand aus, während der Polizist ihn mit wohldosiertem Griff am anderen Arm packt und etwas zurückschiebt. »Meine Frau ...«, stammelt er.

Der Polizist hält inne. »Sind Sie ein Angehöriger?«

»Meine Frau«, sagt Mark nochmals und deutet auf das Wrack. Erst jetzt fällt ihm auf, dass die Warnlichter blinken und sich ihr rötlich gelbes Licht bizarr unter den blauen Puls der Polizeisignale mischen. »Es ist der Wagen meiner Frau.«

»Verstehe«, murmelt der Polizist. »Dann kommen Sie doch bitte mit mir mit.« Er weist auf eines der Polizeiautos. »Es dauert noch ein bisschen, bis die Spurensicherung da ist.«

Aber sie ist doch schon da, denkt Mark und schaut zu dem Mann mit dem hochgeklappten Kragen hinüber, der sich in Alexandras Wagen beugt und sich offenbar darin umsieht, ehe er sich wieder aufrichtet. Er hat etwas in der Hand, Mark kann in Dunkelheit und Regen zuerst nicht erkennen, was es ist. Doch dann leuchtet es auf.

Ein Handy. Der Mann drückt darauf herum und beugt sich erneut hinein, kurz nur, um schließlich mit schnellen Schritten wieder die Böschung hinaufzuhasten und in dem dunklen Wagen zu verschwinden. Mark macht einen Schritt auf die Limousine zu. Was mag er gefunden haben? Mit wem hat er telefoniert? Nein, er hat gar nicht telefoniert, er hat nur auf dem Handy herumgedrückt. Als wäre es irgendwie entscheidend, brennt sich dieses Bild in Marks Gedächtnis. Monate wird es ihn verfolgen. Jahre. Ein Mann im Mantel im Regen vor dem Wrack von Alexandras Wagen, beleuchtet von den bunten Lichtern des Todes.

2.

Als das Telefon klingelte, hatte sich Christina Pfau gerade in die Badewanne gesetzt. »Mist«, fluchte sie. »Immer genau wenn man es am wenigsten brauchen kann.« Sie stand wieder auf, griff sich ein großes Handtuch und lief, Pfützen verursachend, auf den Flur – um gerade ein paar Sekunden zu spät zu kommen. Der Anrufer hatte wieder aufgelegt. Kopfschüttelnd stakste sie wieder zurück ins Badezimmer und hatte bereits ein Bein in der Wanne, als es erneut klingelte. Diesmal war sie schnell genug am Apparat. Es war Ricarda. Sie hörte sofort, dass etwas nicht stimmte.

»Christina«, sagte Ricarda mit Grabesstimme, »ich kann meinen Vater nicht finden. Ist er bei dir?«

»Hallo, Ricarda«, sagte Christina Pfau und versuchte, ihrer Stimme etwas positiv Neutrales zu geben. »Mark?

Tut mir leid, bei mir ist er nicht. Hast du es mal auf seinem Handy probiert?«

»Ach, du kennst ihn doch, er macht es nicht an, er lässt die Batterie alle werden, er wirft es in den Fluss ...«

Christina musste lächeln. Genauso kannte sie Mark. »Ist irgendetwas passiert?«

»Nein!« Ricarda machte eine kurze Pause. »Das heißt: Ich hoffe nicht. Ich habe ihn heute Morgen aus dem Krankenhaus abgeholt, und irgendwie habe ich plötzlich das Gefühl, dass er Hilfe braucht. Na ja, und dann wollte ich ihn anrufen, und er war nicht da, und jetzt mache ich mir Sorgen.«

»Verstehe«, sagte Christina. »Hast du es schon bei deiner Großmutter versucht?«

»Meine Großmama war den ganzen Nachmittag bei meinem Großvater. Ich habe sie auf dem Handy erreicht.«

»Deine Großmutter benutzt ein Mobiltelefon?«

»Na ja, wenn sie es in ihrer Monstertasche findet ... Hey, sie ist eine Frau! Wir haben alle das gleiche Problem. Die Handtaschen werden größer und die Handys kleiner.«

Christina musste lachen. »Verstehe. Also, er ist nicht zu Hause und auch nicht in der Klinik, mobil ist er nicht erreichbar, und du machst dir Sorgen, so weit richtig?«

»Mhm. Richtig«, sagte Ricarda kleinlaut. »Ich meine, er hatte doch gerade erst die Gehirnerschütterung. Seine Schulter ist gebrochen. Er treibt sich immer zu Fuß herum. Und wenn er Auto fährt, dann ohne Führerschein ...«

»Ich schlage vor, wir machen uns gemeinsam auf die Suche«, schlug Christina vor. »Ich hole dich in einer halben Stunde ab, ja?«

»Besser, wir gehen getrennt los. Das verdoppelt die Chance, ihn zu finden.«

»Auch gut. Wir telefonieren, wenn eine von uns Erfolg hatte, okay?«

»Okay.«

Ricarda legte auf und streifte sich ein Sweatshirt über. Sie mochte Christina. Wenn ihr Vater nicht so ein Feigling gewesen wäre, hätte er längst etwas Festes mit ihr angefangen. Natürlich konnte Ricarda verstehen, dass Mark Alexandra nicht vergessen konnte. Niemand verstand das besser als sie – auch Ricarda hatte lange unter dem Verlust ihrer Mutter gelitten, auch wenn sie keine Bilderbuchmama gewesen war. Aber das Leben ging weiter. Und dass Mark diese Macke entwickelt hatte, sich ständig mit dem Gesetz anzulegen und wegen jedem Strafzettel lieber ins Gefängnis zu gehen, statt ihn zu bezahlen, hing sicher mit seinem gebrochenen Herzen zusammen. Die beiden hatten sich oft gestritten, aber auch sehr geliebt. Nach dem tragischen Tod seiner großen Liebe hatte sich Mark sehr verändert. Karriere hatte ihm zwar nie übermäßig interessiert, aber nun schien ihm alles, was vielleicht beruflich nützlich erschien, geradezu eine Provokation. Er war so unvernünftig!

Ricarda kniff die Augen zusammen, als sie unten vors Haus trat und ihr die feuchtkalte Luft entgegenschlug. Dass er sich jetzt auch noch die Schulter gebrochen hatte, das passte gut zu seinem allgemeinen Zustand. Er war ein Chaot, liebenswert, aber schrullig. Irgendwann würde ihm noch etwas zustoßen, wenn sie nicht auf ihn aufpasste.

Voller Sorge machte sich Ricarda Richter auf den Weg,

ihren Vater zu suchen an diesem ungemütlichen, herbstlichen Hamburger Abend. Nur sie kannte all die Orte, an denen er sich des Öfteren aufhielt. Mark war ein Einzelgänger geworden, aber sie wusste, dass er diese Einsamkeit suchte.

3.

Es begann zu nieseln, als Christina Pfau das Haus verließ. Noch nie hatte sie Ricarda so besorgt erlebt. Der Anruf hatte sie schlagartig auf andere Gedanken gebracht. Zuvor, in der Badewanne, hatten sie mal wieder die ewig gleichen Bilder verfolgt. Sie war damals zum Austausch bei der Mordkommission in Chicago gewesen, zu einer Zeit, als der Begriff »Profiler« in Deutschland noch keine richtige Bedeutung gehabt hatte. Ein Serienmörder hatte auch sie bedroht, und nur in letzter Sekunde hatte das FBI einen Anschlag auf ihr Leben vereiteln können. Ein Erlebnis, das sie wahrscheinlich bis an ihr Lebensende mit sich tragen musste.

Endlich langte sie vor dem »Fleetbraker« an, Marks Stammkneipe, einer Mischung aus ehemaligem Szenelokal, verhindertem Nobelbistro und uriger Jazzkneipe. Über der Tür hing wie an einem Galgen eine Trompete, durch die trüben Fenster schimmerte ein rötliches Licht, in dem nur schemenhaft ein volles Haus zu erkennen war. Christina schüttelte sich den Regen aus dem Haar und zog die Tür auf.

Eine üppige Mulattin lehnte am Klavier und röhrte mit bebendem Busen »What a difference a day made«, zwei

Paare wiegten sich dazu auf der winzigen Tanzfläche. Die Bar war mehr als gut besucht, aber nach wenigen Sekunden hatte sie Mark entdeckt.

Christina ging an die Bar, bestellte sich ein Bier und setzte sich neben ihn. Er reagierte nicht, schüttelte nur kurz den Kopf und murmelte etwas Unverständliches, als er sie bemerkte. Als der Kellner Christinas Bier brachte, nahm sie das Glas und sagte: »Cheers.«

Schweigend sah Mark sie nun an und leerte sein Glas mit einem Zug. »Ich kann sie nicht loslassen«, sagte er mit rauer Stimme.

Christina nickte. »Ich weiß. Und niemand kann dir helfen.«

»Ja. Es ist eine Sache zwischen ihr und mir.« Für einen Moment schien sich Alexandras Gesicht mit Christinas zu vermischen. Doch die beiden waren zu unterschiedlich. Was für ein Wahnsinn: Er hatte die Frau, die er liebt, verloren und konnte die Frau, die er liebt, nicht gewinnen, weil beide einander im Weg standen. »Auch ich steh mir im Weg«, murmelte er.

»Wir stehen uns alle manchmal im Weg«, erwiderte Christina und wippte leicht im Takt der Musik. »Magst du tanzen?«

Mark schüttelte den Kopf. »Ich glaube nicht, dass ich das noch kann. Ich schätze, zu viel Promille.«

Die Mulattin sang »What a wonderful world«, und Mark musste grinsen, so absurd erschien ihm dieses Lied. »Nein, du gehörst nicht dazu«, sagte er und spürte, wie schwer seine Zunge bereits geworden war. »Du bist stark, hast immer alles im Griff.«

»Das sieht nur so aus. Alles Bluff.«

»Nein, nein, du bist schon eine besondere Frau.«

Sie lehnte sich an seine Schulter. »Oh, nein, Mark, wenn du wüsstest, wie unrecht du hast.« Sie schwiegen eine Weile. Schließlich bemerkte Mark, dass ihr Tränen über die Wangen liefen.

»Was ist los, meine Seelentrösterin. Bist du nicht gekommen, um mich zu retten?«

Christina nickte tapfer. »Ja. Das bin ich. Aber wenn du solche Dinge sagst, dann fallen meine Gespenster eben auch über mich her.«

»Gespenster?«

»Ja.« Sie schluckte. »Die Huren, die Witwen oder die alleinstehenden Sekretärinnen. All die Frauen, die ich schon aufgeschlitzt und ausgeweidet auf dem Seziertisch gesehen habe, all die Gesichter, die mich von den Fotos über meinem Schreibtisch mit ihren leeren Augen anstarren.« Sie nahm einen tiefen Zug aus dem Glas. »Ich hab es so satt, Mark. Manchmal würde ich am liebsten alles hinwerfen und weglaufen.«

4.

Es war spät am Abend, als Schwester Gudrun endlich ihre Tasche nahm und sich auf den Nachhauseweg machte. Sie hasste diese Tage, an denen die Schicht wechselte und sie nach der Spätschicht die Frühschicht hatte. Ihre Füße schmerzten, als sie müde den Flur Richtung Ausgang entlangging. Unter der Türe zu Doktor Englischs Zimmer war noch ein Lichtstreifen zu sehen. Das überraschte Schwester Gudrun, denn Doktor Englisch pflegte sehr früh am

Morgen zu kommen und eher zeitig zu gehen. Er hatte außerdem am Vortag Spätschicht gehabt und, wie Schwester Gudrun dem Plan entnommen hatte, eine Notoperation durchgeführt. Ob er versehentlich sein Licht angelassen hatte? Sie atmete durch, klopfte kurz und öffnete dann die Tür, da sich niemand meldete. Was Sie sah, war mehr als eine Überraschung: »Doktor Englisch!«

»Schwester Gudrun?«, erwiderte der Arzt mit schwerer Zunge und sah sie mit glasigem Blick an.

»Ist alles in Ordnung mit Ihnen?« Schwester Gudrun stellte ihre Tasche zur Seite und trat näher. »Haben Sie – getrunken?« Sie wagte es kaum auszusprechen, doch Doktor Englisch war so offensichtlich alkoholisiert, dass sie es lächerlich gefunden hätte, die Dinge nicht beim Namen zu nennen.

»Getrunken?« Doktor Englisch sah sich um, als könnte die Frage jemand anders gegolten haben. »Getrunken, ja. Ja, ja. Getrunken.«

Unvermittelt hielt er ihr einen Zettel hin. Schwester Gudrun nahm ihn verwundert entgegen. Darauf stand mit runder Frauenschrift geschrieben: *Es reicht. Wenn du nicht aufhörst, mich zu bedrängen, dann werde ich sagen, was ich weiß.*

Schwester Gudrun zog verwirrt die Augenbrauen hoch. »Ich verstehe nicht«, sagte sie.

Doktor Englisch lächelte schief. »Sie verstehen sehr gut, Schwester.«

Betreten sah Schwester Gudrun zu Boden. Sie konnte den Anblick dieses stolzen Mannes in diesem Zustand nicht ertragen. Doktor Englisch war für sie der Inbegriff an Integrität und Würde. Und sie bewunderte ihn nicht nur, sondern verehrte ihn geradezu. Doch ihre Verehrung war in einem Punkt getrübt: »Schwester Beate«, sagte sie leise.

Englisch nickte. »Sie ist tot.«

Nun war es Schwester Gudrun, die die Fassung verlor.

»Ich verstehe nicht«, sagte sie noch einmal. Tot? Weshalb sollte Beate tot sein? Sie blickte auf den Zettel, dann auf Englisch und wieder auf den Zettel. »Wollen Sie sagen, sie hat sich das Leben genommen?« Gudrun schüttelte den Kopf. »Das ist doch Unsinn. Doch nicht Beate. Die ist doch das Leben selbst. Ich bin sicher, Sie machen sich da ganz unnötig Sorgen, Doktor.«

»Nein, nein«, erwiderte Englisch. »Sie sind ... sie ist ... ich ...« Er suchte nach Worten, sein Gesicht war eingefallen, unter seinen Augen waren dunkle Ringe zu erkennen, seine Hände zitterten. »Sie ist ...«, stammelte er, »sie ist wirklich tot.« Er schloss die Augen und blieb für einen Moment stumm. »Die Polizei war vorhin hier. Sie ist heute Morgen, ohne wieder das Bewusstsein erlangt zu haben, im Altonaer Krankenhaus gestorben.«

»Aber das ist doch nicht möglich!«, rief Schwester Gudrun. »Warum sollte sie denn sterben! Sind Sie sicher, dass Sie das nicht bloß ...« Sie beugte sich zu ihm und war beinahe versucht, ihm über die Stirn zu streichen und seine Temperatur zu fühlen, »dass Sie das nicht bloß geträumt haben? Sie sind eingeschlafen und haben es geträumt. Bestimmt!«

Englisch lachte. »Geträumt. Ich wollte, es wäre so. Sie wissen es doch, Schwester, dass Beate und ich, dass wir ... Ich habe sie geliebt, wirklich geliebt.« Er schluchzte. »Ein Unfall«, presste er hervor. »Ein Auto. Gestern Nacht auf dem Heimweg. Sie stand an der Bushaltestelle. Der Wagen muss voll in sie reingefahren sein.« Er schluckte. »Hat sie praktisch überrollt.«

»Aber wie nur? Hat der Fahrer sie denn nicht gesehen?«

Doktor Englisch schüttelte den Kopf. »Fahrerflucht«, murmelte er. Dann versagte ihm die Stimme.

Schwester Gudrun ließ sich auf den Stuhl sacken, der dem Arzt gegenüber am Schreibtisch stand, und spürte, wie ihr Tränen in die Augen traten. Mit verschwommenem Blick starrte sie auf den Zettel. Aber was sollte das mit der Botschaft zu tun haben?

5.

Doktor Steffen Wenger legte den Hörer auf. Tot. Sie war tot. Er lauschte in sich hinein, doch da war nichts. Schwester Gudrun hatte geklungen wie ihr eigener Geist. Sie war offenbar zutiefst erschüttert. Wenger stand auf und ging ans Fenster. Es war dunkel draußen. Kalt und dunkel. Herbstlich. In der Ferne sah er die roten Lichter vorüberfahrender Autos. Der Baum vor dem Haus schüttelte seine letzten goldenen Blätter im Wind, von einer Straßenlaterne spärlich beleuchtet. Wieder läutete das Telefon. Wenger ging hin, schaute auf das Display, erkannte die Nummer von Englisch und beschloss, nicht abzuheben. Nach dem vierten Läuten hörte es auf. Was sollte er jetzt schon mit Englisch besprechen.

6. Kapitel

1.

11:39. Die Zahlen drangen nur langsam in Marks Bewusstsein. Er schloss die Augen noch einmal und wartete. Warten war gut. Jeder Muskel seines Körpers, vor allem aber sein Kopf sagte ihm mit eindringlicher Stimme: Warte erst mal ab, ganz ruhig jetzt. Da steht zwar 11:39, okay, aber was ist das schon. Nur ein paar Zahlen. Und du hattest es doch noch nie mit Zahlen.

Es fühlte sich ein bisschen an, als würde er sich nach hinten drehen, immer weiter und weiter und weiter. Mark fragte sich, wie weit man sich so rückwärts im Kreise drehen konnte. Aber er wollte gar keine Antwort finden. Er probierte es noch einmal, diesmal mit nur einem Auge. 11:51. Seltsam. Die Zahl blinkte: 11:52. Was sagte ihm das? Er starrte den Wecker mit glasigen Augen an.

»Oh, du bist wach!«, hörte er plötzlich die Stimme einer Frau von der Tür her. Er setzte sich mit einem Ruck auf, zu schnell, die Schmerzen in Kopf und Schulter ließen ihn wieder ins Kissen zurück sinken. Er schloss die Augen und gönnte sich noch einen Moment der Erholung, während die Erkenntnis in sein Bewusstsein sickerte, dass 11:52 eine Uhrzeit sein musste. Ja, klar, das war sein Wecker gewesen. Komisch, sie hatten hier in der Klinik denselben Wecker wie er zu Hause. Mit geschlossenen Augen spürte er, wie ihm die Krankenschwester übers Haar fuhr. Er seufzte. Wenn er nur wüsste, was er geträumt hatte. So schwer, wie sein Kopf war. Wieso war er überhaupt wieder im Krankenhaus? War er nicht entlassen worden?

Er schlug die Augen auf. »Christina!«

»Was dachtest du denn, wer ich bin?«, fragte Christina Pfau und zog in gespielter Empörung die Hand zurück.

»Nein«, protestierte Mark, »ich meinte schon dich!«

»Ich habe gerade ein paar Spiegeleier in der Pfanne.« Sie sprang auf und eilte in die Küche.

Mark versuchte eine halbwegs logische Erklärung für seine gegenwärtige Situation zu finden. Sie, also Christina, machte Frühstück. So weit, so gut. Aber warum machte sie das in seiner Wohnung? Er rappelte sich auf und schlug die Decke zurück, nur um sie gleich wieder über sich zu werfen: Er war nackt!

Nach einem kurzen Kontrollblick Richtung Küche schlich er sich ins Badezimmer und stellte fest, dass sein Morgenmantel fehlte. Er schlang sich ein Handtuch um die Hüften und entschloss sich, der Sache auf den Grund zu gehen. Nackt im Bett zu liegen, ohne jede Erinnerung, was vorher geschehen war, das war eine Sache. Mit einer attraktiven Frau in der Wohnung den Tag zu beginnen, von der man nicht wusste, wie sie hereingekommen und was sie – außer Spiegeleiern – noch so alles gemacht hatte, war eine ganz andere.

Da stand sie, barfuß und in seinem Morgenmantel, das Haar leicht verwuschelt, beinahe so, als sei sie selbst eben erst aus dem Bett gestiegen, nein: Sie sah sogar exakt so aus. Wieder musste er sich gestehen, dass Christina umwerfend schön war, selbst ohne Make-up. Ihre blauen Augen blitzten ihn förmlich an, obwohl er sich nicht erklären konnte, woher sie an diesem Morgen diese Energie bezogen.

Er selbst fühlte sich mittlerweile wie die wandelnde Inkarnation einer durchzechten Nacht. Oder hatte sein Zustand eine andere Ursache? Marks Blick wanderte zurück zum Schlafzimmer, dessen Tür offen stand und wo er jetzt über dem Fußende des Bettes Kleidung liegen sah, die jedenfalls nicht seine war.

»Äh, wie bist du ... wie sind wir«, korrigierte er sich, »eigentlich hier reingekommen?«, fragte Mark und hätte sich noch im selben Augenblick selbst ohrfeigen können. Er musste endlich wach werden!

»Schwerer Einbruch?«, sagte sie spöttisch und hob die Spiegeleier aus der Pfanne. Dann sah sie ihn an und senkte die Stimme: »Ehrlich: Ich habe keine Ahnung. Ich weiß nur, dass ich heute Morgen in deinem Bett neben dir aufgewacht bin.«

»In meinem Bett, neben mir«, wiederholte Mark tonlos und stellte fest, dass er hoffte, sie wäre unter dem Morgenmantel nackt.

Sie hatte seinen Blick bemerkt, zog das Dekolleté etwas enger und strich sich die Haare hinter die Ohren, was ihr gleich einen etwas mädchenhafteren Gesichtsausdruck gab. Mark ahnte den Duft ihres Parfüms und schloss kurz die Augen.

»Setz dich. Ich habe Frühstück gemacht. Nach dem Abend gestern braucht man schließlich etwas Vernünftiges, um wieder fest auf beiden Beinen zu stehen.«

»Nach dem Abend gestern?« Mark sah sie von der Seite an. »Dann weißt du mehr als ich ... Ich meine: Entschuldige. Ich bin beim Joggen auf den Kopf gefallen. Meine Erinnerung ist irgendwie ... weg. Haben wir ...?«

»Oh!«, sagte Christina und wich seinem Blick aus. »Um

ehrlich zu sein, ich weiß es nicht.« Mark sah, wie sie leicht errötete, was ihr ausnehmend gut stand. »Ich glaube nicht. Ähm ... wäre das ...«, sie zögerte, »schlimm?«

Mark schüttelte leicht den Kopf und musste grinsen: »Oh nein. Ich hätte es nur gerne bewusster erlebt, wenn wir ...«

In diesem Moment läutete es an der Tür. Mark tappte, immer noch unsicher auf den Beinen, noch einmal durchs Schlafzimmer, angelte sich sein altes Hemd, schlüpfte hinein und ging dann öffnen.

»Guten Morgen!«, rief Ricarda, als habe sie die gute Laune erfunden, und stiefelte an ihm vorbei in die Wohnung. »Paps, du solltest mal dein Hemd wechseln«, ächzte sie und wedelte mit der Hand vor ihrem Gesicht. »Es riecht, als wäre es schon sehr lange tot. Nicht dass du noch in deinem fortgeschrittenen Alter zum Messie wirst.«

Sie stellte eine Plastiktüte neben die Küchentür und setzte sich, ohne auch nur einen Hauch von Überraschung über Christinas Anwesenheit zu zeigen, an den Esstisch.

»Ah, super, Spiegelei! Ich darf mir doch eines nehmen?«

Ohne eine Antwort abzuwarten, schnappte sie sich Marks Besteck, zog seinen Teller zu sich und begann, beherzt sein Spiegelei zu verschlingen.

»Tu dir nur keinen Zwang an«, sagte Mark mit ironischer Stimme. »War eh nur meines.«

»Und, hattet ihr noch einen netten Abend, ihr zwei?« Ricarda blickte amüsiert von ihm zu Christina und zurück und blinzelte beiden zu. Die beiden schwiegen und sahen etwas verlegen vor sich hin. Ricarda musste lachen: »Ha! So breit wie ihr beiden wart, habt ihr wahrscheinlich mit

Schuhen an den Füßen geschlafen.« Sie gluckste in sich hinein.

Wenn du wüsstest, dachte Mark, räusperte sich und sagte: »Ich geh dann mal ins Bad.«

2.

Mit Christina konnte man sich unterhalten wie mit einer alten Freundin, fand Ricarda, als sie später zusammen in ihrem kleinen Golf saßen, nachdem Ricarda ihr angeboten hatte, sie nach Hause zu fahren. Sie hatte das Gefühl, dass es die richtige Freundin für ihren Vater war, vor allem, weil sie selbst gut mit ihr zurechtkam – eher eine Ausnahme, wenn man die Frauen Revue passieren ließ, mit denen ihr Vater sich bislang getroffen hatte. Eigentlich waren das nicht viele, und sie kamen außerdem so wenig als ernsthafte Lebensgefährtin in Betracht, dass Ricarda ihren Vater beinahe im Verdacht hatte, absichtlich nicht die Richtige zu finden. Wahrscheinlich würde er es als Verrat an Mama empfinden, wenn er sich wieder ernsthaft verlieben würde, dachte sie und schielte zu Christina hinüber. Sie war nicht nur nett, sie sah auch gut aus. Sicher: in Grenzen. Sie war vielleicht nicht unbedingt eine Sexgöttin, aber konnte das jemand jenseits der vierzig noch sein? Schwer vorstellbar, dass Eltern noch Sex hatten, bei dem Gedanken schüttelte es sie fast. Aber Christina hatte das gewisse Etwas, dafür hatte Ricarda einen Blick. Wahrscheinlich fand Mark sie attraktiv, wahrscheinlich sogar sehr – und genau deswegen kamen die beiden nicht voran. Es sei denn ...

»Und du weißt wirklich nicht, was letzte Nacht vorgefallen ist?«, fragte sie. »Ich meine, ihr könnt doch nicht beide so sturzbetrunken gewesen sein, dass keiner von euch gemerkt hat, wie ihr, nun ja, wie ihr zu Papa gegangen seid und so.«

»Und so.« Christina schmunzelte über diesen dreisten Versuch, mehr zu erfahren. »Das habe ich ja auch gar nicht gesagt, oder?«

»Was hast du nicht gesagt? Dass ihr sternhagelvoll wart? Oder dass ihr nicht mitbekommen habt, was abging? Oder ...« Ricarda musste sich auf den Verkehr konzentrieren. Christina wohnte etwas weiter im Westen, in einem der Elbvororte, eine Strecke, die Ricarda nicht allzu oft fuhr.

»Ja«, sagte Christina und ließ offen, worauf sie das bezog. Ricarda entschloss sich, das Thema zu wechseln. »Ich möchte dich mal was fragen«, sagte sie, als hätte sie nicht schon, seit sie losgefahren waren, Christina Löcher in den Bauch gefragt.

»Und was?«

»Es geht mal ausnahmsweise um mich.«

»Gerne. Wenn ich da irgendwie hilfreich sein kann ...«

»Also, du weißt doch, dass ich Psychologie studiere.«

»Hat mir dein Vater gesagt, ja. Und davor hast du Wirtschaft studiert.«

»Das ist jetzt nicht so wichtig«, unterbrach Ricarda sie. »Hättest du vielleicht Zeit, kurz mit zu mir zu kommen? Ich würde dir gerne etwas zeigen.«

»Klar«, sagte Christina. »Warum nicht. Worum geht es denn?«

»Um einige Kunstwerke.«

»Aha.« Christina sah abwartend zu Ricarda. Was würde nun kommen?

»Ich habe noch einmal über meine Zukunft nachgedacht. Weißt du, ich sehe mich einfach nicht als Psychologin. Ich meine, was habe ich da schon für Aussichten. Psychologen bekommen doch nur bescheuerte Jobs und müssen sich mit bescheuerten Leuten herumschlagen.«

»Ich bin Psychologin«, sagte Christina und lächelte in sich hinein.

»Stimmt, äh, bei dir ist das natürlich was anderes. Ich meine, du bist bei der Polizei! Und du hast spannende Aufgaben ...«

»Nein, nein, nein«, warf Christina ein. »Du hast das schon ganz richtig beschrieben. Bei mir ist es auch nicht anders als bei den anderen, die du gemeint hast. Ich habe einen bescheuerten Job und muss mich mit Psychopathen herumschlagen. Psychologie eben.«

»Eben«, bestätigte Ricarda, dankbar, dass Christina ihr aus dem Fettnäpfchen herausgeholfen hatte. »Jedenfalls: Ich möchte meinem Leben einen ganz neuen Sinn geben.«

»Ein neuer Sinn ist immer gut«, kommentierte Christina und beobachtete einige streitende Kinder auf dem Bürgersteig. »Und da hast du sicher auch schon einen Plan, wie das gehen soll?«

»Das ist genau der Punkt. Also, ich weiß, dass ich bei Großmama damit auf Granit beißen werde.«

»Und bei Mark?«

»Da bin ich mir nicht so sicher.«

»Klingt geheimnisvoll.«

»Ist es auch. Ich meine: Ich habe noch niemandem etwas davon erzählt. Außer meinen Freundinnen natürlich.«

»Klar«, bestätigte Christina, die es allerdings eher amüsant fand, dass Ricarda ihre neuen Lebenspläne lieber mit einigen Freundinnen besprach als mit ihrem Vater oder ihren Großeltern.

»Und mit Großpapa«, fügte Ricarda zu Christinas ehrlicher Überraschung hinzu.

»Mit deinem Großvater? Und wieso ausgerechnet mit ihm?«

»Um ehrlich zu sein, weil ich eine kleine Anschubfinanzierung für meine Selbstverwirklichung brauche. Ich dachte, Opa würde mir da helfen.«

»Und? Wird er?«

»Ich hoffe es. Die Sache ist nur die, ich kann ihm jetzt schlecht mit meinem Kram kommen. Jetzt, wo er im Krankenhaus ist und so.« Ricarda fuhr rechts ran und blieb stehen.

»Und was kann ich in dem Zusammenhang tun?«, fragte Christina etwas verunsichert.

»Ich hatte gehofft, dass du das fragst. Also, ich würde dich gerne bitten, es dir mal anzusehen.«

»Es *anzusehen?* Darf ich auch wissen, was?«

»Meinen *Niedergang der Futuristen.*«

»Deinen *Niedergang der Futuristen*? Und was soll das sein?«

»Konzeptkunst«, sagte Ricarda. »Ich werde Künstlerin.«

»Oh.«

»Es ist ein Multitaskmodell mit Gesang, Tanz, Projektionen von alten Science-Fiction-Filmen und Bodypainting. Doktor Wenger von der Klinik hat mir eine Tür bei der Paduani-Stiftung aufgestoßen. Die würden mich vielleicht unterstützen. Aber ich bin mir nicht sicher, ob ich schon so weit bin. Würdest du dir das Konzept mal anschauen?«

Christina suchte noch nach Worten, doch Ricarda hatte ihre Sprachlosigkeit offenbar bereits als Zustimmung gedeutet und wendete den Wagen, um mit deutlich schnellerem Tempo wieder stadteinwärts zu fahren.

3.

Als Mark sich endlich auf den Weg in die Klinik machte, um seinem Vater die gewünschten Unterlagen zu bringen, war es erheblich später als geplant. An einen ausgedehnten Spaziergang war nicht mehr zu denken, obwohl sich Mark notgedrungen den Ruf eines notorischen Fußgängers erworben hatte – weil er keinen Führerschein mehr besaß, seit er im vergangenen Jahr zum wiederholten Mal in eine Radarfalle gerast war und sich dann auch noch mit den Polizisten geprügelt hatte.

Nach längerer Suche fand er endlich die Autoschlüssel in einem seiner Mäntel. Der Wagen musste noch irgendwo zwei Blocks weiter stehen. Er hatte ihn natürlich abgemeldet. Doch auf diese bürokratischen Spitzfindigkeiten konnte er nun wirklich keine Rücksicht mehr nehmen. Hastig trank er seinen Kaffee aus, schnappte sich die Unterlagen für seinen Vater sowie zwei Schachteln Pralinen, die er für Schwester Beate und Schwester Gudrun besorgt hatte, und machte sich auf die Suche nach seinem Auto. Erleichtert stellte er, nachdem er es wenige Minuten später unter einer dicken Schmutzschicht identifiziert hatte, fest, dass noch genügend Benzin im Tank war. Und überrascht registrierte er, dass die Kiste ganz offensichtlich mehr PS unter der Motorhaube hatte, als er es in Erinnerung hatte. Da er mit seiner gehandicapten linken Schulter nicht gut lenken konnte und deshalb beim Schalten immer wieder freihändig fuhr, schlingerte der Wagen. Mit überhöhter Geschwindigkeit bog er um die Ecke, passierte die leider bereits auf Rot springende Ampel und wurde geblitzt. Unbeeindruckt schoss er am Alsterufer entlang in Richtung Klinik.

Als er röhrend die Auffahrt heraufkam, blickte der Pförtner erschrocken auf und trat aus seiner Kabine. Mark blieb stehen, und der Pförtner beugte sich zum halb geöffneten Seitenfenster herab.

»Guten Tag.«

»Guten Tag. Richter. Ich möchte meinen Vater, Doktor Richter, besuchen. Er liegt in der Intensivstation.«

»In Ordnung«, sagte der Pförtner, obwohl sein Blick etwas anderes zu sagen schien. »Wenn Sie bitte auf dem Besucherparkplatz auf der linken Seite parken.«

Mark nickte, bedankte sich und wartete, bis der Pförtner den Schlagbaum nach oben gefahren hatte, und gab wieder Gas. Kopfschüttelnd sah ihm der Pförtner nach. Mark hatte das Auto noch nicht verlassen, als er Doktor Englisch aus dem Gebäude treten sah. Der Arzt war in Begleitung zweier Herren, die Mark aus seiner Zeit als Strafverteidiger vage kannte: Beamte von der Kriminalpolizei. Sie gingen über den Hof und stiegen in einen dunkelblauen VW Passat.

Mark blieb sitzen, bis die Kripomänner mit Englisch an ihm vorbei waren, stieg dann aus und betrat eilig die Klinik. Eigentlich hätte er sich beeilen sollen, sein Vater würde ihn sicher bereits erwarten. Doch instinktiv lenkte er seine Schritte zum Schwesternzimmer im zweiten Stock.

Zwei Putzkräfte standen dort und redeten heftig aufeinander ein. Offenbar sprachen sie Türkisch oder eine andere Sprache, die Mark nicht verstand. Nur einzelne Wörter wie »Englisch«, »Beate« oder »Autobus« konnte er ausmachen. Unschlüssig stand er da und sah sich um, als Schwester Gudrun um die Ecke bog, ihn mit aufgeräumtem Lächeln begrüßte und die beiden Frauen mit einer klaren Ansage verscheuchte: »Sie sollen hier Ihre Arbeit tun und nicht rumstehen.« Mit gänzlich anderem Ton und freundlicher Miene wandte sie sich Mark zu: »Und was kann ich für Sie tun?«

Mark setzte sein charmantestes Lächeln auf und hielt ihr die Pralinen hin. »Sie waren so liebenswürdig zu mir und haben mich so gut umsorgt, dass ich mich mit einer kleinen Aufmerksamkeit bei Ihnen bedanken wollte.«

»Ach, das ist aber nett!«, freute sich Schwester Gudrun. »Das wäre doch nicht nötig gewesen.«

»Doch, doch, es war ja fast wie im Urlaub bei Ihnen.«

»Jetzt übertreiben Sie aber.«

»Nur ein kleines bisschen«, sagte Mark und sah ihr tief in die Augen. Gerührt nahm Schwester Gudrun die Pralinen, um ihn dann irritiert anzusehen. »Zwei Schachteln?«

»Eine ist für Schwester Beate. Wenn sie so lieb wären, sie ihr zu geben?«

»Oh Gott!«, rief Schwester Gudrun aus. »Sie wissen es noch gar nicht? Aber nein, natürlich, Sie können es ja noch gar nicht wissen.«

»Wissen?« Nun war Mark es, der irritiert war.

»Schwester Beate ist tot!«, schluchzte Schwester Gudrun.

»Tot?«

»Ja. Ein Unfall.«

»Aber das kann doch gar nicht … Ich meine: Wieso? Wann? Wie?«

»Kommen Sie rein«, sagte die Schwester, zog Mark am Ärmel ins Schwesternzimmer und schloss die Tür hinter sich. »Schrecklich«, sagte sie und sah Mark mit großen Augen an. »Sie hatte am Montag Spätschicht. Als sie nach Dienstende zum Bus gegangen ist, ist sie in ein Auto gelaufen.«

»Sie ist überfahren worden?«

»Ja. Sie haben noch versucht, sie wiederzubeleben. Aber es war schon zu spät.« Schwester Gudrun riss die Cellophanfolie von der Pralinenschachtel, öffnete sie und stopfte sich eine Praline in den Mund, während Mark das Gehörte zu verarbeiten versuchte. »Möchten Sie auch eine?« Sie hielt ihm die Schachtel hin.

»Nein, danke. Und Doktor Englisch?«, fragte er. »Ist vermutlich gerade los, um sie zu identifizieren?«

»Ach so«, sagte Schwester Gudrun und schob sich eine zweite Praline in den Mund. »Nein, zum Identifizieren haben sie niemanden gebraucht – jedenfalls nicht von uns. Aber …«, sie senkte die Stimme, als könnten sie im Schwesternzimmer belauscht werden, »… stellen Sie sich vor, man verdächtigt Doktor Englisch!«

»Verdächtigt? Ich denke, es war ein Unfall.«

»Fahrerflucht«, raunte sie.

»Unfallflucht«, verbesserte Mark. »Und wie kommen sie auf Doktor Englisch?«

»Sie haben Spuren an seinem Auto gefunden.«

»Ach«, sagte Mark. Er sah plötzlich wieder den verbeulten Mercedes auf dem Parkplatz vor sich. »War das so ein dunkelblauer Mercedes, Hamburg-ZZ und so weiter?«

Schwester Gudrun starrte ihn an. »Waren Sie etwa Zeuge?«

»Gott bewahre!«, wehrte Mark ab. »Ich habe nur auf dem Parkplatz einen Wagen gesehen ...«

Er verstummte. *Englisch überfährt Schwester Beate. Da geht eine Frau im Dunkeln auf die Bushaltestelle zu. Es regnet. Ein Wagen kommt von hinten heran, am Steuer ein übermüdeter Arzt. Er verliert die Kontrolle, schießt über den Bordstein und erfasst die Frau. Hat es geregnet?* Er wusste es nicht. *Nein, es hat nicht geregnet. Spielt es eine Rolle? Vermutlich nicht. Wenn Englisch am Steuer in einen Sekundenschlaf gefallen ist, dann kann er auch unter günstigen Bedingungen ... Aber kann das sein, dass er ausgerechnet die Krankenschwester überfährt, mit der er kurz zuvor noch zusammengearbeitet hat?*

»Sie können sich vorstellen«, schwatzte Schwester Gudrun weiter, »wie tief ihn das getroffen hat. Letzte Nacht habe ich ihn sturzbetrunken in seinem Büro angetroffen.«

»Doktor Englisch?«

»Nicht dass er ein Problem mit dem Alkohol hätte«, versicherte ihm die Schwester, »nein, darüber ist er längst hinweg. Aber natürlich hat ihn das ganz besonders getroffen.« Sie rückte etwas näher zu ihm heran. »War halt doch noch eine ziemlich frische Liebe.« Mark konnte die Schnapspraline riechen, die sie gerade verzehrt hatte

»Eine junge Liebe, ja«, sagte Mark und überlegte, ob diese junge Liebe wirklich so ungetrübt gewesen war.

Vielleicht war es zum Streit gekommen. *Sie reißt sich von ihm los, verlässt wütend die Klinik und läuft zur Bushaltestelle. Er fährt ihr hinterher. Sekundenschlaf? Nein, dazu ist Englisch zu aufgewühlt. Er starrt in die Dunkelheit, sieht Schwester Beate, will sie überholen, um auszusteigen und mit ihr zu reden. Sie stolpert, fällt vors Auto.* Doch warum sollte Englisch dann Unfallflucht begehen? Will er sie überfahren? *Mark sieht, wie Englisch wartet, bis Schwester Beate ungeschützt auf dem Gehweg außerhalb des Lichtkegels einer Straßenlaterne geht, und wie er dann Gas gibt und sie gezielt überfährt.* Dennoch: Weshalb sollte er Unfallflucht begehen? Er könnte es immer noch wie einen Unfall aussehen lassen. Er könnte sagen, er habe Schwester Beate anbieten wollen, sie nach Hause zu bringen, da sei sie gestolpert und ihm direkt vors Auto gefallen. Er konnte nicht mehr rechtzeitig bremsen ...

»Herr Richter?« Schwester Gudrun sah ihn unsicher an. »Alles in Ordnung? Möchten Sie vielleicht doch eine Praline?«

Mark spürte, wie ihm schwindlig wurde. »Ja«, sagte er. »Vielleicht nehme ich doch eine.« Mechanisch nahm er eine Praline aus der Schachtel und steckte sie sich in den Mund. Rumtrüffel. Er hasste Rumtrüffel. Was hatte Schwester Gudrun gemeint, als sie sagte: »Darüber ist er hinweg«?

4.

Eine eigentümliche Unruhe hatte die Feilhauer-Klinik befallen. Menschen kamen und gingen, auf den Fluren herrschte eine Betriebsamkeit, die zu dem stilvollen Ambiente des Hauses nicht recht passte. Dabei schien nichts anders zu sein als sonst, außer dass nacheinander die Schwestern der verschiedenen Stationen von amtlich dreinblickenden Herren zu Gesprächen in eines der Schwesternzimmer gebeten wurden.

Auch Schwester Gudrun wurde aufgefordert, sich ein paar Minuten frei zu machen und einige Fragen zu beantworten. Es ging um Schwester Beate. Natürlich kannte sie die Kollegin gut, schließlich hatte sie drei, ach was, fast vier Jahre mit ihr zusammengearbeitet. Ob es Streitigkeiten gegeben habe? Nein, doch nicht mit Schwester Beate. Die hielt sich stets aus Streitigkeiten raus. Und sie, Schwester Gudrun, natürlich auch. Nein, nachsagen konnte man Schwester Beate wirklich nichts. Sie war eine supernette Kollegin, immer zuverlässig, aufgeräumt, rauchte nicht, trank nicht, und überhaupt: Wenn alle Kolleginnen so wären wie die Beate … Was denn eigentlich los sei, dass plötzlich alle nach Schwester Beate fragten. Nein, natürlich nicht alle, aber die Polizei halt. Schließlich habe man ja nicht so oft die Polizei im Haus. Es sei ihr doch hoffentlich nichts zugestoßen, der Schwester Beate? Ein Unfall? Nein. Nicht möglich. O Gott. Sagen Sie das nicht. Und sie war wirklich tot? Kein Zweifel? Aber warum, wie konnte denn, ach, man mag es gar nicht glauben. So ein Schwein! Wer? Na, der, der den Unfall verursacht hat, natürlich. Schwester Gudrun lächelte tapfer: »Bitte, tun Sie alles, um ihn zu finden.«

»Darauf können Sie sich verlassen.« Der Kripobeamte stand auf. »Also, vielen Dank. Wenn wir noch weitere Fragen haben, melden wir uns.«

Auch Schwester Gudrun stand auf und gab ihm die Hand. »Ja. Gerne«, sagte sie und verließ den Raum.

»Was meinst du?« Der Kommissar wandte sich zu seinem Kollegen um.

»Geschwätzigkeit, dein Name ist Weib«, kommentierte der andere.

»Sprichst du aus eigener Erfahrung?«

»Komm. Die wusste es doch schon. Und trotzdem will sie uns glauben machen, sie wäre wie vom Donner gerührt.«

»Vielleicht will sie jemanden decken? Oder glaubt zumindest es zu müssen?«

»Vielleicht«, sagte der andere. »Vielleicht ist sie aber auch ganz einfach nur die Klatschbase von der Klinik und wollte uns nur etwas mehr über die Sache aus der Nase ziehen, als sie bisher schon wusste.«

5.

Mark hörte seinen Vater schon vom Ende des Flurs. Je näher er kam, desto deutlicher wurde die vertraute Stimme – auch das Poltern war wohlvertraut. Offenbar hatte Reinhard Richter wieder jemanden am Telefon, der nicht wusste, was zu tun war und wie.

»Alles muss man selber machen!«, hörte Mark seinen Vater schimpfen. Er musste lächeln. Das war typisch Papa: Er hätte beileibe nicht alles selbst machen müssen. Aber er war nun einmal der Überzeugung, dass es auf der Welt niemanden gab, der es besser machen würde als er – egal, worum es sich handelte. Reinhard Richter war ein Kraftwerk, selbst unter so widrigen Umständen wie jetzt in der Klinik.

»Nein. Schicken Sie es mir in die Klinik. – Das glaube ich wohl. Aber ich traue Ihnen nicht. Nein, nein, ich will das persönlich sehen. Außerdem haben Sie sowieso nicht die Vollmacht, solche Vereinbarungen abzuzeichnen. – Ja. Genau. Schreiben Sie sich das hinter die Ohren.«

Reinhard Richter winkte seinem Sohn, hereinzukommen und sich zu setzen. Mark zog sich einen Stuhl an das Bett und setzte sich neben ihn. »Ich will das um Punkt siebzehn Uhr auf meinem Schreibtisch haben. Exakt. Gut. Bis dann.« Er knallte den Hörer auf die Gabel und seufzte. »Auf meinem Nachttisch wäre wohl richtiger. Hallo, mein Junge. Wie geht es dir?«

»Danke, Papa. Das frage ich dich! Langweilig scheint dir ja nicht zu sein hier drin.«

»Im Gegenteil, Mark. Es ist mir elend langweilig. Vor allem hasse ich es, den ganzen Tag im Pyjama herumlaufen zu müssen.« Er richtete sich auf. »Kennst du das? Man fühlt sich einfach besser, wenn man einen anständigen Anzug anhat. Ich finde, eine Krawatte zu tragen, das gibt einem einfach Haltung.«

»Man hat mehr Respekt vor sich selbst«, sagte Mark.

»Du sagst es!«, pflichtete Reinhard Richter seinem Sohn bei. Den ironischen Unterton in Marks Stimme hatte er nicht gehört. »Ich will endlich wieder ein Mensch unter Menschen sein. Ich meine: Was fehlt mir schon? Ich habe keine Schmerzen, ich schlafe viel … So ausgeschlafen war ich nicht mehr, seit ich drei war! Dieses Rumliegen macht einen krank, nicht die Arbeit.«

»Aber Papa, dein Schlaganfall ist nicht vom Rumliegen gekommen, sondern vom Stress.«

»Wer sagt das? Ich bin der Meinung, dass der Stress gut

ist für mich. Um es kurz zu machen, ich will hier raus. Die sollen mich entlassen. Sei so gut, Junge, und hole mir etwas Ordentliches zum Anziehen, damit ich mich wieder vor die Tür wagen kann. Herumsitzen kann ich zu Hause auch.«

Mark sah seinen Vater mit zweifelndem Blick an. »Aber das wirst du nicht tun, Papa«, sagte er und versuchte einen kumpelhaften Blick. »Seien wir doch mal ehrlich. Du willst hier raus, weil du draußen mehr auf die Beine stellen kannst. Du hast Angst, dass der Laden ohne dich nicht richtig läuft. Du siehst, wie deine Kunden sich beschweren, deine Mitarbeiter tun, was ihnen gefällt, deine Chancen ungenutzt vorbeiziehen ...«

»Und? Sind das nicht alles ausgezeichnete Gründe, rauszuwollen? Ich finde es nur legitim, sich um die eigenen Angelegenheiten kümmern zu wollen. Ich bin in meinem ganzen Leben keinem Menschen zur Last gefallen!«

»Aber das tust du doch auch jetzt nicht, Papa. Schau mal, du zahlst das doch alles selber hier. Die leben davon, dass du sie diesen Job machen lässt. Du fällst niemandem zur Last. Im Grunde stützt du das Bruttosozialprodukt.«

Reinhard Richter sank wieder in sein Kissen zurück und schloss die Augen. »Mach dich nur lustig«, sagte er und klang plötzlich matt.

»Papa«, Mark legte seine Hand auf die seines Vaters. »Ich mache mich nicht lustig. Ich finde es nur seltsam, dass ausgerechnet ich von uns beiden auf einmal der Vernünftige sein muss.« Er drückte seinem Vater die Hand, und Reinhard Richter sah ihn an. »Schau mal, Papa, die Sache ist doch ganz einfach: Es ist passiert – und alle wollen, dass es nicht wieder passiert. Alle sorgen sich um dich. Mama ist ganz krank vor Sorge!«

»Ist sie das?«

»Klar. Was denkst du denn? Du bist doch ihr Leben. Du bist doch ihr Ein und Alles. Wenn du jetzt rausgehst, stirbt sie vor Angst um dich, Papa! Also denk auch an Mama ...«

Eine Weile schwieg Reinhard Richter. Dann nickte er, beinahe unmerklich, und sagte leise: »Also gut. Dann bleibe ich eben noch ein paar Tage.«

»Danke, Papa.«

Reinhard Richter drückte seine Hand. »Danke, Mark.«

Als Mark wieder auf den Parkplatz kam, stellte er fest, dass der dunkelblaue Mercedes nicht auf seinem Platz stand – obwohl Doktor Englisch ja im Polizeiauto mitgefahren war. Vermutlich hatte man den Wagen zur kriminaltechnischen Untersuchung mitgenommen, ja vielleicht auch schon Spuren gefunden. Wahrscheinlich. Sonst hätten sie Englisch nicht mitgenommen, sondern einfach in seinem Büro verhört.

Mark setzte sich in den Wagen und ließ den Motor an. Seine Schulter schmerzte. Er hätte ein bisschen Ruhe gut vertragen können. Andererseits beschäftigte ihn die Sache. Die Damen und Herren der Klinik begannen ihm ans Herz zu wachsen.

Anders als vorhin bereitete ihm das Krachen des Getriebes und das Aufheulen des Motors mit einem Mal Vergnügen. Es brachte ihn nämlich auf eine Idee. Er schoss rückwärts aus seiner Parklücke und jagte den Wagen auf das Pförtnerhäuschen zu. Der Mann hinter der Scheibe sprang auf und kam heraus. Mark bremste und setzte ein verlegenes Lächeln auf.

»Sorry«, sagte er. »Länger nicht gefahren.«

Der Pförtner grunzte etwas Unverständliches. »Ach«, sagte Mark. »Wann ist eigentlich Ihr Dienst zu Ende?«

»Wie bitte?« Der Pförtner sah ihn an, als habe er ihm ein unmoralisches Angebot gemacht.

Mark musste lachen. »Ich hätte nur gerne mit dem Kollegen, der nachts Dienst hat, gesprochen.«

»Geht es um die Sache mit Doktor Englisch? Ich habe Ihrem Kollegen schon alles gesagt.«

Seinem Kollegen? Mark konnte sein Glück kaum fassen: Der Pförtner verwechselte ihn mit einem Polizisten! Er schaltete blitzschnell.

»Tja«, sagte er. »Tut mir leid. Aber zur Absicherung der Aussagen müssen alle Zeugen zweimal befragt werden.«

»Ach. Na, dann fragen Sie mal. Aber fahren Sie bitte hier seitlich ran, damit wir nicht im Weg stehen.« Er deutete auf einen Grünstreifen hinter dem Schlagbaum.

Mark machte mit dem Wagen einen Satz nach vorn und blieb neben dem Weg stehen. Er stieg nicht aus, um seinen fixierten Arm nicht deutlicher zu zeigen als unbedingt nötig. »Hatten Sie denn Dienst in der fraglichen Nacht?«

»Ja, allerdings. Gestern, Dienstag, war Schichtänderung. Da habe ich diese frühere Schicht übernommen. Am Montag, als die Sache passiert ist, hatte ich Spätschicht. Die Schichten sind ja immer ganz ähnlich wie die der Schwestern. Ich sehe Schwester Beate noch vor mir. Das war so um kurz nach halb zwölf. Hab noch im Ohr, wie sie mir Gute Nacht zuruft und die Straße runtergeht.«

»Moment. Die Straße können Sie doch von Ihrem Pförtnerhaus aus gar nicht sehen«, warf Mark ein.

»Ich bin raus und habe ihr hinterhergesehen. Wissen

Sie, Schwester Beate war eine ziemlich attraktive Frau, wenn Sie verstehen, was ich meine ...«

Mark nickte nur unverbindlich. Aber er wusste sehr gut, was der Pförtner meinte. »Und wie wirkte sie? Ich meine: Hatten Sie den Eindruck, dass es ihr gut ging? Oder war sie in Eile? Ist Ihnen da irgendetwas aufgefallen?«

Der Pförtner schien einen Moment in sich zu gehen. »Nein. Sie war so fröhlich wie immer.«

»Fröhlich? Hat sie gescherzt?«

»Nein, nein.« Er blickte zu Boden. »Sie hat«, sagte er und blickte peinlich berührt zu Boden, »sie hat mir immer so, wie sagt man, Kusshändchen zugeworfen.« Er räusperte sich. »Na ja, das hat sie halt manchmal so spaßeshalber gemacht, mit einem Augenzwinkern, na ja ...« Er blickte wieder auf. »Aber nicht nur bei mir!«, versicherte er mit wichtiger Miene. »Nicht dass Sie glauben, es hätte da was zwischen uns gegeben!«

»Verstehe«, sagte Mark. »Und Doktor Englisch? Haben Sie den auch die Klinik verlassen sehen?«

»Aber ja, er hatte es ziemlich eilig«, beteuerte der stämmige Mann. »Ich hatte kaum Zeit, den Schlagbaum hochzufahren, so schnell kam er um die Ecke.«

»Wann war das ungefähr?«

»Kurz nachdem Schwester Beate die Klinik verlassen hatte. Vielleicht so drei, vier Minuten später.«

»Da waren Sie schon wieder zurück in Ihrem Häuschen?«

Der Pförtner guckte etwas verständnislos. »Ich meine, nachdem Sie Schwester Beate noch auf die Straße gefolgt waren und ihr nachgeguckt hatten«, erklärte Mark.

»Ach so. Ja, da war ich schon wieder in meinem Häuschen. Sagen Sie, müssen Sie da nicht irgendwelche Notizen machen?«

Mark überhörte die Frage. »Und Sie sind sicher, dass Doktor Englisch am Steuer saß?«

»Also, da bin ich mir ganz sicher. Er hat mir zugewinkt.« Plötzlich musterte der Pförtner Mark misstrauisch. »Moment mal, haben Sie nicht vorhin gesagt, Sie wären der Sohn von einem Patienten?«

7. Kapitel

1.

Mark hörte, wie sein Anruf weitergeleitet wurde. Es knackte zwei-, dreimal, läutete dann etwas gedämpfter, und schließlich nahm jemand ab mit einem knappen »Ja«.

»Flemming?«

»Wer spricht?«

»Richter hier. Wo erreiche ich Sie denn gerade? Auf den Bahamas?«

»Welcher Richter?«

»Mark Richter!«

»Sie haben wieder irgendein Problem.«

»Wie kommen Sie darauf, Flemming?«

»Sie rufen immer an, wenn Sie ein Problem haben.«

»Dann kann ich Sie überraschen: Ich habe kein Problem. Aber ich habe einen Job für Sie.«

»Das heißt, ich soll etwas für Sie erledigen, damit kein Problem für Sie draus wird! Na schön, dann schlage ich vor, wir sehen uns in einer halben Stunde an der Bar des Atlantic.«

»Hören Sie, Flemming ...«, versuchte es Mark mit einem Alternativvorschlag. Doch der andere hatte bereits wieder aufgelegt.

Mark kannte Flemming aus dem Gefängnis. Er war wegen Fahrens ohne Führerschein dort gelandet und hatte sich wie immer geweigert, die Geldstrafe zu bezahlen. Flemming saß wegen einem Körperverletzungsdelikt ein.

Er hatte einen Zuhälter kassiert und ihn so lange geprügelt, bis der den Chef eines Mädchenhändlerrings aus Rumänien verpfiffen hatte. Unorthodoxe Methoden. Und Flemming wurde nicht nur von den Knastis respektiert, sondern auch vom Wachpersonal. Er war ein Mann fürs Grobe. Doch er arbeitete nicht für die Justiz, sondern ausschließlich für private Auftraggeber, meist aus der Halbwelt – und manchmal für Mark.

Zum Atlantic waren es von Marks Wohnung aus kaum zwanzig Minuten zu Fuß. Er entschloss sich, den Wagen stehen zu lassen, und spazierte durch den leichten Regen, der wieder eingesetzt hatte. Als er die Bar betrat, war diese menschenleer, es war noch zu früh. Mark bestellte sich einen Cuba libre. Der Barkeeper warf ihm einen müden Blick zu und sah auf die Uhr. Plötzlich läutete das Telefon.

Der Barmann ging nach hinten und kam wenige Sekunden später wieder nach vorne. »Sind Sie Herr Anwalt?«

»Wie bitte?«, fragte Mark verwirrt. Doch dann begriff er, was der Mann meinte. »Anwalt, ja, klar.«

Der Barmann sah ihn zweifelnd an. »Sie sollen schon mal runtergehen in die Tiefgarage. Ihr Bruder kommt gleich nach.«

»Oh, ja. Alles klar«, sagte Mark, bezahlte und beeilte sich, zum Lift zu kommen, während ihm der Barkeeper mit skeptischem Blick nachsah.

Mein Bruder, dachte Mark und musste leise lachen. Knastbruder trifft es eher. Er fuhr nach unten und trat ins fahle Licht der Garage. Suchend blickte er sich um. Da blitzten plötzlich am anderen Ende der großen Halle Scheinwerfer auf und erloschen wieder. Mark ging mit schnellen Schritten zu dem Wagen.

»Flemming?«, sagte er und trat an die Beifahrertür, die von innen aufgestoßen wurde.

»Steigen Sie ein. Machen Sie schon.«

Kaum saß Mark, fuhr Flemming los und bog auf die Straße ein, um keine fünf Atemzüge später im dichten Verkehr des Hamburger Feierabends unterzutauchen. Mark wunderte sich, dass die Schranke zum Parkhaus offen gestanden hatte. Wahrscheinlich hatte Flemming sie vorher manipuliert.

»Sie sorgen immer vor, was?«, bemerkte Mark ein wenig spöttisch. Flemming antwortete nicht und konzentrierte sich nur auf den Verkehr. »Sie sind immer noch ein ziemlich paranoider Mann, Flemming. Muss das immer wie bei James Bond zugehen, wenn wir uns treffen?«

Flemming lachte. »Woher, denken Sie, habe ich meinen Spitznamen?«

»Spitznamen?«

Flemming lachte noch lauter. Klar, dachte Mark, Flemming, so hieß der Autor, der die James-Bond-Romane geschrieben hatte. Jetzt musste auch er lachen.

»Also«, sagte Flemming. »Wo drückt der Schuh?«

»Eigentlich drückt er noch nicht«, sagte Mark und besah sich das Innere von Flemmings Wagen. Nichts, absolut nichts, was Rückschlüsse auf Flemmings Profession erlaubt hätte. Und dass Flemming eine gehäkelte Klorolle auf der Hutablage spazieren fuhr, hatte Mark auch nicht erwartet. Aber es war auch keine CD zu sehen, kein Maskottchen am Spiegel, kein Stadtplan im Türfach, kein Halter für Handy oder Navigationssystem. Dieses Auto war so clean, dass er es jederzeit versenken konnte, und niemand würde eine Spur zu seinem Halter zurückverfolgen können. Falls er überhaupt der Fahrzeughalter war, woran Mark sehr zweifelte.

»Kommen Sie, Richter, rücken Sie schon raus mit der Sprache.«

»Okay. Es geht um meine Tochter.«

»Drogen?«

»Gott bewahre!«

Flemming sah ihn von der Seite an. »Wirklich nicht?«

»Nein. Wirklich nicht. Ihr Freund ... oder vielmehr: Der Mann, der hinter ihr her ist ...«

»Nun sagen Sie nicht, dass Sie der eifersüchtige Papa sind!« Flemming war ehrlich verblüfft. Er angelte eine Sonnenbrille aus seiner Hemdtasche und setzte sie sich auf, weil die Abendsonne, die inzwischen durchgebrochen war, ihn blendete.

»Doch. Bin ich«, sagte Mark. »Ich kenne mich selbst nicht wieder. Aber der Typ ist nicht astrein, verstehen Sie? Ich glaube, dass der ... Nun, jedenfalls möchte ich Sie bitten, mal ein Auge auf ihn zu werfen.«

»Mal ein Auge?«, äffte Flemming ihn nach. »Was soll das heißen? Soll ich ihn mir vorknöpfen? Oder soll ich wirklich nur ein wenig nachforschen?«

»Vorknöpfen? Nein, Flemming, keine Gewalt. Nur beobachten, rausfinden, ob er eine Freundin hat ...«

»Oder eine Frau.«

»Ja, auch das wäre möglich. Ob er irgendeine Macke hat. Meine Tochter hat so eine Eigenart, sich Männer mit echten Problemen zu angeln.«

Flemming lächelte vielsagend, während er den Wagen durch einen Hinterhof lenkte, um auf eine andere Straße zu gelangen.

Aus den Augenwinkeln betrachtete Mark Flemming, dessen schütteres Haar von einem unbestimmten Grau war, wie überhaupt alles an dem Mann unauffällig farblos wirkte. Nur die Hände waren bemerkenswert, grob, groß und behaart.

»Mit Foto?«, fragte Flemming.

»Wenn Sie etwas Interessantes finden, warum nicht.«

»Und bis wann?«

»Bis gestern wäre gut.«

»Sagen wir morgen, Donnerstag.«

»Selbe Zeit, selber Ort?«

»Werde ich Ihnen kurz vorher sagen.« Flemming bremste scharf. »Wenn Sie sich beeilen, erwischen Sie ihn noch«, sagte er und nickte zu dem Bus hin, der eben auf der anderen Straßenseite an der Haltestelle stehen geblieben war.

»Bis morgen«, sagte Mark und stieg in aller Ruhe aus. Dem Bus würde er nicht hinterherhecheln. Er konnte warten. Warten und nachdenken.

2.

Ricarda fühlte sich, als würde sie auf einer Wolke schweben. Sie war gut gewesen! Richtig gut! Sie rief bei ihrer Freundin Sandra an. »Hi! Weißt du, wo ich gerade war?«

»Du wirst es mir sagen.«

»Ich hatte gerade einen Termin bei der Paduani-Stiftung! Stell dir das mal vor!«

»Aha.« Sandra klang nicht wirklich begeistert. »Sollte mir das was sagen?«

»Ob dir das was sagen sollte? Klar! Das sollte dir sagen, dass deine olle Freundin Ricki demnächst ganz groß rauskommen wird als Performerin. Die Paduani-Stiftung ist eine superreiche Stiftung. Die machen in Kultur.«

»Und da brauchen sie unbedingt dich?«

»Die brauchen nicht mich, ich brauche sie.«

»Aha. Und wie sind die ausgerechnet auf dich gekommen?«

Ricarda konnte es ja selbst kaum glauben. »Steffen hat mich da reingebracht.«

»Dein Doktor?«

»Er ist nicht *mein* Doktor. Noch nicht«, sagte sie und gluckste.

»Sag mal, hast du was geraucht?«

»Spinnst du? Ich rauche doch nichts.«

»Jedenfalls klingst du ganz schön high.«

»Kein Wunder. Ich habe denen meine Butterfly-Performance vorgeführt. Und die waren gleich dabei.«

»Butterfly. Du meinst, so ganz mit allem? Nackt und so?«

»Nein, das nicht. Brauchen die doch nicht, um sich vorzustellen, was es ist. Es ging ja nur darum, ihnen klarzumachen, wie die Performance aussieht.«

»Na, dein Doktor hätte sich bestimmt mehr gefreut, wenn du sie gleich richtig vorgeführt hättest.«

»Vielleicht mache ich das ja noch. Ah, da vorne ist er. Ich muss aufhören. Tschüs!«

Sie klappte das Handy zu. An der Ecke stand Steffen Wenger und erwartete sie in seinem Cabrio. »Hi!«

»Hi! Wie lief's?«

»Super! Die waren total nett und superinteressiert.«

»Na, siehst du. Ich habe ja gleich gesagt, dass du da offene Türen einrennen wirst.« Er machte von der Fahrerseite aus die Beifahrertür auf und ließ sie einsteigen. Sie sprang auf den Beifahrersitz und gab ihm einen Kuss auf die Wange. »Schade, dass du nicht dabei warst.«

»Das wäre nicht gut gewesen. Sieht so nach Gefälligkeitsunterstützung aus.«

»Na ja, war es ja auch.«

Wenger setzte seine Sonnenbrille auf und startete den Motor. »Nicht unbedingt. Ich finde, dass dein Projekt wirklich fördernswert ist.«

»Du kennst es ja noch gar nicht richtig.«

Er grinste. »Intuition«, sagte er.

»Jedenfalls bin ich dir wahnsinnig dankbar, dass du das für mich arrangiert hast.«

»Kein Problem. Wenn ich etwas tun kann: jederzeit gerne.« Er blinkte und fädelte sich in den Verkehr Richtung Innenstadt ein.

»Das ist echt nett von dir. Ich weiß gar nicht, wie ich mich revanchieren kann.«

Wenger lächelte spitzbübisch. »Ich wüsste schon ...«, sagte er, während er Musik anmachte und verschiedene Sender anwählte

»Ah ja?«, sagte Ricarda und sah ihn gespannt an. »Und wie?«

»Du könntest dich von mir zum Abendessen einladen lassen.« Er hatte scheinbar gefunden, was er im Radio gesucht hatte, einen coolen Sound mit satten Saxofontönen.

»Klar!«, sagte Ricarda. »Ich denke, das Opfer könnte ich bringen.« Sie legte den Kopf zurück und genoss den Fahrt-

114

wind, der durch ihr Haar strich. »Und wohin wollen wir gehen?«

»Ich dachte, wir gehen zu mir.« Er gab Gas.

3.

Das Haus der Richters war aus dem vorletzten Jahrhundert. Pilaster zierten die Eingangstür, die man gut und gerne als Portal bezeichnen konnte und die in eine prächtige Vorhalle führte. Eine mit dunkelrotem Teppich bespannte Treppe wand sich um einen nachträglich eingebauten, aber dennoch sehr dekorativen Fahrstuhl. Mark ging wie immer zu Fuß, immer zwei Stufen auf einmal nehmend. Im ersten Stock angelangt, kam ihm das Dienstmädchen entgegen.

»Guten Tag, Maria.«

»Guten Tag, Herr Doktor Richter.« Sie trat beiseite, um ihn vorbeizulassen.

»Ist meine Mutter zu Hause?«

»Ja, die Gräfin ist da. Soll ich ihr Bescheid geben, dass Sie da sind, Herr Doktor Richter?« Sie half ihm aus seinem leicht speckigen Parka und hängte ihn sich mit spitzen Fingern über den Arm.

»Ja, bitte. Ich bin so lange im Arbeitszimmer.« Mark musste ein Schmunzeln unterdrücken. Das Dienstmädchen nannte seine Mutter immer noch und immer wieder »die Gräfin«, nur weil sie eine geborene Countess Northcastle war, halb englischer, halb schottischer Adel.

»Natürlich«, sagte Maria. »Darf ich Ihnen etwas bringen? Möchten Sie vielleicht einen Tee oder ...«

115

»Nein, nein, Maria. Sagen Sie einfach meiner Mutter Bescheid. Danke.«

»Gerne.« Das Dienstmädchen verbeugte sich leicht und ging dann rasch davon.

Mark atmete tief durch. Es war der Duft seiner Kindheit, der ihn in diesen Räumen umfing. Hier war er groß geworden, hier hatte er seine langweiligen Sonntage verbracht, hierher hatte er unter größten Diskussionen seine erste Freundin mitgebracht, hier hatte er Mumps und Masern und Windpocken ausgebrütet, und hier hatte er auch beschlossen, nicht so zu werden wie seine Eltern.

Er ging an den alten Meistern vorbei, die die Wände zierten, Ansichten schottischer Landschaften und Porträts *hanseatischer Kaufleute*, ließ seine Hand über die glänzende, absolut staubfreie Fläche der antiken Konsolen und Kommoden gleiten und trat dann in das Arbeitszimmer, in dem er, wenn sein Vater im Büro war, seine Schularbeiten gemacht hatte. Reinhard Richter hatte für seinen Sohn seinen zweiten Sekretär angeschafft, der immer noch dort stand, wo er schon in Marks Kindheit gewesen war.

Reinhard Richters Sekretär war verschlossen. Mark nahm den Schlüssel und sperrte ihn auf. Vorsichtig klappte er die Platte nach unten. Er setzte sich und zog die verschiedenen Schubladen auf, fand Depotauszüge, deren Summen ihm sündhaft erschienen, ihn aber auch nicht wirklich überraschten, weil er immer gewusst hatte, dass sein Vater ein begnadeter Geschäftsmann war, entdeckte einige Briefentwürfe in englischer Sprache – und schließlich Unterlagen über Immobiliendarlehen, die auf den Namen Dr. Reinhard Richter ausgestellt waren. Schnell nahm er die Papiere und steckte sie in den Umschlag eines anderen Briefes.

»Mark!«

Viola Richter war, leise wie immer, ins Zimmer getreten und stand nun mit weit geöffneten Augen da, den Morgenmantel eng um den schmalen Leib geschlungen, in den Händen ein Taschentuch.

»Mama!« Mark stand auf und umarmte sie. Sie standen kurz beieinander, beide etwas ungelenk in dieser Vertrautheit, die sie nie wirklich füreinander empfunden hatten.

»Was machst du da?«

»Papa hat mich gebeten, einige Unterlagen für ihn zu holen.«

Viola Richter trat einen Schritt zurück. Die Ginwolke blieb. Nun konnte Mark sehen, dass sie geweint hatte. »Du willst ihm Unterlagen in die Klinik bringen?«

»Er hat mich darum gebeten«, verteidigte sich Mark und nahm sicherheitshalber den Umschlag. Den Sekretär klappte er wieder zu, auch um ihr zu bedeuten, dass er nun nicht meterweise Akten ans Krankenbett zu bringen beabsichtigte.

»Das sieht ihm ähnlich. Wie *könnt* ihr nur?« Alle Zerbrechlichkeit war plötzlich von ihr abgefallen. »Reicht es nicht, dass er einen Schlaganfall hatte? Muss er sich auch noch im wahrsten Sinn des Wortes zu Tode arbeiten?«

Mark schwieg, um sie nicht noch mehr aufzubringen. Stattdessen nahm er den Schlüssel und wollte ihn ins Schloss des Sekretärs stecken.

»Und das?«, fragte Viola Richter mit sich beinahe überschlagender Stimme.

»Pardon?«

»Was soll das nun werden? Sperrst du den Schreibtisch etwa ab? Hat dein Vater Geheimnisse vor mir?«

»Mama«, versuchte es Mark mit beschwichtigender Geste. Doch Viola Richter gebot ihm zu schweigen.

»Ich will nichts hören! Ihr müsst selber wissen, was ihr tut. Schließlich seid ihr beide erwachsene Männer.« Sie musterte ihn einige Sekunden, und ohne ein weiteres Wort drehte sie sich um und verließ das Zimmer. Mark folgte ihr nach einer kleinen Weile, den Umschlag in der Hand. Den Sekretär ließ er unverschlossen, den Schlüssel indes hatte er wieder eingesteckt. Rasch ging er zur Garderobe und steckte den Umschlag gefaltet in die Innentasche seines Parkas. Dann ging er zu dem kleinen Salon, den seine Mutter seit jeher als ihr persönliches Refugium nutzte.

Viola Richter saß am Fenster und schaute mit abwesendem Blick hinaus. In der Hand hielt sie ein Glas mit einer klaren Flüssigkeit, die dazugehörige Flasche stand in Reichweite auf einem kleinen Tischchen, auf dem auch ein Band mit Gedichten von Geoffrey Chaucer lag. Das Buch lag dort schon seit ewigen Zeiten. Ob sie jemals darin las? Er hatte sie nie dabei beobachtet.

»Mama«, sagte er und trat zu ihr. »Du solltest nicht so viel grübeln.« Er nahm ihr das Glas aus der Hand. »Und nicht so viel trinken.«

Viola Richter nahm das Glas wieder an sich. »Mein Sohn, nicht ich bin es, die im Krankenhaus liegt. Belehrungen solltest du besser an deinen Vater richten – statt ihn in seiner Unvernunft zu unterstützen.«

Er zog einen zweiten Stuhl heran und setzte sich neben sie. »Ist es nicht so, dass du diesen ganzen Reichtum auch ganz gerne hast, Mama?«

»Natürlich habe ich ihn gerne. Aber du glaubst doch wohl nicht, dass es einen Unterschied macht, ob man fünfzehn Millionen auf dem Konto hat oder achtzehn? Wofür soll man denn das alles ausgeben? Warum rennt dein Vater dem Geld noch hinterher, als hätte er es nötig?«

»Ich glaube, es geht ihm nicht ums Geld, Mama. Ich glaube, es geht ihm ums Hinterherrennen. Das macht ihm Spaß. Er ist ein Jäger.«

»Er ist ein Raubtier.«

Sie hatte recht, er war ein Raubtier.

»Nein«, sagte Mark. »Er ist kein Raubtier. Er ist ein Mann, der es geschafft hat, seine Interessen mit Vernunft und Freude an der Arbeit in Einklang zu bringen. Wünschen wir uns das nicht alle?«

»Du klingst, als hättest du wieder eine deiner politisch ach so korrekten Reden vorbereitet.« Viola Richter sah ihn an. »Warum seid ihr euch so unähnlich. Was er zu viel hat, hast du zu wenig. Du solltest endlich dein Leben in den Griff bekommen – und er sollte mal lernen, dass es auch noch mehr gibt als Disziplin und Fleiß. Weißt du, dass wir nie eine Weltreise gemacht haben? Wir waren nie zusammen in China. Er schon, ja, oft genug. Schanghai und Hongkong und in letzter Zeit mehrmals auch Peking. Aber gemeinsam? Nie. Das wäre ja nicht Arbeit gewesen, sondern Vergnügen ...«

Mark bezweifelte, ob es wirklich ein Vergnügen gewesen wäre, mit Viola Richter auf Weltreise zu gehen. Mit einer Frau, die jeden Hotelmanager zur Verzweiflung brachte und jeden Restaurantchef dem Selbstmord nahe. »Wir haben nie mehr als zwei, höchstens drei Wochen am Stück Urlaub gemacht.«

Mark nickte. »Ich kann dich gut verstehen, Mama. Papa ist ein Arbeitstier. Aber ich kann mir gar nicht vorstellen, dass das anders war, als du ihn kennengelernt hast.«

»War es auch nicht«, seufzte Viola Richter und nahm einen Schluck Gin. »Aber ich war anders. Ich war jung, ich hatte von nichts eine Ahnung. Und ich fand einen Mann, der die Puppen tanzen lassen konnte, attraktiv.«

Mark trat auf seine Mutter zu und nahm ihr das Glas aus der Hand, aber nicht, um es fortzustellen, sondern um selbst einen Schluck zu nehmen. Verwundert blickte ihn seine Mutter an.

»Ja«, sagte er. »Wir haben uns alle verändert.«

4.

Christina Pfau klappte die Akte zu. Es war ein scheußlicher Fall, mit dem sie sich beschäftigen musste. Der Tote war auf ungeklärte Weise ums Leben gekommen. Man hatte seine Leiche morgens im Park gefunden, die Spuren am Tatort hatten keine Rückschlüsse auf irgendwelche Milieugangster zugelassen – nichts, was auf Drogen oder Prostitution gedeutet hätte. Nur ein Mann im feuchten Gestrüpp. Nackt. Ohne ein Zeichen seiner Identität. Die Polizei hatte natürlich zunächst die lange Liste der Vermissten abgeglichen. Doch ein Mann um die fünfzig, Bauch, Halbglatze, offenbar Brillenträger, war nicht darunter gewesen. Sogar die Brille hatte gefehlt. Nur die Abdrücke auf dem Nasenrücken waren noch da gewesen. Eine natürliche Todesursache war möglich, aber nicht wahrscheinlich. Wenn ihn jemand gefunden und lediglich die Leiche gefleddert hätte, dann hätte er den Toten nicht vollkommen ausgezogen. So gänzlich nackt, das war ein Zeichen, da versuchte ein Täter eine Botschaft zu übermitteln.

Christina hatte die Akte unerlaubterweise mit nach Hause genommen. Eigentlich hatten solche Unterlagen unter Verschluss zu bleiben. Inzwischen bereute sie es, sie mitgebracht zu haben. Es war immer dasselbe – Fotos von Gewaltopfern verunreinigten in gewisser Weise die Aura eines Raumes. Irgendwie war das Licht in der Wohnung schlechter, irgendwie war die Luft plötzlich schal.

Christina öffnete ein Fenster und fröstelte. Es war schon beinahe dunkel draußen. Und es wurde jetzt abends immer ziemlich kalt. Der Herbst hatte Einzug gehalten in die Stadt. Sie machte das Fenster wieder zu, nahm die Akte vom Schreibtisch und steckte sie in einen verschließbaren Container.

Frieder erwartete sie im Wohnzimmer. Er war wahrscheinlich der faulste Kater, der je durch Hamburgs Straßen gestreift war. Christina hatte ihn von ihrer Freundin geerbt, als die nach München gezogen war, und Frieder hatte der Freundin klar zu verstehen gegeben, dass er nicht mitziehen wollte. Sie setzte sich neben ihn aufs Sofa und kraulte ihn am Hals. Wenige Momente später angelte sie nach der Fernbedienung, um die Nachrichten einzuschalten.

Sich bei der Kripo als Kriminalpsychologin zu bewerben war eine Dummheit gewesen. Es war zwar ihr Beruf, und sie brauchte Arbeit. Aber mit diesem Job hatte sie so ungefähr jedes Gespenst aus ihrer Vergangenheit beschworen, und keines dieser Gespenster wollte sie wieder loslassen. Sie waren immer bei ihr, die Mörder und die Opfer, mit denen sie es zu tun gehabt hatte. Morgen würde sie bei der Obduktion des Toten aus dem Park dabei sein müssen.

»Guten Abend, meine Damen und Herren«, sagte der Nachrichtensprecher *»Aus dem Nahen Osten erreichen uns Bilder, die an den zweiten Golfkrieg erinnern. Gegen Abend flogen mehrere Verbände der israelischen Luftwaffe Einsätze ...«*

Christina schaltete den Fernseher wieder aus. Es war ein großes Morden auf dieser Welt. Und sie fühlte sich, als stünde sie mittendrin.

5.

Steffen hatte tatsächlich eine romantische Ader! Ricarda hoffte, dass das nicht nur ein schöner Abend, sondern vielleicht unter besonderen Umständen auch eine schöne Nacht mit Doktor Steffen Wenger werden würde. Man konnte ja nie wissen, und wenn er sie mit seinen grünen Augen so ansah ... Er war verliebt, keine Frage. Sie konnte es an seinen weit geöffneten Pupillen erkennen. Ein untrügliches Zeichen für Verliebtheit, wie sie aus einer Vorlesung aus ihrer Zeit als Psychologiestudentin wusste.

»Noch etwas Wein?«

Sie nickte. »Gerne. Der ist gut.«

»Ein Franzose. Nuits Saint Georges.«

»Aha.« Ricarda kannte sich mit Wein nicht aus. Aber den hier mochte sie, auch wenn sie das Gefühl hatte, dass er ein wenig zu schwer war und sie ein bisschen zu schwach machte. Aber ehrlich gesagt, war ihr das gar nicht so unangenehm. Wenger füllte ihr Glas und hob das seine. »Möchtest du tanzen?«

»Warum nicht?«

Sie stießen an, nahmen einen Schluck Wein und standen auf. Wenger machte die Musik etwas lauter. Es war Michael Bublé, Ricarda mochte ihn sehr. Wenger legte seinen Arm um sie, und beide begannen langsam zum Rhythmus der Musik zu tanzen.

»Ich bin verblüfft, wie gut du kochen kannst«, sagte Ricarda.

Wenger lächelte geheimnisvoll und schwieg eine Weile, scheinbar ganz auf den Tanz konzentriert, ehe er antwortete: »Um ehrlich zu sein, was ich noch besser kann, ist bestellen. Ich habe uns das Essen vom einem Cateringservice ganz in der Nähe kommen lassen.«

»Oh«, sagte Ricarda und musste lachen. »Dann sind wir also beide Versager am Herd.«

»Man muss nicht alles können.« Wenger zog sie näher an sich heran, sodass Ricarda für einen Augenblick der Atem stockte.

Der geht aber ran, dachte sie. Einen winzigen Moment lang kamen ihr Zweifel, weil sie an die Fotos auf Wengers Nachttisch denken musste. Wenn es wirklich so weit kam, würde sie es so *wollen?* Neben den vertrauten Bildern von Steffen und Schwester Beate mit ihm Sex haben?

Es klingelte an der Tür. Offensichtlich überrascht hielt Wenger inne. Er seufzte und sah auf die Uhr. »Entschuldige«, sagte er.

»Erwartest du jemanden?«

»Nicht dass ich wüsste.« Er sah verärgert aus – und unschlüssig.

»Geh nur zur Tür«, sagte Ricarda. »Vielleicht ist es was Wichtiges.«

»Ja.« Wenger machte die Musik leiser und zögerte wieder. Er lauschte, wohl in der Hoffnung, dass es bei dem einen Klingeln bliebe. Doch es läutete erneut. »Ja, dann sehe ich eben mal nach.«

»Kann ich so lange mal ins Bad?«

»Klar. Gleich hier links neben dem Schlafzimmer.«

Er ging durch den Flur Richtung Wohnungstür. Ricarda sah ihm nach. Mitte dreißig?, dachte sie. Mann! Fast fünfzehn Jahre älter als sie! Ihre Freundinnen würden einen Vaterkomplex diagnostizieren. Dabei war er wirklich topfit. Sie ging ins Badezimmer und betrachtete sich im Spiegel. Der Kajal war etwas verwischt. Kosmetiktücher – sie sah sich um. In Männerbädern standen ja selten solch nützliche Dinge, aber Steffen hatte erfreulicherweise doch ein Päckchen Kleenex auf einem kleinen Schränkchen neben dem Waschbecken stehen. Ricarda rupfte zwei Tücher aus der Packung, feuchtete sie etwas an und brachte ihr Make-up wieder in Ordnung.

Unter dem Waschbecken stand ein Mülleimer. Als sie den Deckel anhob, erschrak sie. In dem Eimer lagen mehrere blutverschmierter Kosmetiktücher. Ob er sich beim Rasieren geschnitten hatte? Unter dem Spiegel entdeckte sie einen Rasierapparat, also konnte Steffen sich wohl kaum beim Rasieren geschnitten haben. Merkwürdig. Schnell schob sie den Gedanken beiseite, knipste das Licht aus und war schon wieder auf dem Weg ins Wohnzimmer, als sie auf die Idee kam, noch einen Blick ins Schlafzimmer zu werfen.

Sie drückte die Tür auf, die nur angelehnt war, und

schaltete das Licht ein. Tatsächlich, Steffen hatte die Fotos entfernt! Mit einem Gefühl der Genugtuung trat sie an den Picasso und betrachtete ihn. Es war wirklich eine ziemlich freizügige Zeichnung – aber, wie sie sich eingestehen musste, verdammt inspirierend ... Das Bett war offensichtlich frisch überzogen, auf den Nachttischen standen Kerzen, Steffen hatte an alles gedacht.

Sie blickte sich um. Gedämpft hörte sie Stimmen von der Wohnungstür her. Mit vorsichtigen Fingern zog sie die Nachttischschublade auf – nur um sie sogleich wieder zuzudrücken. Darin lagen die Fotos in den Bilderrahmen. Er hatte sie offenbar bloß weggesteckt, um sie später wieder aufzustellen. Plötzlich war ihre romantische Stimmung verflogen. Ricarda fühlte sich, als habe sie eben seinen Ehering gefunden, den er sich nach dem Seitensprung wieder an den Finger stecken würde. Sie knipste das Licht aus und schlich wieder auf den Flur. Vom Eingang her hörte sie die erregte Stimme eines Mannes: »Aber ich brauche es dringend, es geht mir schlecht!«

»Es geht jetzt nicht. Ich habe keine Zeit.«

»Ich halte es nicht mehr aus, Mann!«

Leise versuchte Wenger, den Mann zu beruhigen. »Jetzt regen Sie sich nicht so auf. Machen Sie nicht so einen Aufstand.« Lauter sagte er dann: »Vielen Dank, dass Sie mir Bescheid gegeben haben, ich werde mich sofort darum kümmern.« Und kaum hörbar fügte er hinzu: »Gehen Sie jetzt, Sobotta, und warten Sie vor dem Haus auf mich.«

Ricarda huschte wieder ins Wohnzimmer und setzte sich auf das Sofa. Die prickelnde Atmosphäre war weg. Als Wenger wieder ins Zimmer trat, wirkte sein Lächeln gekünstelt, und seine Stimme klang merkwürdig heiser.

»Tut mir leid, Ricarda«, sagte er. »Ich werde dringend zu einem Patienten gerufen. Aber ich bin in ein paar Minuten wieder hier.«

»Kein Problem, Steffen. Ich wollte sowieso gerade gehen.«

»Du wolltest gehen? Aber warum denn? Der Abend hat doch gerade erst begonnen ...« Wenger schien ehrlich bestürzt.

»Vielleicht ein andermal, Steffen.« Ricarda stand auf und nahm ihre Jacke, die sie über die Sofalehne gelegt hatte.

»Tja, also, wenn du meinst ...« Er begleitete sie zur Tür.

Ricarda gab ihm einen flüchtigen Kuss auf die Wange und wandte sich zum Gehen.

»Kümmere du dich um deine Patienten. Wir telefonieren morgen.« Mit diesen Worten verschwand sie auf der Treppe.

Sie lief hinunter, obwohl es auch einen Aufzug gegeben hätte. Doch sie war jetzt zu aufgewühlt, um auf den Lift zu warten. Vor dem Haus sah sie sich kurz um und wollte gerade zu ihrem Wagen gehen, als sie im Schatten einer Einfahrt jemanden stehen sah. Es war der nächtliche Besucher von eben, da war sie sich sicher. Sie tat so, als hätte sie nichts bemerkt, und bog um die nächste Ecke, um sich schnell von der anderen Seite des Hauses wieder zu nähern.

Sie war noch kaum auf Sichtnähe herangekommen, da ging auch schon die Haustür auf, und Steffen Wenger trat heraus. Ricarda drückte sich in den Schatten.

»Hier, nehmen Sie die«, hörte sie Wenger sagen. »Drei davon, und Sie fühlen sich besser.«

»Tabletten? Ich brauche einen Schuss, Doc. Sie haben mir sonst auch Stoff gegeben.«

»Ich kann Ihnen doch hier keine Spritze geben«, zischte Wenger.

»Dann gehen wir nach oben! Die Kleine ist doch weg ...«

»Pssst! Müssen Sie so laut sein? Sie tun sich doch selbst keinen Gefallen.«

»Dann setzen wir uns in mein Auto.«

Gebannt lauschte Ricarda den Männern. Und dann beobachtete sie mit pochendem Herzen, wie sie in einen Wagen stiegen und wie der Unbekannte seinen Arm frei machte. *Die Kleine ist doch weg,* hatte er gesagt. Damit hatte er sie gemeint, keine Frage. Doch woher hatte er wissen können, dass sie aus Wengers Wohnung gekommen war?

6.

Mark lag wach. Seine Schulter schmerzte. Er fand keine Lage, in der er hätte schlafen können. Außerdem arbeitete es in ihm. Er musste an Schwester Beate denken. Immer wieder spielte sich vor seinem geistigen Auge der Unfall ab, von dem er nicht einmal wusste, wo genau er stattgefunden hatte. Er sah vor sich, wie eine dunkle Limousine über den Bordstein schoss und sie erfasste. Und was war dann geschehen? Hatte der Fahrer zurückgesetzt und war dann weitergefahren, als sei nichts geschehen? War er ausgestiegen, hatte nachgesehen und festgestellt, dass die Frau nicht mehr zu retten war, und hatte sich erst dann entschlossen, lieber nicht auch noch sein eigenes Leben zu ruinieren? War Schwester Beate vielleicht gar nicht auf dem Gehweg gegangen, und hatte der Wagen sie deshalb erfasst? Vielleicht an einer dunklen Stelle? Was hatte sie angehabt? Mark stellte sie sich immer im weißen Kittel vor. Doch das war natürlich Unsinn. Den trug sie schließlich nicht auf der Straße. Es war Herbst. Sie würde einen Mantel getragen haben. Die Wahrscheinlichkeit sprach für einen dunklen Mantel.

An Schlaf war nicht zu denken, also stand er auf, trank ein Glas kalte Milch, nahm ein Aspirin und wanderte durch die Wohnung, bis er schließlich seinen Jogginganzug überstreifte und nach draußen ging. Den Arm konnte er bequem unter dem Sweatshirt lassen. Es sah fast aus, als hätte er die Hand nur in die Tasche gesteckt. Er joggte langsam los und erreicht nach etwa dreißig Minuten das Krankenhaus.

Er sah auf die Uhr: fast halb zwölf. Wenig später war Schwester Beate von der Spätschicht gekommen und hatte sich auf den Weg zum Bus gemacht. In welche Richtung sie wohl gegangen war? Mark sah sich um. Es war in beiden Richtungen keine Bushaltestelle in Sichtweite. Ob er den Pförtner fragen sollte? Aber nein, der kannte ihn und hätte sich einmal mehr gewundert. Andererseits: Hatte die Schicht nicht gewechselt? Richtig! Es war Zufall gewesen, dass er tagsüber den Nachtportier vom Unglückstag hatte befragen können. Der Mann, der jetzt im Häuschen säße, würde ihn gar nicht kennen.

Mark trat näher. Die Tür zum Pförtnerhäuschen stand offen. Es war leer. Er sah sich um: Ein Mann kam aus dem Gebüsch, offensichtlich hatte er den Weg zum Hauptgebäude gescheut, um dort die Toilette aufzusuchen.

»Entschuldigung«, sagte Mark.

»'n Abend«, sagte der Pförtner und räusperte sich. Es war ihm offensichtlich peinlich, dass man ihn dabei erwischt hatte, wie er höchst unvornehm ins Gebüsch pinkelte.

»Guten Abend. Sagen Sie, gibt es hier irgendwo eine Bushaltestelle?«

Der Pförtner musterte ihn mit einer gewissen Skepsis. »Eine Bushaltestelle? Sie hätten eigentlich an einer vorbeikommen müssen, wenn Sie hier zu Fuß unterwegs sind. Es gibt eine in der Richtung«, er wies schräg nach links, »und eine in der.«

»Ah, danke. Dann habe ich wohl nicht aufgepasst. Und welche liegt näher?«

»Näher? Wo wollen Sie denn hin?« Mark sagte nichts. »Na, die in der Richtung ist wahrscheinlich etwas näher. Die meisten fahren von dort.«

»Prima. Danke.« Die meisten, dachte Mark. Hatte dazu auch Schwester Beate gehört? Wahrscheinlich. Niemand läuft in der Nacht länger durch die Gegend als nötig. Und schon gar nicht eine Frau, die allein unterwegs war.

Er winkte dem Pförtner kurz zu und machte sich auf den Weg. Die Straße verlief leicht abschüssig und machte eine Kurve. Der Weg war rutschig durch das nasse Laub. Ideale Bedingungen, die Kontrolle über seinen Wagen zu verlieren, dachte Mark. Vielleicht hundert Meter nach der Biegung sah er das Haltestellenhäuschen. Die Beleuchtung wirkte in der tristen, kalten Nacht fast unheimlich. Langsam kam er näher. Hier irgendwo musste sich der Unfall zugetragen haben. Mark sah die Straße rauf und runter. Es herrschte kein Verkehr. Er beschloss, sich einen Moment hinzusetzen und auszuruhen, um dann den Rückweg anzutreten. Vielleicht kam ja sogar ein Bus vorbei, und er könnte sich nach Hause fahren lassen.

Tatsächlich tauchten nach einer Weile zwei Scheinwerfer auf, die rasch näher kamen. Doch es war kein Bus, sondern ein Pkw, der vorbeifuhr. Hatte der Fahrer ihn gesehen? Hier im Haltestellenhäuschen sicher. Aber draußen? Hätte er seinen Schatten gegen das Licht in dem Häuschen wahrgenommen? Bestimmt. Mark stand noch einmal auf und ging ein paar Schritte zurück. Nein, man hätte Schwester Beate kaum übersehen können, dazu war es nicht dunkel genug. Er setzte sich wieder ins Wartehäuschen und grübelte. Eine einsame Gestalt kam den Weg herab. Im Licht der Laternen konnte Mark erkennen, dass es eine Frau war. Sie trug einen Mantel und eine Handtasche und zog sich gerade eine Mütze über. Das erinnerte ihn an etwas.

Wo hatte er das zuletzt gesehen?

»Guten Abend«, grüßte die Frau, als sie an der Haltestelle ankam.

»Hallo!« Jetzt erst erkannte Mark in ihr eine Krankenschwester aus der Klinik. Ihren Namen kannte er nicht. »Auch Ihnen einen guten Abend.«

»Probleme mit dem Arm?«, erkundigte sie sich fürsorglich. Mark hatte den Eindruck, dass sie redete, weil ihr die Dunkelheit und Einsamkeit vielleicht ein wenig Angst machte.

»Es geht«, sagte er, sodass sie vermuten konnte, er sei hier an diesem Ort so spät, weil er wegen seiner Verletzung in der Klinik gewesen war. »Und Sie haben endlich Feierabend?«

»Ja«, sagte die Schwester. »Endlich.« Sie sah sich um, wo der Bus blieb.

»Ungemütliche Gegend, so spät«, versuchte Mark das Gespräch in Gang zu halten. Doch die Schwester nickte nur. »Ich habe von Schwester Beate gehört. Es muss hier irgendwo passiert sein.« Jetzt versuchte er es mit einem Frontalangriff.

»Ja«, sagte die junge Frau und sah ihn ein wenig ängstlich an. »An dieser Haltestelle. Heißt es.«

»Schrecklich«, sagte Mark. »Kannten Sie sie gut?«

»Wie man sich halt kennt unter Kolleginnen. Ich bin noch nicht so lange an der Klinik.«

»Verstehe.« Mark stand auf und tat, als würde er nach dem Bus sehen. »Für Doktor Englisch muss es ein harter Schlag gewesen sein«, sagte er, als er neben der Schwester stand.

Sie zuckte die Achseln. »Vermutlich«, sagte sie einsilbig, ehe sie hinzufügte: »Und für seine Frau auch.« In diesem Moment bog der Bus um die Ecke.

8. Kapitel

1.

»Wir sehen uns in zwanzig Minuten am Jungfernstieg.«
Die Stimme klang wie aus einer anderen Welt.

»Am Jungfernstieg? Das ist ein bisschen allgemein, finden Sie nicht, Fl ...«

»Keine Namen«, unterbrach ihn der Anrufer. »Genießen Sie einfach die Aussicht vom Alsterpavillon.« Ein Knacken, und die Leitung war unterbrochen. Mark sah auf die Uhr. Es war kurz nach zehn. In zwanzig Minuten? Das war knapp genug. Er musste schmunzeln. Keine Namen. Diese James-Bond-Allüren von Flemming, der wahrscheinlich im wirklichen Leben Müller-Meier-Schmidt hieß, empfand Mark als lächerlich.

Er stürzte seinen Kaffee hinunter und zog sich rasch um. Die Notwendigkeit, aus dem Haus zu gehen, zwang ihn wenigstens, nicht immer nur im Morgenmantel herumzuhängen. Papa hatte schon recht, eine gewisse Förmlichkeit half, den inneren Schweinehund im Zaum zu halten.

Mit dem Binden der Schnürsenkel hatte er noch Probleme. Die Schulter schmerzte, und er verfluchte die Tatsache, dass er sich noch immer nicht Turnschuhe mit Klettverschlüssen besorgt hatte.

Die Binnenalster war nicht weit von seiner Wohnung. Doch wenn er pünktlich dort sein wollte, musste er sich beeilen. Er entschied sich dafür, ein Taxi zu nehmen, wählte die Taxizentrale, gab seine Adresse durch und schlüpfte in seine Jacke.

Auf der Treppe traf er die Nachbarin, eine alte Dame, die tapfer über ihren Stock gebeugt die Treppe emporstieg. »Guten Tag, Frau Schneider.«

»Ah, Herr Doktor Richter!« Sie freute sich sichtlich, ihn zu treffen. Vermutlich war er der Sohn, den sie immer gerne gehabt hätte, dachte Mark und versuchte, rasch weiterzukommen, ehe sie ihn in ein Gespräch verwickeln konnte. Doch dazu war Frau Schneider zu schnell. Hatte sie einmal ein Gesprächsopfer gefunden, ließ sie es nicht so leicht entkommen. »Wie geht es Ihrem Herrn Vater? Ich habe gehört, er hatte einen Unfall?«

Mark zögerte. Dann blieb er stehen. Das Taxi würde ohnehin noch ein paar Minuten brauchen.

»Na ja«, sagte er. »Unfall trifft es nicht ganz. Er hatte einen Schlaganfall.«

»Oh. Das tut mir aber leid. Aber es geht ihm einigermaßen?«

»Danke, es geht ihm so gut, dass er das ganze Krankenhaus und von dort auch noch sein ganzes Büro in Atem hält.«

»Da bin ich aber froh. Wissen Sie, mit einem Schlaganfall ist nicht zu spaßen. Mein seliger Mann hatte einen Onkel, der ist daran gestorben. Aber das hat man erst hinterher gemerkt. Ist eines Morgens tot aufgewacht, und keiner wusste, was passiert war.« Sie zwinkerte ihm zu. »Außer dass er halt nicht mehr am Leben war.«

»Ja, ähm, das kann passieren. Mein Beileid, Frau Schneider.«

Die alte Dame lachte. »Ach, jetzt übertreiben Sie aber,

Herr Doktor. Das ist doch dreißig Jahre her. Was sage ich, vierzig! Da brauchen sie doch kein Beileid mehr auszusprechen.«

Mark hörte, wie in seiner Wohnung die Glocke ging. »Ich muss los, Frau Schneider«, sagte er und wandte sich zum Gehen.

»Aber Sie sind auch nicht gesund. Ich sehe das an Ihrer Haltung. Ihnen fehlt doch was.« Die alte Dame sah ihn forschend an.

»Die Schulter«, sagte Mark knapp. »Angeknackst.«

»Ach was. Und wie ist das zugegangen?«

»Ich bin gestürzt.« Zögerlich ging Mark zwei Stufen weiter. »Beim Joggen.«

»Sehen Sie«, Frau Schneider hob den Zeigefinger und lächelte verschmitzt. »Das ist es, was ich immer sage. Zu meiner Zeit sind die Leute auch nicht früher gestorben. Und sie haben keinen Sport gemacht. Sport ist Mord. Kennen Sie den Spruch? Ich hab ihn irgendwo gelesen.« Sie seufzte. »Obwohl ich sagen muss, dass es mit dem Lesen immer schwerer geht.« Wieder läutete es. »Aber das können Sie ja noch gar nicht verstehen, so jung, wie Sie sind.«

Mark lachte gehetzt. »Jetzt schmeicheln Sie mir aber, Frau Schneider. So jung bin ich nun wirklich nicht mehr.«

»Ja, ja, das dachte ich in Ihrem Alter auch. Aber warten Sie nur, bis Sie so alt sind wie ich. Dann werden Sie sehen, wie beschwerlich alles ist. Sehen Sie nur, ich muss meine Einkäufe auf drei Mal in die Wohnung hinauftragen, weil mir alles zu schwer geworden ist.« Sie zeigte auf eine Tasche, die auf dem nächsten Treppenabsatz stand, und blickte ihn vielsagend an.

Mark sah nach unten, dann nach oben, seufzte: »Wenn

Sie erlauben, dann trage ich Ihnen die Tasche gerne hoch.«

»Aber das kann ich doch nicht verlangen, Herr Doktor. Sie haben bestimmt Wichtigeres zu tun«, flötete Frau Schneider.

Wieder läutete es oben in Marks Wohnung.

»Nein, nein«, sagte er. »So viel Zeit muss sein.« Hastig nahm er die paar Stufen zum nächsten Treppenabsatz und griff nach der Tasche – mit der falschen Hand. Ein stechender Schmerz durchfuhr seine Schulter. Er richtete sich auf, atmete einmal tief durch und griff dann mit dem anderen Arm nach der Tasche, nahm sie auf und stieg zügig hinauf ins vierte Stockwerk, wo Frau Schneiders Wohnung lag. »So, bitte schön.«

»Das ist sehr nett von Ihnen«, sagte die alte Dame, als sie nach einigen Minuten neben ihm stand. »Haben Sie vielen Dank. Darf ich Sie vielleicht auf einen Tee einladen?«

»Vielen Dank, Frau Schneider. Aber ich muss jetzt wirklich los. Ich habe eine Verabredung.«

»Aber ja, aber ja. Lassen Sie sich nur nicht aufhalten. Nicht dass Sie meinetwegen noch zu spät kommen.«

»Nein, nein, machen Sie sich keine Sorgen.« Mark beeilte sich, die Treppen hinabzukommen. Er nahm immer zwei Stufen auf einmal. Als er endlich unten stand, schmerzte die Schulter so sehr, dass er nur mit Mühe die Haustür öffnen konnte. Er trat ins Freie – doch das Taxi war weg.

Fluchend machte Mark sich zu Fuß auf in Richtung Binnenalster. Immerhin war das Wetter schön. Die Sonne blinzelte durch die vorüberziehenden Wolken, und er kam rasch voran, auch wenn sicher mehr als eine halbe Stunde seit dem Telefonat vergangen war, als er endlich den Jungfernstieg erreichte. Er hielt nach Flemming Ausschau, doch in dem Gewühl von Touristen, die sich dort herumtrieben, konnte er ihn nicht entdecken. Er setzte sich auf eine Bank und schloss kurz die Augen, um den milden Herbstwind zu genießen, der durch die Stadt wehte, und dem Kreischen der Möwen zu lauschen.

»Ein gemütliches Plätzchen«, sagte Flemming, der plötzlich neben ihm saß.

»Wo kommen Sie denn her?«

»Wir waren verabredet.«

»Ja. Aber ich habe Sie gar nicht gesehen.«

»Das ist mein Beruf.«

Mark lachte. »Beneidenswert.« Er sah Flemming ins Gesicht. Der trug wieder seine schwarze Sonnenbrille und schaute hinüber zur Lombardsbrücke.

»Vor allem«, fuhr dieser fort, »wenn man es mit Menschen zu tun hat, die pünktlich sind. Schauen Sie weiter aufs Wasser. Man muss nicht unbedingt sehen, dass wir miteinander zu tun haben.«

»Okay. Entschuldigen Sie, dass ich …«

»Schon gut. Ich wollte Ihnen nur einen kleinen Zwischenstand meiner Ermittlungen in Sachen Wenger geben.«

»Ermittlungen? Flemming, machen Sie es nicht so dramatisch.«

»Gut. Nennen wir es Beobachtungen.« Er beugte er sich vor und band sich den Schnürsenkel zu, während er leise raunte: »Ihre Tochter hat sich offenbar in einen Langweiler verschossen. Der Knabe hat eine Musterkarriere hingelegt. Scheinbar hat er sogar seine Doktorarbeit selber geschrieben.«

»Na, na, Flemming. Das ist doch nichts Besonderes, oder? Das habe ich auch.«

»Ah ja?« Flemming sah von der Seite her kurz zu ihm auf. »Sind Sie sicher? Alleine?«

»Na ja, vielleicht nicht ganz alleine«, räumte Mark ein, dem plötzlich in den Sinn kam, dass ihm seine spätere Frau ziemlich geholfen hatte.

Flemming grinste, als er sich wieder aufrichtete und unbeirrt hinaus auf das Wasser blickte. »Keine Affären, keine Schulden. Gut, ein paar Verflossene, aber wer hat das nicht als Junggeselle. Immerhin: scheinbar keine Leichen im Keller.«

»Scheinbar?«

»Es gab da vor ein paar Jahren einen Fall in der Klinik, bei dem auch der Name Wenger kurzzeitig aufgetaucht ist.«

»Was heißt: einen Fall?«

»Ein Todesfall. Ich weiß noch nichts Näheres. Man müsste an die Polizeiakten herankommen, um das herauszufinden. Aber da fehlt mir im Augenblick der Zugriff.«

»Verstehe«, sagte Mark. »Hat der Fall auch einen Namen?«

»Gronauer, glaube ich. Oder Kronauer. Etwas in der Art.«

»Wie sind Sie denn darauf gekommen?«

Flemming schwieg. Eine Weile saßen sie stumm nebeneinander. Klar, dachte Mark, er will mir seine Methoden nicht verraten. Und Mark war sich auch gar nicht sicher, ob er sie wirklich kennen wollte.

»Es gibt noch etwas«, sagte der geheimnisvolle Mann schließlich.

»Und das wäre?«

»Ich bin nicht sicher. Aber Wenger trifft sich gelegentlich mit einem Typen, der mir nicht ganz sauber aussieht.«

Mark horchte auf. »Mit einem *Typen?* Was soll das heißen? Und was heißt, der *nicht ganz sauber aussieht?*«

Flemming sog tief die Luft ein. Er zog einen Umschlag aus seiner Jackentasche, legte ihn auf die Bank und stand auf. »Das kann ich Ihnen noch nicht sagen«, meinte er. »Ist nur so ein Verdacht. Aber ich weiß nicht, was dahintersteckt. In dem Umschlag finden Sie ein Foto von ihm.« Flemming ging um die Bank herum.

»Ein Verdacht? Und woher rührt der Verdacht?« Mark wollte sich umdrehen, doch Flemming machte ihm ein Zeichen, sich nicht zu rühren. »Ich kenne den Typen.«

»Aha. Und woher kennen Sie ihn?«

»Von da, woher ich auch Sie kenne.«

Mark horchte auf.

»Aus dem Gefängnis?« Er blickte sich um – doch Flemming war verschwunden.

2.

Mark erreichte Christina Pfau am Mobiltelefon. »Störe ich gerade?«

»Überhaupt nicht!«, sagte sie. »Im Gegenteil: Ich stehe hier gerade über einer Leiche mit aufgeklapptem Brustkorb und bin froh, wenn ich einen Augenblick wegen eines dringenden Anrufs nach draußen muss. Moment.«

Es raschelte, dann hörte Mark ein paar Schritte und stellte sich vor, wie Christina durch einen vom Boden bis zur Decke gefliesten Raum zu einer Stahltür ging. Tatsächlich klackte es, als fiele eine Tür ins Schloss, dann klang Christinas Stimme plötzlich viel weicher.

»Mark? Jetzt geht's.«

»Ja, ähm ...« Mark musste erst das Gespenst eines aufgeschlitzten Leichnams vor seinem inneren Auge verscheuchen.

»Alles in Ordnung?«

»Alles okay«, seufzte er. »Entschuldige. Aber ich locke nicht sehr oft jemanden von irgendwelchen Toten weg.«

»Leider«, sagte Christina. »Mir wäre das sehr recht. Es ist wirklich der scheußlichste Teil meiner Arbeit.«

»Kann ich mir vorstellen. Der Anblick ...«

»Es ist nicht in erster Linie der Anblick. Wenn schon, dann der Geruch, aber es ist mehr das, was dahintersteckt. Man macht keinen Menschen auf, wenn man nicht erwartet, dass ihn jemand umgebracht hat. Am schlimmsten ist es, wenn ... Aber das muss ich dir jetzt nicht erzählen. Was gibt's?«

Mark druckste kurz herum, dann kam er mit der Sprache heraus: »Ich brauche deine Hilfe.«

»Gerne. Wenn ich helfen kann.«

»Es geht um ...« Mark unterbrach sich. »Kannst du frei sprechen? Oder hört uns jemand zu?«

»Sei unbesorgt. Ich bin allein. Mein Kollege ist erst seit zwei Tagen dabei, und er ist gerade kurz weg, wahrscheinlich musste er sich übergeben. Du machst es aber ganz schön spannend.«

»Es geht um einen mysteriösen Todesfall«, erklärte er. »Er hat sich vor ein paar Jahren in der Feilhauer-Klinik zugetragen. Ich möchte gerne Näheres darüber herausfinden. Aber dazu müsste man Einblick in die Polizeiunterlagen haben oder in die ...«

»Pathologieunterlagen«, vervollständigte Christina seinen Satz.

»Richtig. Ich weiß, dass das eine Zumutung ist. Aber es wäre mir wichtig.«

»Schon in Ordnung«, sagte Christina. »Ein bisschen genauer wäre allerdings hilfreich. *Vor ein paar Jahren,* das kann ein ziemlich langer Zeitraum sein.«

»Tja, wenn ich das wüsste.«

»Sonst irgendwelche Details? Namen, Daten, Fakten.«

»Na ja, vielleicht den Namen. Gronauer oder Kronauer, mehr weiß ich leider nicht.«

»Na gut. Ich werde sehen, was ich tun kann.« Mark hörte im Hintergrund jemanden etwas sagen.

»Aha«, sagte Christina. »Mein Kollege ist gerade gekommen. Die Leiche ruft. Ich muss aufhören.«

»Alles klar. Bis dann. Und danke.«

»Bis dann.« Sie drückte das Gespräch weg. Mark aber war, als hätte sie noch rasch einen Kuss durch die Leitung geschickt.

3.

Schräges Sonnenlicht fiel auf den Toten, dessen Gesicht mit einem weißen Tuch zugedeckt war. Der Brustkorb klaffte weit auseinander, die Innereien lagen bloß. Maden wanden sich in den Gedärmen, an Leber und Nieren. Der Magen war zu einem schwarzen Etwas zusammengezogen. Er sah aus wie ausgebrannt, ebenso die Speiseröhre.

Sie hatten die Leiche weit nach oben aufgeschlitzt. Es war offensichtlich, dass der Tote etwas Ätzendes zu sich genommen hatte. Offensichtlich hatte er es schnell hinabgestürzt, weil die oberen Partien, Mund, Rachenraum und der Eingangsbereich der Speiseröhre noch kaum von den Verbrennungen betroffen waren. Der Mann musste sich gefühlt haben, als würde er bei lebendigem Leib verbrennen. Und so in etwa war es ja auch gewesen.

»Eine Minute, vielleicht zwei«, sagte der junge Gerichtsmediziner.

»Hoffentlich nicht mehr«, sagte Christina und stellte sich vor, wie sich der Mann in seinen letzten Augenblicken gefühlt haben musste. »Jedenfalls ist er nicht ertrunken.«

»Sicher nicht. Dass er das Wasser in den Lungen hatte, kann nur daher gekommen sein, dass er die Kontrolle verloren hatte. Aber umgebracht hat ihn das, was er vorher zu sich genommen hat.«

»Oder was man ihm eingeflößt hat.«

Der Mediziner schüttelte den Kopf. »Ich glaube nicht, dass man es ihm eingeflößt hat. Sonst wären die Verätzungen im Mund- und Rachenraum stärker. Er hat es selbst hinabgestürzt. Vielleicht in der Annahme, es wäre ein Schnaps.«

Christina Pfau schüttelte den Kopf. »Für einen Schnaps sind die Auswirkungen zu großflächig. Das muss eine größere Menge gewesen sein. Oder er war Russe und hat einen dieser gigantischen Wodkas gekippt, die sie auf den einschlägigen Partys servieren.«

»Stimmt. Und dann hat ihn jemand ins Wasser gestoßen.«

»Ja. Als er sich schon im Todeskampf befand.«

»Um ganz sicherzugehen, dass er es nicht überleben würde.«

Die beiden besahen sich den Leichnam mit kühler Professionalität. Das half, den Schrecken dessen zu verdrängen, was sich an solchen Orten offenbarte.

»Was glauben Sie«, fragte Christina, »wie lange lag er im Wasser?«

Der Gerichtsmediziner überlegte eine Weile. »Wenn man sich die Größe und die Anzahl der Tiere ansieht, die sich an ihm festgefressen haben, den Verwesungsgrad, die Zunahme an Volumen durch das Wasser, das sich im Körper gesammelt hat, dann würde ich sagen: zwei Wochen.«

Christina nickte. »Dann passt es in unser Profil.«

»Na, ich gratuliere«, sagte der Mediziner lakonisch. »Wollen wir darauf anstoßen?«

»Danke. Ich kenne das Zeug, mit dem Sie hier anstoßen. Wahrscheinlich war der arme Teufel hier mal einer Ihrer Mitarbeiter – bis Sie mit ihm angestoßen haben.«

Sie zog die Latexhandschuhe, die Haube und den Kittel aus, warf Handschuhe und Haube in den Mülleimer und den Kittel in einen daneben stehenden Wäschesack.

»Ich bin weg. Wenn Sie noch mehr herausfinden, dann rufen Sie mich bitte an.«

»Im Ernst? Sie lassen mich mit ihm allein?«

»Na, kommen Sie. Er wird Ihnen schon nichts tun.«

Christina wusste, dass es nichts Elenderes gab, als mit der Leiche eines Gewaltopfers allein zu sein und einen Brustkorb, an dem sich schon die Würmer weideten und den man noch vor Kurzem gewaltsam aufgeknackt hatte, wieder zuzunähen. Aber sie musste jetzt ins Büro, um die neuen Erkenntnisse in ihr Raster zu übertragen und um zu überlegen, wo der Tote ins Wasser geworfen worden sein konnte. Strömung, Wassertemperatur, Auftrieb, all das war dabei zu berücksichtigen – und eben der mutmaßliche Zeitpunkt. Vielleicht kam sie so ihrem Serienmörder ein wenig näher. Vielleicht aber half sie auch nur, ein Verbrechen aufzuklären, das in ganz anderen Zusammenhängen stattgefunden hatte.

Sie machte noch einen kurzen Abstecher zum Chef der Abteilung Zwei des Pathologischen Instituts, Professor Frank Paletzki. Er war schon lange am Institut, galt als wandelndes Lexikon und war ihr sehr zugetan, mehr als ihr im Grunde lieb war. Aber vielleicht konnte er ihr helfen, was Marks Frage betraf.

4.

»Tut mir leid, da kann ich nichts für Sie tun!«, sagte Doktor Wenger, während er das Büro von Doktor Englisch verließ und die Tür hinter sich zuknallte. Beinahe wäre er draußen mit Schwester Gudrun zusammengestoßen.

»Doktor Wenger!«, sagte sie erschrocken. »Jetzt hätten Sie mich fast umgerannt.«

»Entschuldigen Sie, Schwester. Ich bin in Eile«, sagte Wenger kurz angebunden und verschwand um die Ecke, während die Tür zu Englischs Büro langsam wieder aufschwang.

Offenbar hatte Wenger sie nicht richtig geschlossen. Unauffällig schaute Schwester Gudrun ins Zimmer. Sie machte große Augen: »Doktor Englisch«, rief sie aus. »Sie sind ja wieder da!«

Englisch stand hinter seinem Schreibtisch auf und kam zur Tür. »Kommen Sie rein, Schwester Gudrun«, sagte er und machte eine einladende Geste.

Das ließ sich die Schwester nicht zweimal sagen. Englisch bot ihr an, Platz zu nehmen. »Schön, dass Sie wieder da sind«, sagte sie, nun etwas leiser.

»Ja.« Englisch schloss die Tür und setzte sich ebenfalls wieder. »Hören Sie, was da vorgefallen ist, tut mir leid. Es handelte sich natürlich um ein Missverständnis. Aber ich möchte nicht, dass ein falscher Eindruck entsteht. Bei Ihnen oder bei anderen Mitarbeitern des Hauses.«

»Oh, ich bin sicher, dass das alle ganz genauso sehen!«, versicherte ihm Schwester Gudrun.

Aber Englisch konnte erkennen, dass es nicht ehrlich gemeint war. Ihre Augen leuchteten, sie witterte eine Sensation. »Sie wissen, worum es geht?«

»Na ja«, erwiderte die Schwester. »Es geht um die Polizei und um Schwester Beate.« Sie stockte. »Vermute ich«, fügte sie zaghaft an, als sie den Blick von Englisch bemerkte.

Der nickte bedächtig und sagte dann: »Leider haben Sie recht, Schwester Gudrun. Nun, als ich die Nachricht erhielt, dass Schwester Beate ...« Er zögerte einige Sekunden. »Dass Schwester Beate bei einem Unfall ums Leben gekommen ist ...«

Schwester Gudrun nickte ihm aufmunternd zu.

»... ach, es war eine der dunkelsten Stunden in meinem Leben. Glauben Sie etwa, dass ich zu so etwas fähig wäre?« Er wartete keine Antwort ab. »Nein, ich habe Beate geliebt. Das wussten schließlich alle, auch wenn wir uns immer darum bemüht haben, das Berufliche vom Privaten sorgfältig zu trennen.«

»Und das ist Ihnen auch gelungen!«, bestätigte Schwester Gudrun.

»Ja. Und dann diese schreckliche Nachricht – für mich ist eine Welt zusammengebrochen.« Er stand auf und begann, im Zimmer auf und ab zu gehen. »Sehen Sie, Schwester Gudrun, ich war in den letzten Jahren nicht unbedingt vom Glück verfolgt. Meine Tochter ist schwer krank gewesen, meine Ehe ist zerbrochen, Professor Paduani ist gestorben, ehe er mich offiziell zu seinem Nachfolger ernennen konnte ...«

»Er wollte Sie zu seinem Nachfolger ernennen?« Schwester Gudrun sah Englisch mit großen Augen an.

»Ja«, sagte der. »Das wollte er. Hätten Sie etwas anderes erwartet?« Wieder fuhr er fort, ohne auf Antwort zu warten. »Dann dieser Schicksalsschlag. Und als wäre das nicht schon schrecklich genug, werde ich auch noch von der Polizei verdächtigt.« Er blieb stehen, Schwester Gudrun sah ihm seine Empörung an. »Mich zu verdächtigen!«, wiederholte er eindringlich und schüttelte den Kopf.

Auch Schwester Gudrun schüttelte den Kopf. »Das ist wirklich unglaublich«, sagte sie. »Da macht man ja den Bock zum Gärtner.«

Englisch sah sie einen Moment irritiert an, dieses Bild schien ihm wenig geeignet, die Situation zu beschreiben. Doch er nickte und sagte: »Ja, wirklich, Schwester Gudrun, Sie haben es ganz richtig erfasst. Auf Sie kann ich mich eben verlassen.«

»Das möchte ich wohl meinen«, bestätigte ihm Schwester Gudrun voll Überzeugung.

»Sehen Sie«, sagte Englisch. »Und deshalb möchte ich Sie bitten, mir zu helfen.«

»Ihnen helfen? Wenn ich das kann ...« Schwester Gudrun sah ihn zweifelnd an.

»Doch, das können Sie«, sagte Englisch. »Sie können es, indem Sie niemandem etwas sagen. Helfen Sie mir, indem Sie dafür sorgen, dass die Gerüchteküche nicht anfängt zu brodeln. Was dem Ruf dieses Krankenhauses wirklich schadet, ist, wenn alle über diesen tragischen Unfall, über Unfallflucht und über die falschen Verdächtigungen der Polizei sprechen. Sehen Sie, man hat mich wieder gehen lassen – natürlich! –, weil sich alles als haltlose Spekulation erwiesen hat. Deshalb bitte ich Sie: Reden Sie nicht über diese Angelegenheit. Schweigen Sie, und helfen Sie mir so, meinen Ruf und damit auch den unserer Klinik zu wahren.« Er sah Schwester Gudrun in die Augen, und sie konnte deutlich erkennen, wie ernst es ihm mit dieser Bitte war.

»Aber ja, Herr Doktor«, antwortete sie. »Sie können sich auf mich verlassen. Ich schweige wie ein Grab.«

»Danke, Schwester Gudrun. Sie wissen gar nicht, wie dankbar ich Ihnen bin.«

Schwester Gudrun stand auf und verließ das Büro. Sie ging zum Schwesternzimmer, wo sie auf zwei freundliche Herren traf, die ihre Ausweise vor sie hinhielten.

»Schwester Gudrun? Kriminalpolizei. Wir würden uns gerne mit Ihnen unterhalten.«

5.

Das »Scenario« war ein hübsches italienisches Restaurant, in dem man ausgezeichnet essen konnte. Mark war nicht oft da – aber gerne. Zumal, wenn er so charmante Gesellschaft hatte. Christina erwartete ihn bereits. Sie hatte sich ein Glas Chardonnay als Aperitif bestellt.

»Hallo Mark.«

»Hallo Christina«, sagte Mark mit entschuldigender Miene. »Ich hoffe, du wartest noch nicht allzu lange.«

»Aber nein, ich bin gerade lange genug hier, um einen Schluck Wein Vorsprung zu haben.«

Er küsste sie auf die Wange und setzte sich. »Danke, dass du dir die Zeit genommen hast.«

»Oh, nichts lieber als das. Wenn es Aussicht auf ein paar köstliche Langustinen auf Tagliolini gibt ...«

»Ich sehe, du hast die Speisekarte schon studiert.«

»Nur die Tageskarte. Aber mehr musste ich gar nicht lesen.«

Der Ober trat an den Tisch. »Darf ich Ihnen auch einen Aperitif bringen, Signore?«

»Bringen Sie mir bitte dasselbe wie der Dame.«

»Darf ich auch schon Ihre Bestellung aufnehmen?«

»Gerne«, sagte Christina und bestellte die Langustinen und ein weiteres Glas Wein.

Als der Kellner gegangen war, beugte Mark sich vor und blickte ihr neugierig in die Augen. »Und«, sagte er, »konntest du etwas herausfinden?«

Christina machte eine spöttische Miene. »Du hältst nicht viel von gediegenem Small Talk, was? Kommst lieber gleich zur Sache.« Sie sagte es, als hätte sie anstelle von Small Talk Vorspiel gemeint.

Mark sah peinlich berührt auf seine Hände, die er auf dem Tisch gefaltet hielt. »Entschuldige«, sagte er, »ich fürchte, ich bin nicht der Inbegriff des Gentlemans.«

»Schon in Ordnung.« Christina wartete, bis der Ober die

beiden Gläser Weißwein hingestellt hatte, hob dann das ihre und toastete ihm zu: »Auf diejenigen, die voranstürmen.«

Mark lächelte etwas gequält und stieß mit ihr an.

»Also«, sagte Christina, nachdem sie einen Schluck genommen hatte, »es gibt tatsächlich etwas Neues. Ich habe im pathologischen Institut ein wenig nachgeforscht. Sie haben da einen Patienten gehabt, der offensichtlich hätte überleben können, wenn die Ärzte etwas weniger nachlässig operiert hätten. Ich kann dir allerdings nicht sagen, wer eigentlich am OP-Tisch gestanden hat. Eigentlich hätte es Paduani sein müssen.«

»Der ehemalige Chefarzt?«

»Ja. Aber der war an dem Tag erkrankt. Wahrscheinlich hatte sich sein Zustand einfach dramatisch verschlechtert. Du weißt ja, dass er kürzlich gestorben ist.«

»Ja. Krebs.«

Christina nickte. »Es war eine Not-OP. Schichtwechsel. Operateur könnte ebenso gut Englisch gewesen sein wie auch Wenger oder ein anderer Arzt, der aber nicht mehr an der Klinik ist. Abgezeichnet ist das Protokoll nur von einer Schwester Beate.«

»Schwester Beate.« Mark seufzte leise. »Das ist wirklich dumm.«

»Wieso?«

»Schwester Beate können wir nicht mehr fragen. Die ist vor drei Tagen bei einem Unfall ums Leben gekommen.«

»Tja. Pech. Dann wirst du vielleicht einfach Englisch oder Wenger selber fragen müssen, ob sie den Patienten zufällig operiert haben. Es gab übrigens sogar eine Anzeige in der Sache.«

»Ach.« Das erstaunte Mark nun doch. Christina nickte bedeutsam. »Ist aber nie zur Anklage gekommen.«

»Weißt du, wer ...«

»Die Witwe des Patienten. Die arme Frau scheint aber völlig verwirrt gewesen zu sein. Jedenfalls war der Staatsanwalt nicht hinreichend überzeugt.«

»Halbgötter in Weiß, wie es so schön heißt. Tja. Da wollte eine Krähe der anderen wohl kein Auge aushacken.«

»Du meinst, die Akte ist absichtlich nicht von einem Arzt unterzeichnet worden?«

»Da bin ich ganz sicher«, sagte Mark. »Den Fall wollten die Herren Ärzte unter den Tisch kehren. Das hätte nicht nur einen von ihnen die Reputation gekostet, sondern auch ein schlechtes Licht auf die Klinik geworfen.«

»Denkst du, sie wussten, dass Paduani todkrank ist?«, fragte Christina und schaute hinaus auf die Elbe, die träge vor dem Fenster dahinfloss. Der Ober brachte die Langustinen, köstlich duftend und dampfend. Mit fragendem Blick hielt er eine überdimensionierte Pfeffermühle über den Tisch. Christina nickte, und er schrotete einige Körnchen über ihre Nudeln.

»Vielleicht«, sagte Mark. »Wenn sie es wussten, wäre es noch ein Grund gewesen, die Angelegenheit unter den Teppich zu kehren. Denn dann hätten sie ja auch gewusst, dass ein neuer Chefarzt gesucht würde.«

Christina machte sich genüsslich einen akkuraten Bissen zurecht. »Das leuchtet ein. Der Kandidat, der eben einen Patienten fahrlässig um die Ecke gebracht hat, hat natürlich denkbar schlechte Chancen.«

»Er hat *keine* Chancen«, verbesserte Mark.

»Und sie haben immer noch nicht entschieden, wer Professor Paduanis Nachfolger werden soll?«

»Tja, ich denke, jetzt hat sich die Frage von selbst beantwortet. Englisch steht im Verdacht, besagte Schwester Beate überfahren zu haben.«

Christina sah erschrocken auf. »Aber doch sicher nicht vorsätzlich!«

»Vielleicht nicht«, sagte Mark. »Aber wir haben es hier außerdem mit einem Fall von Unfallflucht zu tun.«

Mark sah, wie Christina innehielt. Offenbar fehlten ihr die Worte. Sie aßen eine kleine Weile schweigend. Schließlich griff Mark in die Innentasche seines Jacketts und zog das Foto hervor, das Flemming ihm gegeben hatte. Er legte es auf den Tisch.

Christina warf einen Blick darauf. »Nie gesehen«, sagte sie »Wer ist das?«

»Ein Bekannter von Doktor Wenger. Mehr weiß ich nicht. Aber irgendwie habe ich das Gefühl, ich sollte es wissen.«

»Aha. Und woher hast du das Foto?«

Mark schaute verschmitzt. »Ich habe einen alten Bekannten gebeten, Herrn Doktor Wenger mal ein wenig, nun, sagen wir, im Auge zu behalten.«

»Du lässt ihn beschatten?« Christina verschluckte sich beinahe und griff einmal mehr zu ihrem Weinglas. »Warum denn das, um Himmels willen?

Mark seufzte und hob die Hände in einer halb entschuldigenden, halb beschwichtigenden Geste. »Beschatten, das ist gleich so ein gewichtiges Wort. Ich möchte nur gerne wissen, was er für ein Typ ist.« Er beugte sich etwas weiter über den Tisch, als verriete er ihr ein Geheimnis:

»Ricarda ist drauf und dran, sich mit ihm einzulassen. Wenn sie es nicht schon getan hat. Ich habe sie beobachtet, wie sie ...«

»Mark!«, rief Christina aus. »Sie ist deine Tochter, nicht dein Tamagotchi. Sie ist außerdem erwachsen, verstehst du, *erwachsen*!« Sie schüttelte den Kopf und verdrehte die Augen. Ihre Dramatik erinnerte Mark an seine Mutter. »Deine Tochter möchte ich wirklich nicht sein. Das ist krankhaft eifersüchtig, weißt du das?« Sie lachte auf. »Kennst du schon seine Vermögensverhältnisse? Kontostand schon abgefragt?«

Mark lehnte sich zurück und nippte an seinem Wein, während sich Christina weiter aufregte. Sie sah wunderschön aus, wenn sie wütend war.

»Ich hoffe, sein Arbeitsvertrag ist unbefristet?«, spottete sie. »Sein polizeiliches Führungszeugnis hast du hoffentlich schon abgefragt ...« Langsam ging ihr die Luft aus.

Mark lächelte sie an und schwieg. Ihr Blick fiel wieder auf das Foto, das er ihr vorgelegt hatte. »Und was hat der mit dem Doktor zu tun?«, fragte sie plötzlich.

»Das weiß ich noch nicht so genau. Wenn du ihn dir so ansiehst, wie schätzt du ihn ein?«, wollte Mark wissen.

»Schwer zu sagen«, antwortete Christina und betrachtete das Bild eine Weile schweigend. »Die Aufnahme ist nicht gut«, sagte sie nach einer Weile. »Und man weiß auch nicht, in welcher Situation sie entstanden ist. Aber für mich scheint er vor allem eines zu sein.«

»Nämlich«, fragte Mark und sah sie durch sein fast leeres Glas an.

»Drogensüchtig.«

6.

Mark hörte die nahe Kirchturmuhr dreimal schlagen, als sein Telefon klingelte. Es war wie ein Zeichen. Nicht dass Mark jemals an Zeichen geglaubt hätte. Aber in diesem Augenblick wusste er, dass etwas Furchtbares geschehen war. Seltsam, dachte er, noch während er das Gespräch annahm, dass ich ausgerechnet heute mein Handy dabeihabe. Er meldete sich mit einem zögerlichen »Hallo?«.

Schon das Schweigen am anderen Ende der Verbindung, auch wenn es nur eine Sekunde dauerte, traf ihn wie ein Schlag.

»Doktor Richter?«

Mark sagte nichts.

»Hier Englisch.« Wieder eine kurze Pause. »Ich muss Ihnen leider eine ...« Der Arzt räusperte sich. »Ich muss Ihnen leider eine traurige Mitteilung machen ...«

Mark schwieg. Die Worte des Arztes drangen kaum in sein Bewusstsein. Schließlich beendete er das Gespräch ohne ein weiteres Wort. Er hatte es gewusst. Wahrscheinlich hatte er es schon geahnt, als er beim Weggehen heute Morgen entgegen seiner Gewohnheit sein Telefon mitnahm. Heute Morgen war sein Vater noch munter gewesen. Sie hatten telefoniert. Reinhard Richter hatte seinen Sohn gebeten, ein Diktiergerät mitzubringen, damit er vom Krankenbett aus Briefe diktieren konnte, die dann in seinem Büro in der Bank abgetippt und verschickt werden konnten. Doch seine Stimme war anders gewesen als sonst. Viel dünner, und die Worte waren ihm zäh über die

Lippen gegangen, zwei-, dreimal hatte er die passenden Wörter nicht gefunden, und auf eine Rückfrage von Mark hatte er nicht geantwortet. Da hatte Mark gewusst, dass der Tod seine bleichen Finger nach ihm ausgestreckt hatte.

»Wann kommst du?«, hatte Reinhard Richter seinen Sohn gefragt.

»Bald«, hatte der geantwortet – und sich dann doch noch mit Christina verabredet. Er hatte es verdrängt, hatte seine düsteren Gefühle und Ahnungen verscheucht. Und nun der Anruf …

»Ihr Vater musste nicht lange leiden«, sagte Doktor Englisch, als Mark ihm in dessen Büro gegenübersaß. »Es war ein weiterer Schlaganfall, womöglich schon der dritte. Wir waren gerade dabei, zu diskutieren, ob sich in der Nacht ein zweiter ereignet haben könnte. Aber dieser letzte war dann so stark, dass jede Hilfe zu spät kam.«

»Haben Sie versucht, ihn wiederzubeleben?« Mark hoffte fast, dass dies nicht der Fall gewesen war. Und Englisch schüttelte tatsächlich den Kopf.

»Es sind praktisch alle Funktionen binnen Sekunden zusammengebrochen. Als wir bei ihm waren – und Sie dürfen mir glauben, dass das keine zwei Minuten gedauert hat –, war Ihr Vater bereits klinisch tot, verzeihen Sie, wenn ich das so technisch ausdrücke.«

»Schon in Ordnung. Ich weiß, dass Sie Ihr Bestes gegeben haben.« Eine Weile schwiegen sie. »Und es ging auch für ihn schnell, meinen Sie?«

»Es ging so schnell, dass er womöglich nicht einmal gemerkt hat, was passiert.«

Mark bezweifelte es. Er hatte es heute Morgen schon

gespürt. Auch wenn sein Vater ein sehr nüchterner Mensch gewesen war, konnte sich Mark kaum vorstellen, dass nicht auch ihn eine böse Ahnung gepackt hatte. Niemand weiß, wie es ist, wenn es passiert. Und doch, Mark war überzeugt, dass man spürt, wenn der Tod vor einem steht, egal, auf welche Weise es geschieht, wann und wo und wie schnell. »Kann ich zu ihm?«

»Aber natürlich.« Doktor Englisch stand auf und machte eine entschuldigende Geste, weil er vorging. Mark folgte ihm. Anders als erwartet, ging es nicht auf die Intensivstation, wo Reinhard Richter die letzten fünf Tage über gelegen hatte, sondern zum Aufzug und mit diesem einige Stockwerke hinab. Natürlich, dachte Mark, sie haben ihn aus dem Zimmer geschafft.

Sie gingen einen kahlen Gang entlang und traten schließlich durch eine Metalltür in einen gekachelten Raum, an dessen Seiten stählerne Schränke ihre Geheimnisse bargen. Zwei Bahren standen in dem Raum. Auf jeder lag, wie unschwer zu erkennen war, ein Mensch, vollständig bedeckt von einem weißen Tuch. Gemessenen Schritts trat Englisch an die eine Bahre heran und hob das Tuch am Kopfende leicht an, um es sogleich wieder über den Leichnam zu legen. Dann trat er zu der zweiten Bahre, schlug das Tuch mit vorsichtigen Fingern um und trat zur Seite.

Mark sah seinen Vater vor sich liegen. Den Mann, der so viel bewegt hatte, den Baum, der, fest in den Traditionen verwurzelt und stolz über die Welt hinausragend, nunmehr gefällt auf diesem kalten Tisch in diesem kalten Raum lag. In dem kalten Licht, das die Leuchtstoffröhren von sich gaben, sah er unwirklich zart und beinahe durchscheinend aus. Mark kam der Begriff »der Verblichene« in den Sinn, und er verstand es zum ersten Mal. Er stellte sich neben seinen Vater und blickte ihm in das friedliche Gesicht, nickte ihm zu, wie zum Gruß und wie um eine heimliche Vereinbarung zu bestätigen: Hier sind wir nun, wir haben es ja gewusst, dass es irgendwann so kommen würde, und wir haben uns damit abgefunden. Gute Reise und bis irgendwann.

»Möchten Sie mit ihm allein sein?«, fragte Doktor Englisch mit leiser Stimme.

Mark schüttelte den Kopf. »Nur einen kleinen Moment noch.«

Er studierte die Züge seines Vaters. Er wirkte, als würde er nur schlafen. Jetzt musst du Mamas Sticheleien nicht mehr ertragen, dachte Mark und musste fast lächeln. Und in Singapur dürfen sie jetzt endlich auch mal ihre Nachtruhe haben. Was mochte wohl an Briefen, an Aufträgen, Vorschlägen und Anweisungen noch von ihm in der Welt unterwegs sein, was davon würde über seinen Tod hinaus Wirkung haben, was in dieser Minute bereits Makulatur sein? Mark drehte sich um. »Danke, Doktor Englisch.«

»Gerne.«

Englisch deckte seinen ehemaligen Patienten sorgsam wieder zu und verließ hinter Mark den Raum. »Haben Sie meiner Mutter bereits Bescheid gegeben?«

»Bedaure, nein«, erwiderte Englisch. »Ich dachte, ich melde mich zuerst bei Ihnen.«

Mark lächelte wehmütig. »Das verstehe ich«, sagte er. Wer wollte solche Nachrichten schon jemandem wie seiner Mutter mitteilen. Er würde das übernehmen müssen.

Eine Dreiviertelstunde später betrat Mark den grünen Salon seiner Mutter. Er hatte sich ein Taxi genommen und war dann doch noch etwas in der Grünanlage gegenüber dem Haus auf und ab gegangen, ehe er es über sich gebracht hatte. Er hatte geklingelt, Maria hatte ihm die Tür geöffnet – und sie hatte mit einem einzigen Blick begriffen, was geschehen war. Stand es ihm so deutlich ins Gesicht geschrieben?

Ohne etwas zu sagen oder sich anmelden zu lassen, war Mark zu seiner Mutter gegangen. Stocksteif saß sie ihrem Sessel beim Fenster, als hätte sie die ganze Zeit so dagesessen, in der Hand ein Glas Gin, den Blick nach draußen ins Leere gerichtet.

Sie hat mich vor dem Haus gesehen, hat gesehen, wie ich mich gequält habe, ehe ich zu ihr gekommen bin, dachte Mark. »Mama.«

Sie antwortete nicht, sondern wischte sich lediglich die Tränen aus den Augen.

»Wir müssen jetzt stark sein.«

Sie sah ihn nicht an. Sie war ein einziger Vorwurf. Alles an ihr drückte aus, dass sie ihren Sohn für den Tod von Reinhard Richter verantwortlich machte. Wie ein Mahnmal zeichnete sich ihre dunkle Silhouette vor dem Fenster ab, hinter dem die Dämmerung heranschlich. Und es war auch eine Götterdämmerung: Der Patriarch Reinhard Richter war gefallen.

Es dauerte lange, bis Viola Richter aussprach, was sie bewegte. Und sie sagte es auch nicht direkt, sondern so, wie sie es empfand: »Du hast es ja nicht anders gewollt.«

»Mama.«

»Doch, doch, leugne es nicht. Du warst hier und hast

ihm Unterlagen besorgt, statt bei ihm zu sein und ihn zur Vernunft zu bringen. Du hast ihn unterstützt, bei seinem Selbstmord. Und die Ärzte haben auch nichts getan. Sie haben euch nur dabei zugesehen, wie ihr ihn möglichst schnell unter die Erde bringt.«

»Mama! Ich bitte dich!«

»Ach, lass mich doch in Ruhe. Du kannst gehen. Ich brauche niemanden, der bei mir sitzt. Jedenfalls niemanden, der mich nicht ernst nimmt.«

»Ich nehme dich ernst, Mama.«

»Das habe ich gemerkt.« Sie klang so bitter, dass es Mark einen Schauder über den Rücken jagte. Mein Gott, wie viel Verzweiflung sprach aus ihren Worten. Sah sie nicht, dass auch er sich quälte? Verstand sie nicht, dass auch ihm der Tod seines Vaters naheging? Konnte sie denn nicht verstehen, dass es früher oder später so kommen musste und dass sie alle ein Leben danach finden mussten? Nein. Sie saß stocksteif da, wie ein Kapitän, der den Untergang des Schiffes abwartet, während sich alle anderen von Bord retten.

»Tja«, sagte Mark. »Es tut mir leid, dass ich dich nicht trösten kann. Ich wünschte, ich könnte es. Aber dazu fehlt mir einfach die Kraft.«

»Dir fehlt die Kraft.« Nun sah sie doch auf. »Wie immer. Hattest du die Kraft, ihn von seinem Arbeiten abzuhalten? Hattest du die Kraft, den Ärzten in den Hintern zu treten? Hattest du die Kraft, bei ihm zu sein?«

Mark stand auf und seufzte. Einen Moment lang wusste er nicht, was er sagen sollte. Er schüttelte den Kopf. »Und du, Mama«, sagte er schließlich, »wo warst du, als er von uns ging?«

9. Kapitel

1.

Der Himmel hing schwer an diesem Dienstagmorgen über der alten Hansestadt. Als Mark vor dem Nienstedter Friedhof ankam, reihten sich teure Limousinen aneinander, als würde hier der Nobelpreis verliehen werden. Die Chauffeure standen in kleinen Grüppchen beisammen und unterhielten sich, rauchend, lachend, stets mit einem Blick auf die Uhr, während sich zahllose schwarz gekleidete Damen und Herren durch die Pforte schoben und zwischen den Grabreihen dahinschritten. Mark kam sich plötzlich schäbig vor in seinem alten Anzug und mit den Schuhen, die er nicht eigens geputzt hatte.

Mark blieb einen Augenblick stehen und betrachtete den Zug zur Trauerfeier. Es erschien ihm, als würde hier nicht der Vater und Mensch Reinhard Richter zu Grabe getragen, sondern der Bankier und Senator a. D.

Er entdeckte Dr. Freiligrath, einen der Anteilseigner von Richter & Oppenheim, der sicher eine ergreifende Rede halten würde, und Pastor Berggrün, der gewiss auch ein paar salbungsvolle Worte vorbereitet hatte. Man hatte auch ihn gefragt, ob er nicht eine Ansprache halten wolle, doch Mark hatte aus guten Gründen abgelehnt. Sie wussten hier alle, dass er jahrelang einer der besten Redenschreiber der Politik gewesen war. Sie erwarteten, dass er brillierte. Aber genau das wollte er nicht. Seit einiger Zeit hatte Mark diesen überaus erlesenen Kreis hanseatischer

Vornehmheit aus gutem Grund verlassen, und er hatte in keinster Weise vor, die Erwartungen dieser Menschen zu erfüllen.

Ricarda bahnte sich ihren Weg durch die Trauernden hindurch und eilte auf ihn zu.

»Da bist du ja endlich!«, schimpfte sie ihn. »Wo warst du denn so lange?«

Mark lächelte sie an und sah ihre verstorbene Mutter Alexandra in ihr. Seltsam, dachte er, wie ähnlich das Gefühl ist. Papa war mir nie sehr nahe, aber ich habe ihn doch geliebt. Und Alexandra ... Ja, auch sie war ihm auf unerklärliche Weise nicht mehr so nahe gewesen, als sie starb. Und doch hatte er sie über alles geliebt.

»Gehen wir«, sagte er.

Sie gingen zügig über den Friedhof zur Aussegnungshalle. Man hatte den Sarg zwischen zwei geschmackvollen Dekorationen aus weißen Rosen und Lorbeer aufgestellt, ein Streichquartett spielte Bachs »Bist du bei mir«. Mark fand, dass sein Vater vermutlich Elgers »Pomp and Circumstance« lieber gehört hätte statt der zarten Barockweise. Im Hintergrund türmten sich die Kränze und Gestecke, mit denen man gut und gerne einen Blumenladen ein Jahr lang hätte bestücken können. Er schüttelte den Kopf, weniger über die Spender dieser letzten Blumengrüße als vielmehr über seine Mutter, die ihn das nicht hatte unterbinden lassen. Mark hatte vorgeschlagen, in die Traueranzeige einen Hinweis aufzunehmen, auf Kränze und Blumen zu verzichten, und die Trauergäste zu bitten, stattdessen lieber für einen wohltätigen Zweck zu spenden. Doch Viola Richter hatte das in Bausch und Bogen verworfen: »Gönnst du deinem Vater kein würdiges

Begräbnis? Er hat sein Leben lang gearbeitet, um Anerkennung zu finden. Er ist in den höchsten Kreisen ein bedeutender Mann gewesen. Soll er nun wie ein Bettler zu Grabe getragen werden?«

»Mama wird sich freuen, ganz Hamburg auf der Beerdigung zu sehen«, sagte Mark jetzt und hakte sich bei seiner Tochter unter.

»Das ist nicht nur Hamburg.«

»Allerdings. Ich schätze, halb London ist auch noch da. Singapur, New York und alle anderen Städte, in denen dein Großvater sein Unwesen getrieben hat.«

»Papa.«

»Oh, es sind sicher nicht nur Freunde und Geschäftspartner da, sondern auch etliche, die vor allem sichergehen wollen, dass er wirklich unter die Erde kommt.«

»Papa, also wirklich!« Ricarda sah ihn tadelnd an, aber es war deutlich zu sehen, dass sie ein Grinsen unterdrückte.

Er lächelte ihr zu. »Jedenfalls ist es nett, dass du deinen Vater holen kommst.«

»Ehrensache. Außerdem konnte ich Großmamas Nörgeln nicht mehr aushalten. Sie hätte die Beerdigung wahrscheinlich in letzter Minute verschoben, wenn du nicht endlich aufgetaucht wärst.«

Als sie in der vordersten Sitzreihe anlangten und ihre Plätze neben Viola Richter einnahmen, warf diese ihrem Sohn einen tadelnden Blick zu, nicht unähnlich dem, den Ricarda eben geübt hatte, doch dieser hier war sehr viel überzeugender. »Es wurde aber auch Zeit, dass du kommst.«

»Verzeih, Mama«, sagte Mark und legte seine Hand auf die ihre. »Ich glaube, ich hatte einfach zu große Angst vor diesem Augenblick.«

Wenig später brach die Musik ab, und der Pastor trat vor die Trauergemeinde, um seine Ansprache zu halten. Marks Gedanken schweiften ab. Er sah seinen Vater wieder vor sich, wie er aus dem Krankenzimmer seine persönliche Schaltzentrale gemacht hatte, erinnerte sich plötzlich wieder an die Augen von Schwester Beate und an den Blick, den sie ihm zugeworfen hatte, als sie das letzte Mal aus seinem Zimmer in der Klinik gegangen war. Seine Schulter begann zu schmerzen. Er seufzte gequält.

Diesmal war es Viola Richter, die die Hand ihres Sohnes drückte. Sie muss sehr mitgenommen sein, dachte Mark, der solche Gesten der Zuneigung von ihr nicht gewöhnt war.

»Ein Mann wie Reinhard Richter begegnet uns nicht alle Tage«, salbaderte der Pastor. Zustimmendes Gemurmel ging durch die Reihen. Mark musste an den Club denken, der eines seiner ältesten Mitglieder verloren hatte. Sicher lag auch ein Kranz von dieser überaus vornehmen Institution irgendwo dort vorne. Er versuchte, die Schleifen zu identifizieren. Die Bank hatte einen riesigen Lorbeerkranz geschickt, der Hamburger Senat, der Erste Bürgermeister überdies noch einen persönlich. Das Bundesministerium für Wirtschaft und Forschung war vertreten, die Bank of China, die Botschafter der USA, von Großbritannien, Frankreich und Israel, Industriellen- und Arbeitgebervereinigungen, Bankiers, einfach alles, was Geld, Macht und Einfluss hatte.

Mark bemerkte, wie der zierliche Körper seiner Mutter neben ihm bebte. Weinte sie? War sie tatsächlich so ergriffen von der Rede des Pastors?

»Was aber lernen wir aus diesem reichen, diesem besonderen Leben?«, fragte Berggrün unterdessen und blickte mit seinen freundlichen Glubschaugen in die Runde. Mark legte den Arm um seine Mutter, und er hatte das Gefühl, dass es diesmal wirklich nötig war. Die alte Dame schluchzte auf und drückte sich kurz an seine Schulter, ehe sie hektisch in ihrer Tasche zu kramen begann.

»Nicht jetzt, Mama«, raunte Mark ihr zu. Der Pastor sah irritiert zu ihm herüber und verlor kurz den Faden, Viola Richter richtete sich mit einem Ruck wieder kerzengerade auf und blickte Mark nur kurz und mit eisigem Blick aus ihren tränenerfüllten Augen an, ehe sie ein Taschentuch hervorzog und so dezent hineinschnäuzte, wie es einer Dame geziemte. Mark senkte peinlich berührt den Blick.

Eine schreckliche Sekunde lang hatte Mark gedacht, seine Mutter würde ihren Flachmann herausholen – und sie hatte das natürlich gewusst. Schlimmer noch: Wie es schien, hatte auch der Pastor es gewusst und befürchtet.

»Wenn Reinhard Richter heute nicht nur eine ihn liebende Familie zurücklässt«, sagte der Geistliche und sah zu Viola Richter, zu Mark und Ricarda, »sondern auch zahllose Freunde, Weggefährten und Geschäftspartner, die ihn über Jahre, ja Jahrzehnte hinweg zu schätzen gelernt haben, dann mag uns das zeigen ...«

Ricarda beugte sich zu Mark. »Englisch ist auch hier.«

Mark sah sich möglichst unauffällig um. »Wo?«, raunte er zurück.

»Mitte rechts.«

Jetzt sah Mark seine hagere Gestalt. Englisch sah blass aus, als wäre es sein Vater, der gestorben war. Aber seine Geliebte war ja auch erst kürzlich ums Leben gekommen, dachte Mark und vermeinte, echte Trauer in der Miene des Arztes zu sehen. Ob er auf jede Beerdigung eines verstorbenen Patienten ging? Vermutlich nicht. Aber wenn es einer von den oberen Zehntausend war, dann erwartete man es wohl von ihm.

Der Pastor brachte seine Ansprache zu Ende, fast mochte man denken, er habe über Gandhi gesprochen oder über Albert Schweitzer. Reinhard Richter allerdings wäre über der Rede vermutlich eingeschlafen. Er hatte weder für salbungsvolle Worte noch für Lobhudelei viel übriggehabt. Er hätte drei Sätze gesagt, vier vielleicht – und damit am Ende alles zum Ausdruck gebracht, was es an wirklich Wichtigem über den Verstorbenen zu sagen gab. Nun, es musste schließlich seine Gründe haben, weshalb manche Menschen so hoch hinaufstiegen im Leben. Effizienz war sicher ein solcher Grund.

Von beiden Seiten traten nun Leichenträger an den Sarg heran und griffen mit ihren weiß behandschuhten Händen in die eisernen Griffe. Die Trauergesellschaft erhob sich. Leises Gemurmel hob an, als der Sarg durch die Reihen getragen wurde.

Viola Richter, ihr Sohn und ihre Enkeltochter folgten dem Sarg von der linken Seite aus, von rechts reihten sich die Partner der Bank ein, nach ihnen folgte entferntere Verwandtschaft. Auch der Bruder des Verstorbenen, einige Jahre jünger als er, ging erst in fünfter oder sechster Reihe: Marks Onkel Othmar, der mit seiner Mutter überhaupt nicht konnte. Reinhard Richter und er hatten sich nur noch selten gesehen. Ihr Verhältnis war sicher kein schlechtes gewesen, aber die Abneigung gegenüber Viola ging so weit, dass Othmar sie auch heute keines Blickes würdigte.

163

Viola Richter hakte sich bei ihrem Sohn unter. Gefasst schritt sie hinter dem Sarg her, der leicht schwankend ins Freie getragen wurde. Nun leerten sich auch die hinteren Sitzreihen. Draußen standen Neugierige, die in der Aussegnungshalle keinen Platz mehr gefunden hatten. Auch sie gingen langsam hinter dem Trauerzug her.

Kurze Zeit später traf der Trauerzug am frisch ausgehobenen Grab ein. Mark trat vor die Gesellschaft und nickte knapp in die versammelte Runde. Nein, auch hier würde er keine Rede halten. Er hielt den Kopf leicht gesenkt, als er sagte: »Liebe Trauergemeinde, im Namen meiner Mutter und der Familie danke ich Ihnen herzlich für Ihr zahlreiches Erscheinen. Wir sind sehr gerührt von Ihrer Anteilnahme. Mein Vater hätte sich sehr gefreut. Behalten wir ihn so in Erinnerung, wie er war. Danke.«

Betretenes Schweigen, dann erneut Musik. Das Streichquartett hatte sich eilig zum Grab begeben und saß noch kaum, als es auch schon »Ich hatt' einen Kameraden« intonierte. Marks gequälten Gesichtsausdruck mochten die Anwesenden als Zeichen tiefer Trauer deuten.

Jetzt wurde der Sarg an zwei dicken Seilen in das Grab hinabgelassen, und Mark hoffte, dass sich sein Vater dort nicht gleich umdrehte angesichts der Musik, die so wenig auf seinen Geschmack Rücksicht nahm.

Viola Richter warf als Erste eine Schaufel Erde ins Grab, Ricarda tat es ihr nach. Dann kam Mark an die Reihe. Das dumpfe Poltern von Erde und Steinen ging ihm durch und durch.

Als Nächstes trat sein Onkel Othmar ans Grab. Er schippte etwas Erde hinab und blieb noch einen Augenblick stehen. Mein Gott, wie alt er aussah! Dann trat Othmar zu Mark heran und drückte ihm die Hand.

»Junge«, sagte er. »Es wird einsam.« Er strich Mark über den Kopf und zog ihn zu sich heran. Dann gab er Ricarda die Hand – und schließlich sogar Viola. Einen Moment dachte Mark, seine Mutter würde die Hand zurückziehen. Doch sie nahm nicht nur Othmars Hand an, sondern legte ihre linke sogar noch darauf und sah ihn mit fragenden Augen an. Onkel Othmar nickte und lächelte ihr zu.

Der weitere Verlauf der Trauerfeier zog an Mark wie ein Film vorbei und berührte ihn kaum. Manche Trauernden verharrten kurz am Sarg, andere stiegen über Schmutz und Steine hinweg, als wäre es vor allem ein Geschicklichkeitstraining, nicht schmutzig zu werden. Vielleicht hundert, vielleicht zweihundert Gäste drückten Mark, seiner Mutter und seiner Tochter die Hände. In so manchem Blick stand die Frage geschrieben, ob er wohl nun Reinhard Richters Platz einnehmen würde. Seinen Platz als Patriarch der Familie und vor allem seinen Platz in der Chefetage bei Richter & Oppenheim. Oder würde am Ende Viola Richter alles erben? War es das, was wie Sorge in manchem Gesicht aussah?

Als Mark mit Ricarda langsam wieder zum Friedhofsausgang ging – Viola Richter hatte sich bei Othmar untergehakt –, fanden sie nach einer geschlagenen Stunde des Schweigens endlich wieder Worte. »Eine passable Gesellschaft, nicht?«

»Ja«, sagte Ricarda. »Opa hätte sich gefreut.«

»Es hätte ihn wohl eher amüsiert. Es waren fast alle da, die man kennen muss, und wenn es nur vom Wegschauen ist.«

»Ich kenne die wenigsten.«

»Oh, ich kenne längst auch nicht alle«, versicherte ihr Mark. »Da drüben zum Beispiel, der Mann mit dem Stock. Kennst du den?«

»Nein. Sieht aus wie aus einem Roman von Thomas Mann.«

»Ach, hast du Thomas Mann gelesen?« Mark sah überrascht auf seine Tochter, die ihm bisher eher unliterarisch erschienen war.

»Nein. Aber ich habe ein paar Verfilmungen seiner Romane gesehen.« Sie grinste. »Und der da?« Sie deutete auf einen jüngeren Mann mit braunen Schuhen.

»Das ist, glaube ich, einer von Papas Assistenten.«

»Und trägt braune Schuhe bei einer Beerdigung ...«

»Na, der war noch nicht lange bei ihm.«

»Das erklärt alles.«

»Da drüben, die Frau mit dem Schleier. Sieht aus, als wäre sie selbst die Witwe. So sollte man nicht auf die Beerdigung eines Mannes gehen, der nicht der eigene war.«

»Oh, die hat aber selber erst neulich ihren Mann verloren.«

»Das erklärt es natürlich«, sagte Mark und hob entschuldigend die Hände. »Das heißt, du kennst sie?«

»Kennen ist zu viel gesagt. Ich hab sie kürzlich in der Klinik kennengelernt. Sie gehört zum Kuratorium der Paduani-Stiftung. Die wollen mir eine Ausstellung ermöglichen.«

»Paduani – ist das nicht der Chefarzt, mit dem Papa befreundet war?«

»War«, sagte Ricarda. »Er *war* der Chefarzt. Ist ja eben

auch erst vor ein paar Wochen gestorben. Sie ist seine Witwe.«

Mark schwieg. Doch in seinem Inneren fing es an zu arbeiten.

2.

Sie saßen eine Weile schweigend nebeneinander im Taxi. Viola Richter hatte den Schleier, den sie am Hut trug, über ihr Gesicht herabgezogen und schniefte leise vor sich hin. Mark konnte sich nicht erinnern, seine Mutter jemals weinen gesehen zu haben. Behutsam legte er seine Hand auf die ihre, und sie ließ es geschehen.

Nach einer Weile richtete sie sich gerade auf. »Mark, es ist jetzt an dir, dich um die letzten Angelegenheiten deines Vaters zu kümmern. Ich kann das nicht. Ich habe weder die Kraft noch die Lust dazu.«

Mark nickte. »Ja, ich kümmere mich um alles.«

»Gut«, sagte die alte Dame. »Fang bitte gleich morgen an. Als Erstes gehst du am besten zur Klinik und holst Vaters Sachen ab. Und dann möchte ich, dass du dich um die Bank kümmerst. Ich möchte, dass du zu Doktor Freiligrath gehst und diese unselige Geschichte mit den Immobiliendarlehen rückgängig machst.«

Mark sah sie erstaunt an.

»Du glaubst doch nicht, ich wüsste nicht, was dein Vater da für einen Unsinn gemacht hat. Er wollte, dass sie ihm nicht einen Teil seiner Bankanteile abnehmen und hat uns dafür in Schulden gestürzt ...«

»Aber Mama«, erwiderte Mark. »Wenn ich Papa richtig

verstanden habe, dann ist das bloß eine buchhalterische Angelegenheit. Man nennt es Buchwert und ...«

»Ich weiß, was Buchwert ist«, unterbrach ihn Viola Richter. »Und ich weiß, was Schulden sind. Solange es uns wirtschaftlich gut geht, brauchen wir beides nicht. Kümmere dich bitte darum.«

Mark zuckte die Schultern.

»Wenn du möchtest.« Er war zu verblüfft über die plötzlichen Wirtschafts- und Finanzkenntnisse seiner Mutter, als dass er hätte widersprechen mögen. Sicher hatte sich sein Vater etwas bei diesen Transaktionen gedacht. Aber sie war die Haupterbin, sie war das Familienoberhaupt, sie war diejenige, auf der der Todesfall am meisten lastete.

Mark lächelte wehmütig: Seine Mutter war wirklich eine außergewöhnliche Frau. Sie war stark und klug, sie war streng und diszipliniert. Sein Vater hätte es sicher nie so weit gebracht ohne sie. Sie war die starke Frau hinter einem großen Mann. Voll Wehmut kam ihm seine eigene verstorbene Frau in den Sinn. Auch Alexandra war eine schöne, klug und starke Frau gewesen. Und auch er hatte ihr viel zu verdanken gehabt. Ohne ihren Willen und ohne ihre Durchsetzungskraft hätte er viel früher das Handtuch geschmissen und wäre viel früher zum schwarzen Schaf der Familie geworden. Ach, vielleicht wäre er ohne sie nie etwas anderes gewesen. Sie war für ihn Stütze und treibende Kraft zugleich gewesen, Zuckerbrot und Peitsche für seine Seele. Wie schwer es nach all der Zeit immer noch war, an sie zu denken. Mark ertappte sich dabei, wie auch er zu weinen begonnen hatte. Mit schwerem Blick schaute er auf die vorbeiziehenden Häuser und Straßen – und spürte plötzlich, wie sich eine Hand auf seine legte.

3.

Doktor Englisch begrüßte Mark mit einem warmherzigen Händedruck. »Herr Richter«, sagte er. »Wie schön, dass Sie so rasch kommen konnten.« Er bot Mark mit einer Geste an, Platz zu nehmen. »Darf ich Ihnen etwas anbieten? Einen Kaffee vielleicht? Oder ein Wasser?«

»Danke, das ist sehr liebenswürdig.« Mark zögerte kurz. »Aber«, sagte er dann, »wenn ich ehrlich bin, ist mir eher nach einem Schnaps zumute.«

Englisch lächelte unverbindlich. »So etwas habe ich leider nicht zur Hand.« Er zuckte entschuldigend die Schultern.

Mark lächelte zurück. »Natürlich, das war auch nur ein Scherz, verzeihen Sie.«

Englisch war ganz offensichtlich nicht zu Scherzen aufgelegt. »Herr Richter, wie Sie wissen, sind einige persönliche Gegenstände Ihres Vaters in unserer Klinik verblieben. Darunter befinden sich auch einige Schriftstücke, die wir Ihnen natürlich gerne herausgeben würden. Ich gehe davon aus, dass wir Sie als Ansprechpartner bemühen dürfen?«

Mark musste lächeln. Der Arzt tat sich schwer damit, zu umgehen, dass Mark eigentlich einen Erbschein gebraucht hätte, um das Hab und Gut seines verstorbenen Vaters entgegenzunehmen. Es war offensichtlich, dass es eine Erbengemeinschaft geben würde. Und den Streit mit den anderen Hinterbliebenen um die teure goldene Armbanduhr oder um die belastbare Urkunde würde sich die Klinik ersparen wollen.

»Ich habe die Lage vorher mit meiner Mutter besprochen«, sagte er. »Ich sitze hier sozusagen stellvertretend für die gesamte Familie. Übrigens soll ich Sie von meiner Mutter herzlich grüßen. Sie hat sich sehr gefreut, dass Sie zur Beerdigung meines Vaters gekommen sind. Sie weiß das sehr zu schätzen.«

Er erwähnte nicht, dass Viola Richter sich seit Tagen in heftigsten Vorwürfen gegen die Klinik und die Ärzte erging, die nach ihrer Meinung die Hauptschuldigen am Ableben ihres Gatten gewesen waren.

»Aber das war doch selbstverständlich«, erwiderte Englisch, der Marks Erklärung über die Lage der Erbengemeinschaft erkennbar gerne gehört hatte. »Tja«, er stand auf und ging zu einem Wandschrank, dem er einen weißen Stoffbeutel entnahm, »was sich an persönlichen Gegenständen bei Ihrem Vater befand, haben wir hierin verstaut.«

Er reichte Mark den Beutel, der ihn entgegennahm, ohne hineinzusehen.

»Was die Papiere betrifft, so habe ich mir erlaubt, sie in einen neutralen Umschlag zu stecken. Es versteht sich, dass niemand sie näher betrachtet hat.«

»Natürlich«, sagte Mark, als wäre jeder Zweifel daran ohnehin unvorstellbar.

»Die Kleidung wird Ihnen die Stationsschwester geben. Ich bringe sie gerne zum Schwesternzimmer.«

»Danke, das ist sehr nett von Ihnen. Ich kenne den Weg, Sie müssen sich nicht extra bemühen.« Mark nahm den Umschlag, beinahe ein Päckchen, so dick und schwer, und erhob sich wieder. »Ich werde das sicher quittieren müssen?«

Englisch hob mit abwehrender Geste die Hände. »Aber nicht doch!«

»Die Rechnung über Telefon, Fernsehen und dergleichen kann ich am Empfang bezahlen?«

»Sie werden nicht erwarten, dass wir Sie in einer solchen Situation mit einer Rechnung belästigen. Das erledigt die Buchhaltung in den nächsten Wochen per Post.«

»Tja«, sagte Mark und ging zur Tür, gefolgt von Englisch. »Dann danke ich für alles, was Sie für meinen Vater getan haben, und auch für Ihre Umsicht bei der Abwicklung der Formalien ...«

»Aber keine Ursache, Herr Richter. Ich weiß doch, wie schwer das für Hinterbliebene ist.«

»Ja, nicht wahr? Und dann auch noch zweimal so kurz hintereinander.«

»Oh! Sie hatten noch einen weiteren Todesfall?«

»Gott bewahre, nein. Aber Sie haben doch einen Verlust zu beklagen. Wenn ich richtig gehört habe, ist erst kürzlich Ihre – Krankenschwester ums Leben gekommen.«

Mark hatte absichtlich vor dem Wort »Krankenschwester« eine winzige Pause gemacht und Englisch sehr genau beobachtet. Und tatsächlich war der kurz zusammengezuckt. Mark konnte nicht anders, als auf seine Hände zu schauen. Doch da war kein Ehering.

»Ja«, sagte Englisch nach kurzem Schweigen. »Das war eine schreckliche Sache.«

»Ein Unfall, nicht wahr?«

Wieder zögerte Englisch. Offensichtlich fragte er sich, ob Mark wusste, dass die Polizei ihn verdächtigte.

»Ein Unfall, ja. Eine Tragödie.«

»Und weiß man denn schon, was genau geschehen ist?«

Mark hatte die Hand an der Klinke. Doch er öffnete die Tür nicht, sondern blockierte sie eher, indem er sich halb davor stellte.

»Soweit ich weiß, nicht.« Englisch blickte zur Uhr. »Ja, also, ich muss jetzt leider ...«

Doch Mark tat, als habe er nicht gehört, und bohrte weiter. »Sie hätten Ihr sicher helfen können, wenn Sie vor Ort gewesen wären.«

»Wer weiß, Herr Doktor Richter. Aber wie gesagt, ich weiß ja nicht einmal, wie es genau passiert ist.«

»Hätten Sie doch nur am besagten Abend Spätschicht gehabt.« Mark nickte bedeutungsschwanger.

Englisch lächelte gequält. »Nun ja«, sagte er. »Ich hatte sogar Spätschicht. Doch was nützt das, wenn draußen ein Unfall passiert und niemand Hilfe holt.«

»Vermutlich hatten Sie Nachtschicht und nicht Spätschicht. Sonst hätten Sie ja auch bereits Feierabend gehabt, nicht wahr? Und wer weiß, vielleicht wären Sie dann an der Unfallstelle vorbeigekommen ...«

»Tja, wer weiß. Ich war jedenfalls noch im Büro, als es passierte.«

Mark nickte. »So wie Doktor Wenger vermutlich auch. Was für ein Drama: Draußen ringt eine Frau mit dem Tod, und drinnen sitzen die Ärzte und wissen von nichts.«

»Doktor Wenger war auch hier?«, fragte Englisch, der den letzten Satz offenbar überhört hatte. »Das wusste ich gar nicht.«

»Oh, vielleicht bilde ich mir das auch bloß ein. Aber ich dachte, ich hätte ihn in der besagten Nacht gesehen.«

»Da müssen Sie sich täuschen. Doktor Wenger hatte schon früher Dienstschluss gehabt. Er musste sogar dringend weg. Ich hatte noch einige Dinge im Büro zu erledigen.«

Mark schüttelte den Kopf, als würde er sich über seinen eigenen Unverstand wundern. »Und ich dachte, ich hätte Sie wegfahren sehen.«

»Nein, ganz ausgeschlossen.«

Englisch war jetzt sichtlich brüskiert und zwängte sich an Mark vorbei, um endlich die Tür zu öffnen.

»Also, nochmals mein tiefes Beileid, Herr Doktor Richter«, sagte er. Er ließ Mark auf den Flur treten und verließ dann ebenfalls das Büro. Er schloss eilig die Tür hinter sich und sperrte sie ab, ehe er mit schnellen Schritt den Flur hinabging.

Mark indes wandte sich in die andere Richtung, um die Kleider seines Vaters vom Schwesternzimmer abzuholen und womöglich auch dort noch einiges zu erfahren – denn das Gespräch mit Englisch war doch überraschend aufschlussreich gewesen.

Er klopfte an die Glastür. »Ist Schwester Gudrun da?«

»Wenn Sie einen Augenblick warten«, sagte die diensthabende Schwester und lächelte freundlich. »Sie müsste gleich wieder zurück sein.«

»Danke.« Mark schlenderte den Gang entlang, sah ab und zu in den Park hinunter, der an diesem regengrauen Tag wenig einladend wirkte, und bedachte, was er von Englisch erfahren hatte: Englisch wollte sich mit Papieren in seinem Büro beschäftigt haben. Das mochte stimmen oder nicht. Der Pförtner jedenfalls war bereit zu beschwören, er habe ihn wegfahren sehen. Und Wenger? Mark war sich inzwischen ganz sicher, dass er in der besagten Nacht auf dem Parkplatz niemand anders als Wenger gesehen hatte, der einem anderen Mann etwas gegeben hatte, worauf dieser sich eine Mütze übergezogen hatte, ins Auto gestiegen und vom Hof gefahren war. Mit anderen Worten: Beide hatten kein stichhaltiges Alibi!

»Doktor Richter!«, hörte Mark eine bekannte Stimme hinter sich.

»Schwester Gudrun! Schön, Sie wiederzusehen.«

Schwester Gudrun stellte sich nah vor ihn und sah ihm in die Augen. »Es tut mir so leid, dass Ihr Vater ... Er war ein wundervoller Mensch. Bestimmt werden Sie alle ihn sehr vermissen.«

»Danke. Das ist sehr nett, dass Sie das sagen.«

»Sie kommen, um die Sachen von Ihrem Vater zu holen, nicht wahr?«

»In der Tat. Ich war schon bei Doktor Englisch.« Mark hielt den Stoffbeutel und den Umschlag in die Höhe. »Die Kleider fehlen noch.«

»Die haben wir hier«, sagte Schwester Gudrun und ging in das Schwesternzimmer.

Mark trat näher. Hier hatte er gestanden, als er Wenger und Schwester Beate streiten gehört hatte. »In Sachen Schwester Beate hat man nichts Neues gehört, was?«

»Nein, leider.« Schwester Gudrun kramte in einem Schrank, nahm ein sorgsam verschnürtes Bündel heraus und gab es ihm. Mit leiser Stimme sagte sie: »Wenn Sie mich fragen, ich glaube nicht, dass Doktor Englisch was damit zu tun hat. Sie sagen, sein Wagen wäre in den Unfall verwickelt gewesen. Aber ich habe gesehen, dass er noch in seinem Büro war spätnachts.«

»Ach«, ertönte von der Tür her eine Stimme. »Haben Sie

ihn denn persönlich gesehen?« Doktor Wenger trat hinzu. »Guten Tag, Herr Richter.«

»Guten Tag, Herr Doktor Wenger.«

»Nein«, beeilte sich Schwester Gudrun zu sagen. »Das habe ich nicht. Aber in seinem Büro hat noch Licht gebrannt. Und Doktor Englisch ist immer so ordentlich.«

»Da haben Sie recht, Schwester Gudrun«, sagte Wenger mit ironischen Unterton. »Er ist ein sehr *nüchterner* Zeitgenosse.« Wengers Wortwahl brachte die Schwester augenblicklich zum Verstummen – und Mark ahnte, weshalb. Er dachte an Schwestern Gudruns Bemerkung, Englisch sei »längst darüber hinweg«. Offenbar hatte Englisch ein Alkoholproblem gehabt. Oder er hatte es noch immer. Und Wenger wusste das und versäumte nicht, es zu erwähnen. Vermutlich war das ein Teil seiner Taktik, Englisch auf dem Weg zum Posten des Chefarztes auszuschalten.

»Was meinen Sie, Herr Richter«, setzte der Arzt nach, »Sie waren doch mal Strafverteidiger. Reicht das für ein Alibi?«

Mark zuckte die Achseln. »Nicht wirklich«, sagte er. »Aber eine interessante Frage, die Frage nach einem Alibi. Haben Sie denn eines?«

»Ich denke nicht, dass ich ein Alibi brauche«, sagte Wenger und lächelte falsch. »Ich war längst weg. Ich lag im Bett und habe geschlafen.«

»Na, ob das als Alibi ausreichen würde ...«

4.

Den folgenden Tag wollte Mark nutzen, um nach den anstrengenden und hektischen Tagen, die dem Tod seines

Vaters gefolgt waren, endlich ein wenig zur Ruhe zu kommen. Er nahm sich vor, zu diesem Zweck dem Grab seines Vaters einen Besuch abzustatten.

Als er den Friedhof erreichte, sah Mark schon von Weitem, dass an dem Grab seines Vaters zwei gebückte Gestalten unter einem schwarzen Regenschirm standen. Er hatte den Kragen hochgeschlagen, um sich gegen den Regen zu schützen. Es war ein hässliches, tristes Wetter – Friedhofswetter.

Mark hatte die beiden Gestalten längst erkannt.

»Mark!«

»Mama.«

»Ach, Papa«, seufzte Ricarda und hängte sich bei ihm ein. Mark zog sie an sich heran und versuchte, den anderen Arm um seine Mutter zu legen. Doch sie verstand es, sich ihm auf eine Weise zu entziehen, die zufällig wirkte und doch klar beabsichtigt war.

»Wenn halb Hamburg um sein Grab herumsteht, kann man nicht richtig Abschied nehmen«, sagte sie.

Mark nickte verständnisvoll. Es war ihnen nicht anders gegangen als ihm. Und nun standen sie hier zu dritt, als hätten sie sich verabredet. »Ja«, sagte er.

Eine Weile standen sie stumm nebeneinander, ein jeder mit seinen Gedanken bei dem Toten. Ricarda weinte leise. Mark spürte, wie ihr Körper bebte.

»Du wirst uns wirklich fehlen, Papa«, sagte er schließlich leise. »Ich will es mir gar nicht vorstellen, wie es ohne dich sein wird. Wir werden dich sehr vermissen.«

Ricarda schluchzte auf. Sie holte ein Taschentuch hervor und schnäuzte sich geräuschvoll.

»Werd nicht sentimental, Mark«, sagte seine Mutter. »Er

war zu seinen Lebzeiten selten genug zu Hause. Man kann sich sehr gut vorstellen, wie das sein wird.«

»Mama!« Mark war schockiert über den kühlen Ton, den seine Mutter an den Tag legte.

»Was ist? Hast du andere Erfahrungen gemacht?« Sie sah ihn an. Mark schwieg. Vielleicht war diese Abgebrühtheit nur eine Methode, sich vor dem Schmerz zu schützen. Vielleicht war sie in ihrem Inneren zu tief erschüttert, als dass sie es äußerlich hätte zeigen können. Immerhin ist sie hierhergekommen, dachte Mark.

»Wollen wir gemeinsam etwas essen gehen?«, fragte er, nachdem sie noch eine Weile dagestanden und die Kränze studiert hatten.

»Das wäre prima«, sagte Ricarda.

»Ich für meinen Teil möchte nach Hause«, stellte Viola Richter fest. »Ich spüre, dass ich eine Erkältung bekomme.« Sie angelte nach ihrer Handtasche, zog ein Taschentuch heraus und tupfte sich sehr vornehm die Nase ab.

Mark wusste schon, was kommen würde. »Hast du dein Auto hier?«, fragte er Ricarda.

»Klar. Steht vorne am Ausgang.«

»Dann könnten wir doch Mama heim bringen und anschließend zu zweit etwas essen«, schlug Mark vor, während er irritiert seine Mutter beobachtete, die das Taschentuch wieder wegsteckte und keinen Flachmann hervorholte.

»Machen wir.« Ricarda schniefte ein letztes Mal, blickte noch einmal zum Grab, hauchte: »Tschüs, Großpapa« – dann bewegten sie sich langsam über den Friedhof zum Ausgang.

Sie waren beinahe dort angelangt, als Mark plötzlich

eine Gruppe Trauernder um ein offenes Grab stehen sah. Er gab Ricarda einen Kuss und entschuldigte sich, dass aus dem Essen leider nichts werden würde, drückte seiner Mutter die Schulter und verabschiedete sich, um zu der Gruppe hinüberzugehen.

Viola Richter seufzte. »Siehst du, Kind«, sagte sie zu Ricarda, »das ist, weshalb aus deinem Vater nie etwas werden wird – er ist einfach ein unglaublich flatterhafter Mensch.«

5.

Langsam ging Mark auf die kleine Trauergemeinde zu. Es waren vielleicht zwei Dutzend Menschen, die den Todesfall beklagten und vor dem Grab standen, in das der Sarg offenbar schon hinabgelassen worden war. Einige Kränze waren adrett hinter dem Pastor aufgestellt, darunter ein besonders prächtiger, auf dessen Schleife Mark die Aufschrift »Die Kolleginnen und Kollegen der Feilhauer-Klinik« erkennen konnte. Und das war wohl auch die Mehrzahl der Anwesenden. Mark entdeckte unter den Trauernden Schwester Gudrun, dann eine weitere Schwester und einen Pfleger, die er vom Sehen kannte, die Doktoren Wenger und Englisch, außerdem die Dame vom Empfang.

Am Rande des Grabes stand eine Frau und schluchzte heftig. Vermutlich war es die Mutter der Verstorbenen. Mark ließ den Blick unauffällig schweifen, doch er konnte niemanden entdecken, der als Schwester oder Bruder der Toten in Betracht gekommen wäre. Auch einen Vater schien es nicht zu geben.

Mark spürte, wie er beobachtet wurde. Es war Englisch, der ihn entdeckt hatte. Als Mark seinem Blick begegnete, nickte Englisch kurz und machte ein Gesicht, das wohl ein Lächeln andeuten sollte. Auch Wenger sah jetzt zu ihm her, doch er ließ keine Regung erkennen.

Der Pastor erging sich in frommen Worten. Er wusste so viel Gutes über die Verstorbene zu sagen, als sei er ein alter Bekannter gewesen, war ihr aber mit Sicherheit nie begegnet. Grabreden waren Mark schon immer als eine große Heuchelei erschienen.

»Hallo, Herr Richter«, raunte eine Stimme neben Mark.

»Schwester Gudrun, hallo.«

»Das ist aber nett, dass Sie zu der Beerdigung gekommen sind.«

»Ich kannte Schwester Beate schließlich auch«, sagte Mark leise und lächelte unverbindlich.

»... und deshalb freuen wir uns«, ließ sich der Pastor unterdessen vernehmen, »mit unserer Schwester Beate Weidlich, denn sie wird eingehen in das Reich des Herrn, und sie wird teilhaben an seiner Herrlichkeit. Möge sie in Frieden ruhen.«

Ein Murmeln ging durch die Reihen, dann wiederholte sich im Kleinen, was Mark im Großen erst vor zwei Tagen am Grab seines Vaters erlebt hatte. Nacheinander traten Trauergäste vor und schippten eine Schaufel voll Erde in das Grab, verharrten kurz und gingen dann weiter. Die beiden Ärzte kondolierten der Mutter, die fassungslos dastand und deren Gesicht zu einer Maske erstarrt war. Sie schluchzte nicht mehr, sondern hielt sich aufrecht, als wäre sie innerlich versteinert.

Mark ging nicht zu ihr hin. Er hatte die Verstorbene

kaum gekannt und hätte sich schäbig gefühlt, Betroffenheit und Trauer zu zeigen, die er nicht wirklich empfand. Stattdessen blieb er im Hintergrund stehen und betrachtete den würdigen Abschied, den die Trauergemeinde von Schwester Beate nahm.

Der Regen wurde jetzt stärker. Mark klappte seinen Kragen hoch und entschied sich zu gehen, als Bewegung in die Beerdigungsgesellschaft kam. Der Pastor verabschiedete sich offenbar von der Mutter und schlich sich durch die Gräber davon. Die Mutter der Toten fing wieder zu schluchzen an. Sie zog ein Taschentuch heraus, schnäuzte sich ausgiebig, warf noch einmal einen Blick in das Grab hinab, dann atmete sie tief durch und ging oder vielmehr wankte davon, geradewegs in die Richtung, in der Mark stand. Er trat einen Schritt zur Seite, um die Frau vorbeizulassen. Ja, sie hatte große Ähnlichkeit mit Beate. Gut möglich, dass sie in jungen Jahren ähnlich attraktiv ausgesehen hatte. Jetzt zeigte ihr Gesicht nur noch Resignation und Verzweiflung.

Mark verbeugte sich leicht, als sie an ihm vorüberkam. Es war in diesem Augenblick, dass sie plötzlich den Halt zu verlieren schien und zu Boden zu fallen drohte. Mit einem beherzten Griff unter die Arme konnte Mark einen Sturz gerade noch abwenden.

»Alles in Ordnung?«

Es dauerte einen Augenblick, ehe die Frau reagierte. »Danke. Danke, es geht schon.«

»Alles in Ordnung?«, fragte Mark noch einmal und kam sich dumm vor, eine Mutter so etwas zu fragen, die eben ihr vielleicht einziges Kind zu Grabe getragen hatte.

»Ja«, sagte die Frau tapfer. »Ja. Danke.«

»Soll ich Sie begleiten?«

Sie sah ihn fragend an.

»Ich kannte Ihre Tochter«, sagte Mark. »Nicht gut, aber gut genug, um zu wissen, dass sie ein ganz besonderer Mensch war.«

»Waren Sie mit ihr befreundet?«

»Nein. Ich war nur ein Patient.«

Ein schwaches Lächeln zeichnete sich auf den blassen Lippen der Frau ab. »Das ist aber nett, dass Sie gekommen sind.«

Doktor Wenger trat zu den beiden. »Brauchen Sie Hilfe?«, fragte er.

Die Frau blickte ihn voll Verachtung an. »Nein, danke. Ich brauche keine Hilfe von Ihnen.« Sie wandte sich wieder Mark zu. »Das wäre nett, wenn Sie mich nach draußen begleiten könnten ...«

»Aber gerne.« Mark bot der Frau seinen Arm an. Sie hängte sich ein, hielt aber einen gewissen Abstand. So gingen sie langsam den Weg zum nahen Ausgang.

»Ja«, sagte die Frau leise, »sie war wirklich ein besonderer Mensch. Wissen Sie, dass sie als Kind eine Hirnhautentzündung hatte? Sie lag ein halbes Jahr im abgedunkelten Zimmer, konnte nicht aufstehen, kaum sprechen. Ihre rechte Seite war fast vollständig gelähmt.«

»Nein«, sagte Mark. »Das wusste ich nicht.« Er dachte einen Moment über die Worte der alten Frau nach. »Das heißt, sie hatte beinahe so etwas wie ein zweites Leben geschenkt bekommen?«

»Komisch, dass Sie das sagen. Mein Mann hat das immer gesagt. Er hat immer gesagt: Hilde, unsere Bea hat ein zweites Leben geschenkt bekommen. Er hat sie immer Bea genannt.«

So schroff, wie sie Wengers Angebot zurückgewiesen hatte, sich helfen zu lassen, so warmherzig klang sie jetzt, und Mark bedauerte es fast, dass sie schon vor dem Friedhof standen und sie sich umsah, ob sie ein Taxi fand.

Ein Wagen stand nur wenige Meter entfernt. »Danke für ihre Hilfe.«

»Gerne«, sagte Mark und winkte dem Fahrer. Sekunden später war sie in das Taxi eingestiegen, und der Wagen fuhr davon.

Mark aber blieb noch einen Augenblick stehen und sah ihm nach.

»Ja, ein tragischer Fall«, sagte Doktor Wenger, der unbemerkt neben ihn getreten war. »Die arme Frau hat jetzt keine Familie mehr.«

»Guten Tag, Doktor Wenger«, grüßte ihn Mark. »Sie kennen die Familienverhältnisse?«

»Schwester Beate hat mir mal davon erzählt«, erwiderte der Arzt.

»Ja, es ist tragisch, sein einziges Kind so zu verlieren.«

Mark sah ihn von der Seite an. Warum hatte die Frau gesagt, sie brauche keine Hilfe *von ihm*?

6.

Wieder klingelte das Telefon. Ricarda blickte gelangweilt hinüber zu dem Apparat. Sie hatte schon keinen Nerv mehr nachzusehen, wer es war. Die letzten paar Mal war es Steffen gewesen. Sie hatte den Anrufbeantworter ausgeschaltet, damit er nicht noch eine vierte Nachricht hinterließ. Die erste war noch knapp gewesen, etwas im Sinne von: »Ricarda, Steffen hier, ich erreiche dich nicht. Rufst du mich bitte mal an?« Die zweite hatte irgendwie schon dringender geklungen. Dann beim dritten Anruf: »Ricarda, Steffen noch mal, ich weiß nicht, was los ist. Ich mache mir Sorgen! Ruf mich bitte gleich an, wenn du wieder da bist. Hoffentlich ist alles in Ordnung. Bis ganz bald!«

Sie konnte seine Nummer auf ihrem Display sehen. Auch einige Kurznachrichten hatte er ihr geschickt. Ricarda wunderte sich, dass ein Mann seines Kalibers so schwer von Begriff sein konnte. Dachte er wirklich, es mache ihr nichts aus, wenn er nebenher noch für eine andere Frau Gefühle hegte? Und es war ja offensichtlich nicht nur eine Schwärmerei. Die beiden hatten was miteinander, das war sonnenklar. Also was sollte das? Wieder läutete das Telefon. Ricarda ging in die Küche, um sich ein Glas Milch einzuschenken. Im Vorbeigehen warf sie einen müden Blick auf das Display. Klar: Es war wieder Steffen.

Sie trank die Milch, schaltete das Radio ein, suchte erfolglos nach einem Sender, der Musik spielte, die ihrer jetzigen Stimmung entsprach. Die Enttäuschung war längst verflogen. Wahrscheinlich hatte sie sich gar nicht in Steffen verliebt, sondern hatte ihn nur verdammt attraktiv gefunden. Und das war er auch. Aber das war jetzt Geschichte!

Sie packte ihre Jacke, den dicken Schal und verließ die Wohnung, um spazieren zu gehen. Bin schon wie Papa, dachte sie, der tigert auch immer einsam durch die Straßen. Sie musste grinsen. Sie liebte ihren Vater über alles. Er war zwar ein äußerst schräger Vogel, aber genau das gefiel ihr an ihm. Sie nahm zwei Stufen auf einmal und fühlte sich schon besser.

Draußen schlug ihr ein heftiger Wind entgegen. Sie blieb

stehen und zog sich die Kapuze über. In dem Augenblick trat Steffen Wenger auf sie zu.

»Ricarda!«, sagte er. »Ich habe mir Sorgen gemacht!«

Ricarda sah ihn kühl an, ohne ein Wort zu sagen.

»Ist alles in Ordnung?«, fragte Wenger. »Warum hast du dich nicht gemeldet?«

»Alles in Ordnung«, sagte Ricarda knapp.

»Aber du warst zu Hause! Da musst du doch meine Anrufe gehört haben!«

»Warum hast du nicht geklingelt?« Plötzlich fiel ihr das ein. Wieso stand er hier auf der Straße und wartete auf sie, statt wenigstens einmal zu klingeln und es auch auf diese Weise zu versuchen.

»Ich dachte, du bist nicht zu Hause.«

»Ich hatte Licht.« Sie sah nach oben.

»Ich kenne deine Wohnung nicht. Ich weiß nicht, hinter welchem Fenster ...« Er sah hilflos aus.

»Stimmt«, bestätigte Ricarda und war für den Augenblick froh, dass er tatsächlich nicht wusste, wo genau sie wohnte. »Und deshalb hast du dich hier hingestellt und gewartet, bis ich rauskomme?«

»Ich dachte, du würdest irgendwann heimgehen und ich könnte dich abpassen.« In seinen Augen flackerte es unruhig.

»Und was wolltest du?«

»Ich wollte wissen, wie es dir geht. Ich wollte dich sprechen, ich ... Ricarda, was ist los? Seit einer Woche hast du dich nicht gemeldet, bist nicht erreichbar ... zumindest nicht für mich.«

»Was los ist?« Ricarda funkelte ihn an. »Was los ist, willst du wissen? Ich kann dir sagen, was los ist! Du meinst, du kannst mit mir was anfangen, obwohl du eine feste Freundin hast!«

»Ricarda, ich weiß nicht, wovon du sprichst.«

»Ach wirklich? Wer ist das denn auf den Fotos, die du an deinem Bett stehen hast? Deine Nichte?«

»Die Fotos? Oh Ricarda, das habe ich dir doch gesagt ...«, versuchte es Wenger.

»Was hast du mir gesagt?« Ricarda war kalt. Sie sah sich um und entschied sich dann, aufs Geratewohl loszustapfen.

»Habe ich dir nicht gesagt, wer das ist und was es damit auf sich hat?« Er beeilte sich, ihr nachzukommen.

»Wer das ist? Oh, das weiß ich. Ich habe sie in der Klinik gesehen. Ein ganz heißer Feger ist sie, deine Krankenschwester. Genau der Typ, mit dem Männer platonisch befreundet sind.«

»Ja, es ist Schwester Beate. Und ich will gar nicht so tun, als wäre es eine platonische Liebe gewesen. Aber das ist vorbei. Schon lange!«

»Ach. Und warum ... warum stehen dann immer noch die Bilder in deiner Wohnung? Du kannst mir nichts vormachen, Steffen. Du liebst sie immer noch.«

Wenger packte Ricarda am Arm und hielt sie fest. »Ricarda! Hör mir zu!«

»Au, du tust mir weh!«

»Entschuldige. Bitte bleib stehen. Das ist alles ganz falsch. Aber ich verstehe, dass du das denkst. Wahrscheinlich würde ich das auch denken, wenn ich die Bilder sehen würde und nicht wüsste, wie die Dinge wirklich liegen.«

»Wie liegen sie denn wirklich, die Dinge?«, fauchte Ricarda Wenger an.

»Die Wahrheit ist«, sagte er, »dass es schon lange vorbei

ist. Stimmt schon, Schwester Beate ist eine sehr attraktive Frau. Deshalb bekommt sie auch meistens, was sie will. Und es gab eine Zeit, da wollte sie mich und, ja, ich war ziemlich heiß auf sie. Aber das ist längst vorbei. Es war nur eine kurze Leidenschaft. Ich habe sie nicht einmal geliebt.« Er setzte die Leidensmiene auf, die Ricarda schon von ihm kannte. »Das habe ich ihr irgendwann auch gesagt.«

»Das hast du ihr gesagt?«

»Ja. Weil ich spürte, dass es für sie mehr war als für mich.«

»Und du? Hast du diese Liebe erwidert?«

Er blickte zu Boden. »Eben nicht. Aber ich mochte sie. Und ich wollte ihr nicht wehtun, wollte sie nicht belügen. Deshalb war es besser, Schluss zu machen.«

»Und deshalb stehen vermutlich die Bilder von euch beiden noch immer in deiner Wohnung.«

»Es ist nicht meinetwegen.« Fast sah es aus, als füllten Tränen seine Augen, aber vielleicht war es auch nur der Wind. »Es stellte sich heraus, dass sie psychisch labil war. Sie hatte sich in mich verliebt und drohte damit, sich etwas anzutun, wenn ich sie verlasse.«

»Sie wollte sich umbringen?«

Wenger nickte. »Ja. Jedenfalls hat sie es behauptet. Sie hat mich wahnsinnig unter Druck gesetzt. Sie ist ein paarmal bei mir zu Hause aufgetaucht und hat mir eine Szene gemacht.«

»Und was wollte sie?«

»Sie wollte mich zwingen, wieder zu ihr zurückzukommen ...«

Ricarda unterbrach ihn mit einer barschen Handbewegung und ging wieder los. »Du kannst mir erzählen, was

du willst. Es klingt alles nicht einmal gut erfunden. Solange ich das nicht von der Dame selbst höre, glaube ich
dir kein Wort. Und wenn ich dir mal was sagen darf:
So viel psychologisches Gespür habe ich, dass ich merke,
ob jemand psychisch labil ist. Sicher nicht Schwester Beate.« Sie blieb stehen und funkelte Wenger an. »Ich werde zu ihr hingehen und sie fragen, ob sie noch mit dir
zusammen ist – Auge in Auge. Das ist die sauberste
Lösung.«

Wieder hielt Wenger Ricarda am Arm zurück, diesmal
allerdings sanfter, sodass sie sich lediglich widerwillig
wegdrehte, um seine Hand abzustreifen.

»Das wird nicht gehen, Ricarda«, sagte er.

»Ach, und warum nicht?«

»Schwester Beate ist tot.«

7.

»Ich danke Ihnen sehr, dass Sie gekommen sind.« Mark
schenkte seinem Gegenüber Wein nach. »Und das, obwohl
Sie einen so langen Tag hatten.«

»Aber bei einer so netten Einladung kann man doch gar
nicht Nein sagen«, erwiderte Schwester Gudrun und hob
das Glas.

Im Schummer des gemütlichen Lokals sah sie hübscher
aus als im kalten Licht der Klinik. Gut, sie war etwas pum-
melig, aber ihre Augen strahlten, und der geschickte Ein-
satz von Rouge und Lippenstift tat sein Übriges.

»Ich war Ihnen das einfach schuldig. Sie haben so viel
für meinen Vater und auch für mich getan.«

Schwester Gudrun nickte anteilnehmend. »Ja, für Ihren Herrn Vater. Das hat ja nun nichts mehr genützt. Leider.«

»Im Gegenteil. Ist nicht jeder Tag ein besonders kostbarer, wenn der Tage nur noch wenige sind?«

»Das haben Sie aber schön gesagt, Herr Doktor Richter.«

»Nun lassen Sie aber den Doktor weg, Schwester Gudrun«, sagte Mark und hob scherzhaft tadelnd den Finger.

»Dann müssen Sie aber auch die Schwester weglassen.«

Mark hob sein Glas und prostete ihr zu. »Mark«, sagte er.

»Gudrun«, sagte sie und prostete zurück.

Einen Augenblick schwiegen beide. Dann begann Mark, seinen Generalangriff vorzubereiten.

»Wissen Sie, Gudrun«, sagte er, bewusst beim »Sie« bleibend, »wenn ich die paar Tage so Revue passieren lasse, die ich bei Ihnen in der Klinik zugebracht habe, dann muss ich sagen, dass Sie ungeheuer präsent waren.«

»Ach, nun übertreiben Sie nicht«, entgegnete die Schwester, Marks freundliche Worte nur halbherzig abwehrend.

»Doch, doch«, legte der nach. »Wenn ich von Schwester Beate absehe – Gott hab sie selig –, dann kann ich mich praktisch gar nicht an irgendjemanden sonst erinnern. Es ist, als hätten Sie uns rund um die Uhr versorgt.«

»Na ja, wenn ich ehrlich bin, dann kommt es mir manchmal auch so vor, als müsste ich alles alleine machen.«

»Dabei gibt es doch bestimmt ein Dutzend Schwestern in der Klinik, die Hälfte davon wahrscheinlich allein auf Ihrer Station.«

Schwester Gudrun lachte auf. »Herr ... Mark, das wäre ja traumhaft. So was gab's früher mal. Aber heute ist das längst vorbei. Wir sind zu viert auf drei Schichten – für achtzehn Betten.« Sie räusperte sich. »Patienten«, verbesserte sie sich. »Und wenn eine im Urlaub ist, dann haben wir eine Schicht, die wir zu dritt mit durchziehen müssen. Nein, so üppig ist die Personalausstattung nicht. Und jetzt, wo auch noch Schwester Beate weg ist ...«

»Verstehe«, sagte Mark. »Na ja, umso bemerkenswerter, wie präsent Sie sind.« Erneut prostete er ihr zu, und sie tranken beide von dem schweren sizilianischen Rotwein, während der Kellner die Tagliolini al tonno mit Salbei brachte. »Wie lange sind Sie eigentlich schon dabei?«

»Krankenschwester bin ich seit zehn Jahren, acht davon in der Feilhauer-Klinik.«

Mark nickte anerkennend. »Daran erkennt man gute Mitarbeiter.«

»Das kann man wohl sagen. Ich bin so ziemlich die Dienstälteste – jedenfalls seit Professor Paduani nicht mehr da ist.«

»Mein Gott!«, rief Mark leise aus. »Dann sind Sie ja beinahe so was wie die gute Seele der Klinik.«

Schwester Gudrun lachte zurück, wenn auch etwas bitter. »Na ja, wenn ich mir meinen Dienstplan so ansehe, dann komme ich mir eher vor wie eine Leibeigene.«

»Das kann ich gut verstehen.« Er ließ den Wein kreisen, nippte daran, sinnierte ein wenig und meinte dann: »Schrecklich, diese vielen Todesfälle, nicht wahr?«

Schwester Gudrun, die sich eben eine Gabel Nudeln in den Mund geschoben hatte, blickte mit großen Augen zu ihm auf und nickte bedeutsam. »Ja wirklich«, sagte sie endlich, als sie ihren Bissen hinuntergeschluckt hatte. »Es tut mir wirklich sehr leid wegen Ihres Vaters.«

»Tja, so geht es nun einmal im Leben. Irgendwann ist es zu Ende. Und Professor Paduani, wie war er so? Mein Vater kannte ihn ja, aber ich konnte ihn nicht mehr danach fragen.«

»Ihr Vater kannte ihn?«

»Aus der Alstergesellschaft. Sie waren beide Mitglied in so einem vornehmen Herrenclub.«

»Das kann ich mir gut vorstellen«, sagte Schwester Gudrun. »Professor Paduani war ein echter Gentleman. Der hat sich immer um alles persönlich gekümmert und hatte immer ein offenes Ohr.«

Mark nickte vielsagend. »Vermutlich einer der wenigen leitenden Ärzte, die den OP erst verlassen, wenn die Wunde zugenäht und das Pflaster drauf ist.«

Schwester Gudrun sah ihn spöttisch an. »Jetzt übertreiben Sie aber, Herr ... Mark. Er war ja kein Heiliger. Natürlich hat er auch Arbeiten abgegeben. Vor allem seit er krank war.«

»War er denn lange krank?«

»So genau weiß man das nicht. Ich vermute, dass er sich mindestens zwei Jahre mit der Krankheit herumgequält hat.«

»Verstehe. Und doch war er so lange an Bord.«

»Na ja. Das war er zwar. Aber das Schiff ist schon ganz schön vom Kurs abgekommen in der letzten Zeit.«

»Tatsächlich?« Mark schwieg einen Augenblick. »Ja«, sagte er dann. »Ich habe mal was von einem Kunstfehler gehört, der angeblich passiert ist ... Ein Patient, der unter seltsamen Umständen gestorben ist ...« Er ließ die Frage im Raum stehen. Aber Schwester Gudrun reagierte prompt.

»Das hatte ganz bestimmt nichts mit Professor Paduani zu tun!«, versicherte sie. »Ich war zwar nicht im OP an dem Tag, aber ich weiß, dass Professor Paduani gar nicht im Haus war.«

»Dann wissen Sie also, welchen Fall ich meine?«

»Doch, doch. Ich erinnere mich genau. Das war eine Not-OP. Der Patient ist bei der Operation gestorben. Innere Blutung. Schwester Saskia hatte Dienst.«

»Schwester Saskia«, wiederholte Mark und dachte nach. »Die habe ich, glaube ich, nicht kennengelernt.«

Schwester Gudrun gabelte wieder in ihren Tagliolini. »Nein, natürlich nicht. Die ist wenig später weggegangen. Nach Südamerika, niemand weiß genau, wohin. Wir haben uns alle gefragt, woher sie das Geld hatte für so eine lange Reise.« Sie machte eine vage Handbewegung. »Das ging auf jeden Fall alles sehr plötzlich.«

»Aha. Und wer hat damals operiert?«

»Sie meinen, als dieses tragische Unglück passiert ist?«

»Ja.«

»Keine Ahnung. Das war nicht in den Akten vermerkt.«

»Und Schwester Saskia kann man ja nicht mehr fragen.«

»Und Schwester Saskia kann man nicht mehr fragen«, sagte Schwester Gudrun und blickte verschwörerisch über den Rand ihres Glases. »Aber wenn Sie mich fragen«, sie beugte sich etwas vor, als habe sie Angst, belauscht zu werden, »dann war das Doktor ...«

Der Kellner trat an den Tisch, um die Teller wieder abzuräumen. »War alles nach Ihrer Zufriedenheit?«

»Alles bestens«, sagte Mark. »Tutto bene.«

»Grazie.«

»Sie sprechen Italienisch? Ich mag Männer, die Italienisch sprechen.«

»Oh, es reicht nur, um einen Cappuccino zu bestellen oder zu fragen, wie viel etwas kostet.«

»Ah.« Schwester Gudrun lehnte sich wieder zurück. Es war klar, dass sie sich gerade noch eines Besseren besonnen hatte: Sie wollte Mark ihren Verdacht nicht auf die Nase binden, sei es nun, weil sie plötzlich Skrupel hatte, sei es, um sich interessanter zu machen. Mark beschloss, sie aus der Reserve zu locken.

»Wissen Sie, ich finde es faszinierend, wie Sie ...« Er unterbrach sich. »Darf ich Ihnen nachschenken?«, fragte er, obwohl ihr Glas noch halb voll war.

»Gerne.« Schwester Gudrun beugte sich wieder vor. »Wie ich was?«

»Wie? Ach so! Na ja, sehen Sie, machen wir uns doch nichts vor: Die wahren Macher in der Klinik sind doch Sie und Ihre Kolleginnen. Und wenn man sich vorstellt, wie lange Sie schon dabei sind, dann weiß man auch, wer den Laden am besten versteht, nicht wahr?«

»Das ist nett, dass Sie das sagen«, erwiderte Schwester Gudrun. »Aber ich will mich nicht wichtiger nehmen, als ich bin ...«

»Das ehrt Sie, Gudrun, das ehrt Sie. Ich bin sicher, wenn Sie damals Dienst im OP gehabt hätten, wäre Doktor Wenger das Missgeschick nicht passiert.«

»Oh, ich glaube nicht, dass es Wenger war«, sagte Schwester Gudrun leise. »Wissen Sie, ich habe einen anderen Verdacht.«

»Doktor Englisch? Weil er Alkoholiker ist?«

Schwester Gudruns Mund klappte auf und wieder zu.

»Woher wissen Sie das?«, fragte sie, sichtlich schockiert. »Ich meine, er ist es nicht mehr. Aber, ja, er hatte damals seine Probleme.« Sie beugte sich noch ein wenig näher: »Und dann waren plötzlich all die Unterlagen weg.«

»Und Schwester Saskia war auch weg ...«

Schwester Gudrun nickte vielsagend. »Vor allem so schnell. Und ohne dass man gewusst hätte, wohin.«

Mark zog eine Augenbraue hoch. Er sah jetzt ein wenig wie der Strafverteidiger aus, der den Staatsanwalt zur Rede stellt.

»Vorhin sagten Sie, dass der Operateur nicht in den Unterlagen gestanden habe.«

»Stimmt.«

»Aber er müsste doch immer drinstehen, nicht wahr?«

»Eigentlich schon.« Schwester Gudrun verschluckte sich am Wein und musste husten.

»Sind Sie sicher, dass er nicht in den Unterlagen stand?«

Schwester Gudrun nickte. »Natürlich. Ich habe es doch mit meinen eigenen Augen gesehen.«

»Ach. Aber gerade eben sagten Sie, dass die Unterlagen plötzlich weg waren.«

Schwester Gudrun sah Mark an wie das Kaninchen die Schlange. Es dauerte einen Moment, ehe sie antworten konnte.

»Ich weiß nicht, warum ich Ihnen das erzähle, Herr Doktor Richter. Aber vielleicht muss es einfach mal raus. Sehen Sie, die OP-Aktennotizen werden bei uns von den OP-Schwestern gemacht und dann zu den Ärzten ins Fach gelegt. Die machen dann ein Protokoll draus. Schwester Saskia hat ganz bestimmt auf ihrer Aktennotiz den operierenden Arzt vermerkt. Aber in den Unterlagen hat dann diese Seite gefehlt. Auch die Ergänzung über den weiteren Verlauf war weg.«

Mark sah sie fragend an.

»Ja«, sagte sie, »ich gebe zu, ich habe da ein bisschen, nun ja, nachgeforscht. Mich hat das natürlich auch interessiert.« Hastig trank sie einen Schluck Wein, und Mark schenkte ihr rasch nach. »Es war wegen der Anzeige.«

»Es gab also eine Anzeige?«

Schwester Gudrun nickte. Mark sah, dass sie sich quälte, vielleicht nur, weil sie selbst keine gute Figur in der Sache machte.

»Ich weiß nicht, gegen wen. Das war es ja. Uns hat natürlich alle interessiert, gegen wen da ermittelt wird. Und Schwester Beate wollte nichts sagen ...« Sie biss sich auf die Lippen. Doch es war raus.

»Schwester Beate?«, fasste Mark sofort nach. »Was hatte die denn damit zu tun?«

»Nichts, wirklich. Wir dachten nur, sie wüsste vielleicht etwas, weil sie mit Schwester Saskia gut befreundet gewesen war. Aber ...« Sie zögerte. Dan gab sie sich einen Ruck und sagte: »Wir dachten halt, sie sagt nichts, weil sie Englisch decken will.«

»Englisch oder Wenger?«, fragte Mark.

»Ja«, sagte Schwester Gudrun. »Oder Wenger.«

8.

Als der Fahrer eines kleinen Lieferwagens die Geduld verlor und zu dem nun schon seit Minuten in der Waschanlage stehenden Wagen ging, stellte er erschrocken fest, dass das Fahrzeug keineswegs leer war, sondern dass ein Mann auf dem Fahrersitz saß – oder besser hing. Er lebte, aber er war bewusstlos, so viel konnte der Lieferant auf den ersten Blick feststellen, denn der Mann röchelte. Er hatte stark aus der Nase geblutet, und sein Arm war auf eine ungesunde Weise verbogen.

»Mist!«, fluchte der Lieferwagenfahrer und lief hinüber zur Tankstelle, um Hilfe zu holen. Der Tankstellenpächter rief unverzüglich einen Notarztwagen und eilte zu dem Bewusstlosen. Die Scheiben des roten Ford waren beschlagen. Nur dort, wo der Kopf des Fahrers gegen das Glas gesunken war, war etwas zu sehen. »Das war ein Überfall. Fassen Sie bloß nichts weiter an.«

»Ich weg«, sagte der Lieferwagenfahrer mit starkem Akzent. »Ich kann jetzt nix brauchen, dass mich Polizei hier aufhält.«

»Hey, Moment! Sie haben ihn schließlich entdeckt!«

»Ist egal.« Er sprang in seinen Wagen und beeilte sich, die Tankstelle so schnell wie möglich zu verlassen.

Keine zwei Minuten später war die Polizei vor Ort. Einer der Beamten öffnete die Fahrertür, und beide hoben den Bewusstlosen heraus aus dem Wagen.

Gemeinsam legten die Polizisten den Mann behutsam auf den Boden. »Der Arzt wird gleich da sein«, sagte der Tankstellenpächter.

Das Opfer kam langsam zu sich.

»Sie sind überfallen worden«, sagte einer der Polizisten. »Alles okay?«

»Ich brauche keinen Arzt«, sagte der Mann auf dem Boden. Die blanke Angst stand in seinen Augen. »Ich will hier weg.«

9.

Das kalte Licht des Operationssaals schmerzte Schwester Michaela in den Augen. Sie arbeitete nicht gerne im OP. Eigentlich war sie Stationsschwester. Aber seit immer mehr Personal eingespart wurde, musste immer wieder auch einmal eine Stationsschwester aushelfen, wenn im OP ein Engpass herrschte.

»Die Drainage«, sagte Doktor Wenger mit ruhiger Stimme. Seine Augen waren leicht gerötet, aber sein Blick hoch konzentriert. Es war kein großer Eingriff, der am Abend noch fällig geworden war, eine Operationsnarbe, die noch einmal aufgebrochen war. Eine Ableitung war nötig, um einen inneren Blutstau zu vermeiden. Die Patientin war bei Bewusstsein, lokale Anästhesie war völlig ausreichend. Schwester Michaela reichte ihm den Schlauch, durch dessen kleine Löcher das austretende Blut aufgefangen würde, um dann nach außen abzufließen. Sie würde anschließend eine Plastikflasche an dem Schlauch befestigen und das Ganze so fixieren, dass sich die Patientin die Drainage nicht versehentlich selbst zog.

»Einen frischen Tupfer.«

Die Schwester nahm wieder etwas Blut auf, das sich in der Wunde angesammelt hatte. Doktor Wenger nähte mit der Sicherheit eines routinierten Arztes die Wunde zu, und der Schlauch verschwand langsam unter der Bauchdecke der Patientin. Mit etwas Glück würde man die Narbe später nicht von einer ganz normalen Bauchfalte unterscheiden können.

»Ist alles in Ordnung, Herr Doktor?«, fragte die Patientin.

»Alles genauso, wie es sein soll, Frau Bergmann, seien

Sie ganz unbesorgt«, sagte Wenger, ohne seinen kalten Blick von der Wunde zu nehmen. »Neuer Faden.«

Schwester Michaela öffnete ein Päckchen und nahm mit einer frischen Pinzette einen Faden heraus, um ihn dem Arzt zu reichen. Sie konnte einen leisen Aufschrei nicht unterdrücken, als sie Doktor Wenger ins Gesicht sah. Hinter dem Mundschutz begann sich ein tiefroter Fleck zu bilden, der in Sekundenschnelle größer wurde. Auch Wenger schien es bemerkt zu haben. Er wandte sich ruckartig ab und legte den Kopf in den Nacken.

»Herr Doktor!«, sagte die Schwester hilflos.

»Sie nähen weiter. Ich bin gleich wieder da.« Wenger stürzte mit drei Schritten zur Tür und nach draußen. Schwester Michaela blickte ihm nach. Durch das Fenster in der OP-Wand konnte sie sehen, wie er sich den Mundschutz vom Gesicht riss und über das Waschbecken draußen beugte. Blut troff ihm aus den Nasenlöchern. Augenblicklich war auch seine Brust mit einem größer werdenden Fleck bedeckt.

»Schwester?«, sagte unsicher die Patientin, die auf dem OP-Tisch lag und die aus ihrem Blickwinkel nichts erkennen konnte, weil zwischen ihrem Kopf und der Stelle, an der der Eingriff stattfand, ein Tuch gespannt war.

»Alles in Ordnung, Frau Bergmann«, versuchte Schwester Michaela sie zu beruhigen. »Herr Doktor Wenger ist gleich wieder da.« Sie sah, wie der Arzt sich draußen Kittel und Hemd vom Leib riss und vor das Gesicht presste. »Ich werde jetzt nur kurz die Wunde so weit versorgen, bis es weitergehen kann.«

Sie hatte noch nie eine Wunde genäht. Es sah einfach aus. Vielleicht war es auch einfach, sie hatte oft genug zugeschaut. Aber sie würde den Teufel tun, es zu probieren. Der Arzt musste doch jeden Augenblick zurückkommen, wenn er sah, dass sie nicht weitermachte. Sie blickte verzweifelt zu ihm hinüber. Offensichtlich hatte nun seine Nase aufgehört zu bluten. Er warf den Kittel und das Hemd in den Wäschekorb und wusch sich Hände und Gesicht. Dann streifte er sich ein neues Hemd über und rief nach jemandem, der ihm den Kittel überstreifen würde. Eine der anderen Schwestern kam angelaufen und half ihm.

»Was war denn los?«, fragte die Patientin, inzwischen mit einem deutlichen Anflug von Panik. »Hat es was mit meiner Wunde zu tun? Braucht er Hilfe?«

»Nein, nein«, sagte Schwester Michaela und versuchte, sich ihren eigenen Schrecken über das Gesehene nicht anmerken zu lassen. Warum hatte er so plötzlich so stark geblutet? »Der Doktor hat nur ...«

»Ich wurde nur gerade zu einem Notfall im anderen OP gerufen«, sagte Wenger knapp, der in diesem Moment wieder zur Tür hereinkam. »Es geht weiter. Handschuhe.«

Die Schwester öffnete ein Päckchen Handschuhe aus der Box mit den sterilen Hilfsmitteln und hielt sie ihm nacheinander hin, damit er hineinschlüpfen konnte.

»So«, sagte Wenger jovial. »Dann wollen wir mal.« Doch sein Blick war starr und das Rot um die Augen schien noch dunkler als vorhin, und jetzt bemerkte die Schwester, dass Doktor Wengers Pupillen trotz des hellen Lichts, das im Operationssaal herrschte, riesengroß waren. Es waren die Pupillen eines Junkies.

10.

»Suchen Sie etwas Bestimmtes?« Mark fuhr herum, als er die Stimme so dicht hinter sich hörte. »Oder sollte ich ein Problem damit haben?«

»Ich, äh …«

»Grubert, Kripo Hamburg«, sagte der Mann, der ihn mit seiner durchdringenden Stimme erschreckt hatte, und ließ seine Dienstmarke auf- und wieder zuschnappen, während Mark sich aufrichtete. Das Klingelschild war ziemlich tief angebracht, und er hatte sich hinabbeugen müssen. »Kommissar Grubert. Richter. Doktor Mark Richter, guten Tag.« Er setzte ein unbefangenes Lächeln auf. »Ich wüsste nicht, wieso Sie ein Problem haben sollten.«

»Vielleicht, weil Sie hier vor der Wohnung der verstorbenen Krankenschwester herumschnüffeln? Ich habe Sie in der Klinik gesehen. Außerdem kennen wir uns vom Gericht her.«

»Herumschnüffeln? Ich muss doch sehr bitten!«, sagte Mark, und sein Lächeln erlosch. »Gibt es einen Grund, weshalb Sie mich hier zur Rede stellen?«

»Vielleicht den, dass *wir* hier die Ermittlungsbeamten sind und nicht *Sie*?«, hielt ihm Grubert vor.

»Es gibt also Ermittlungen? Ist denn etwas am Tod der Schwester verdächtig?«

»Wie Sie vermutlich längst gehört oder gelesen haben, hat der Täter Unfallflucht begangen. Er hat sich also mehrerer Straftaten schuldig gemacht. Fahrlässige Tötung. Unterlassene Hilfeleistung. Zum Beispiel.«

»Und nun suchen Sie ihn ausgerechnet in der Wohnung der Verstorbenen?«

»Wäre es nicht denkbar, dass sich der Fahrer des Wagens und das Opfer kannten?«

»Ja«, sagte Mark. »Das wäre möglich. In dem Fall müssten Sie dann allerdings auch noch andere Straftaten in Erwägung ziehen.«

»Nämlich?«

»Mord.«

Grubert schnaubte verächtlich. »Mord. Das glauben Sie doch selbst nicht.«

»Was ich glaube, ist unerheblich. Aber ich denke, dass Sie es glauben.«

»Ich?«

»Ja. Sonst würden Sie nicht über eine Beziehungstat nachdenken – und Sie hätten nicht Doktor Englisch stundenlang verhört.«

»Woher wissen Sie das?«

»Von ihm selbst.« Mark klappte seinen Mantel hoch, um sich gegen den scharfen Wind zu schützen. »Und ich weiß auch, dass er mit Schwester Beate eine Beziehung hatte.«

Grubert sagte nichts, sondern sah Mark nur mit undurchsichtigem Blick an. Schließlich seufzte er und meinte: »Gibt es denn etwas, das Sie mir zu erzählen hätten?«

»Was könnte das sein?«, fragte Mark mit Engelsmiene.

»Nun, vielleicht wissen Sie mehr, als Sie sagen.«

»Tja, da müsste ich mal nachdenken.«

»Wissen Sie, dass Sie sich verdächtig machen, Herr Doktor Richter?«

»Wie? Verdächtig?«

»Nun, Sie zeigen ein verdächtiges Interesse an dem Fall. Täter tun das gerne.«

»Täter? Nun machen Sie aber Witze! Ich war als Patient

frisch in die Feilhauer-Klinik eingeliefert worden, als der Unfall passierte. Ich hatte einen dröhnenden Schädel und eine gebrochene Schulter.«

»Zugegeben, es ist unwahrscheinlich. Aber unwahrscheinlich ist auch, dass sich jemand, der keinen Anlass dazu hat, für eine solche Sache interessiert – und ohne Grund plötzlich vor dem Haus des Opfers steht, offenbar um sich ein Bild von den Örtlichkeiten zu machen.«

»Also ehrlich, Herr Kommissar, was sollte ich denn hier?«

»Sagen Sie's mir!«

»Reiner Zufall! Ich bin rein zufällig hier.«

»Rein zufällig«, sagte Grubert gelangweilt.

»Rein zufällig.«

»Sehr glaubwürdig.«

»Sehen Sie?« Mark grinste. »Von Ihnen kann man das wohl nicht sagen.« Er wandte sich zum Gehen. »Also dann«, sagte er. »Bis bald einmal.«

»Ja«, sagte der Polizist und machte Anstalten, das Haus zu betreten.

»Ach«, sagte Mark. »Wissen Sie, was mich wundert?«

»Nein, aber Sie werden es mir bestimmt verraten.«

»Mich wundert, dass Sie nur Englisch verdächtigen. Ich meine, wenn es eine Beziehungstat war, warum verdächtigen Sie dann nicht auch Wenger?«

»Wenger? Wie kommen Sie denn auf den?«

»Nur so eine Idee«, sagte Mark. Dann war er verschwunden.

10. Kapitel

1.

»Sie sind Versicherungsanwalt?« Die Frau musterte Mark mit unverhohlenem Argwohn. »Von welcher Versicherung?«

»Von der Versicherung der Klinik«, sagte Mark und verfluchte sich, dass er sich zu einer so dummen wie dreisten Lüge verstiegen hatte.

»Dann will ich nichts mit Ihnen zu tun haben.«

»Das kann ich gut verstehen, Frau Kronau. Aber vielleicht wäre es doch auch in Ihrem Sinne, wenn sich der genaue Sachverhalt aufklärt.«

»Das wäre es ganz sicher. Nur dass Sie daran garantiert kein Interesse haben.« Sie war im Begriff, die Tür wieder zu schließen.

»Es sei denn ...«, sagte Mark hastig.

Sie hielt inne. »Es sei denn was?«

»Sehen Sie«, sagte Mark und schob sich leicht nach vorne in der Hoffnung, seine physische Präsenz würde die Frau zum Rückzug und vor allem zum Öffnen der Tür bewegen. Und tatsächlich wich sie ein wenig zurück. »Sehen Sie, die Sache ist die: In der Klinik hat sich einiges geändert. Der Chefarzt ist verstorben ...«

»Ach.« Nun öffnete sie auch die Tür ein kleines Stückchen. »Er ist tot?«

Mark nickte und blickte betroffen drein. »Krebs«, sagte er.

»Das tut mir leid. Auch wenn er mitverantwortlich für den Tod meines Mannes.«

»Ich glaube nicht, dass er mitverantwortlich ist. Er war schon todkrank, als das passierte.« Er blickte sich um. Irgendwo unten im Treppenhaus waren Schritte zu hören. »Wollen wir das nicht lieber drinnen besprechen?«

»Ich weiß nicht ...« Die Frau schwankte. Doch schließlich siegte die Neugier, sie trat einen Schritt zur Seite und ließ Mark eintreten. »Setzen wir uns in die Küche«, sagte sie und wies ihm den Weg.

Die Kronaus hatten nicht im Luxus gelebt. Sie waren eine kleinbürgerliche Familie gewesen. Eine Dreizimmerwohnung im dritten Stock eines großen Mietshauses, das war alles, was Herr Kronau seiner Familie geschaffen hatte, als er auf dem OP-Tisch verblutete. Mark sah sich diskret um. Auf der Bank unter dem Fenster lagen ein Gameboy und einige Spiele. »Sie haben Kinder?«

»Einen Sohn«, sagte Frau Kronau. »Er geht in die siebte Klasse.«

Mark nickte. »Meine Tochter ist schon erwachsen. Aber es ändert sich nicht viel.«

Frau Kronau lachte. Doch Mark konnte hören, dass da immer noch eine gewisse Angst und sehr viel Skepsis mitschwangen. »Liebe Frau Kronau«, fing er an und vermied jede Erwähnung seiner erfundenen Versicherung. »Sie haben einen schrecklichen Verlust erlitten. Und es ist durchaus möglich, dass Ihr Mann heute noch leben könnte, wenn man damals alles korrekt gemacht hätte. Vielleicht war das auch gar nicht möglich ...«

»Es ist immer möglich, dass man seine Arbeit korrekt macht.«

»Das stimmt natürlich. Ich habe mich falsch ausgedrückt.« Mark räusperte sich. »Was ich meine, ist, vielleicht wäre Ihr Mann auch so gestorben. Wenn das der Fall gewesen wäre, so dürfte man den Ärzten keinen Vorwurf machen. Aber vielleicht liegt ja wirklich ein Fall vor, bei dem es einen Unterschied macht, ob er aufgeklärt wird oder nicht.«

Frau Kronau sah ihn mit hochgezogenen Augenbrauen an. »Worauf wollen Sie hinaus? Haben Sie etwas herausgefunden und wollen mich jetzt mit einem Angebot zum Schweigen bringen? Wissen Sie, was es heißt, den Mann zu verlieren, mit dem man zwanzig Jahre lang verheiratet war?« Plötzlich schossen ihr die Tränen in die Augen. Sie nestelte ein Taschentuch aus ihrer Kittelschürze. »Seit zwei Jahren kämpfen wir uns nun schon durch. Es ist schrecklich, verstehen Sie, schrecklich. Ich wünschte, ich wäre auf dem OP-Tisch gestorben und nicht er.«

Mark fasste sich ein Herz. »Frau Kronau. Hören Sie. Ich will ehrlich sein.« Er seufzte. »Ich bin kein Versicherungsanwalt. Ich bin nur Anwalt. Genau genommen nicht mal das – Anwalt ohne Zulassung. Genau genommen bin ich vor allem der Sohn eines Patienten, der vor wenigen Tagen ebenfalls in der Feilhauer-Klinik verstorben ist. Und ich versuche, Licht in ein paar Dinge zu bringen, die ich nicht verstehe. Dabei bin ich auf den Fall Ihres Mannes gestoßen.«

Die verhärmte Frau stand auf und blickte ihn schockiert an. Es war klar, dass sie nicht wusste, ob sie ihn jetzt vor die Tür setzen sollte oder ob sie dieses Geständnis als etwas Positives betrachten sollte. »Sie kommen nicht von der Versicherung?«

»Nein.«

»Und auch nicht von der Klinik?«

»Nein. Ganz sicher nicht. Mein Name ist Richter. Ich bin ehemaliger Rechtsanwalt. Mein Vater ist, wie gesagt, in der Klinik gestorben – und nicht nur er«, fügte Mark schnell an. »Auch eine Schwester ist ums Leben gekommen.«

»Und Sie vermuten, dass man Ihren Vater falsch behandelt hat und dass er deshalb ...«

Mark schüttelte den Kopf. »Nein, ehrlich gesagt, das glaube ich nicht. Mein Vater war von sich aus unvernünftig genug, seinen Tod zu verschulden. Aber der Tod der Schwester kommt mir merkwürdig vor. Und er steht womöglich im Zusammenhang mit dem Tod Ihres Mannes.«

Die Frau setzte sich wieder und rang die Hände. »Aber wie denken Sie sich das?«, fragte sie und blickte ausdruckslos vor sich hin. »Es ist doch schon zwei Jahre her.«

Mark ging aufs Ganze und legte eine Hand auf die ihre. »Frau Kronau, erzählen Sie mir doch einfach noch einmal, was tatsächlich passiert ist.«

Einen Moment zögerte die Frau, doch dann nickte sie und sagte: »Also gut. Es war am Abend. Wir saßen hier zusammen, hier an diesem Tisch. Beim Abendessen. Es gab ... ich weiß es nicht mehr. Christoph war auch da. Er war beim Fußballtraining gewesen und hatte sich mit seinen völlig verdreckten Sachen an den Tisch gesetzt. Herbert hatte sich sehr darüber aufgeregt. Er hat geschimpft. Ich glaube, er hat Christoph auch eine Ohrfeige gegeben.« Sie schluckte, sah Verständnis heischend zu Mark auf. »Er hatte einen schweren Tag in der Firma gehabt. Man hat ihm irgendeine Aufgabe weggenommen. Er sollte was anderes machen. Dabei wäre er der Richtige gewesen. Jedenfalls hat er sich sehr aufgeregt. Nach dem Essen ging er ins Badezimmer.«

Ihr Blick irrte zum Flur. Mark folgte ihm und sah die halb geöffnete Tür zum Badezimmer, durch die er im Halbdunkel das Waschbecken, einen Spiegel, den Rand der Toilettenschüssel erkennen konnte.

»Und dann kam er einfach nicht wieder raus. Ich habe geklopft und habe ihn gerufen. Doch er hat nichts gesagt, nur gestöhnt. Mit einem Messer habe ich das Türschloss geöffnet. Und da lag er auf dem Boden. Der Notarzt ... das ging alles ganz schnell. In der Klinik waren sie zuerst sehr freundlich. Er war dann eigentlich schon wieder ganz munter. Sie haben ihn untersucht und festgestellt, dass er ein Gerinnsel im Bein hatte.« Sie schluchzte, schnäuzte sich wieder und brauchte einen Moment, ehe sie weitersprechen konnte.

»Und dann, dann haben sie ihn ...« Sie stockte. »Sie haben ihn verbluten lassen. Haben ihn aufgeschnitten und die Wunde nicht wieder richtig vernäht.«

»Wissen Sie das sicher?«

»Wie sollte er sonst eine innere Blutung haben? Am Bein ... Bestimmt hat er furchtbare Schmerzen gehabt und hat sich schrecklich gequält ...«

»Es kommt vor, dass Wunden wieder aufbrechen«, sagte Mark, der sich ein wenig schäbig fühlte, dass er die Ärzte verteidigte, aber es doch wichtig fand, nicht einfach einen Verdacht so zu akzeptieren.

»Ja«, sagte Frau Kronau. »Das kommt vor. Aber dass niemand zugibt, wer meinen Mann operiert hat, das darf nicht vorkommen.« Die Verzweiflung in ihrem Gesicht verwandelte sich in Zorn. »Und die OP-Schwester war dabei. Sie hätte es sagen müssen. Fragen Sie doch die Schwester, Herr Richter.«

Mark nickte und sagte leise: »Das würde ich gerne tun. Aber sie ist spurlos verschwunden. Und ihre beste Freundin ist vor ein paar Tagen bei einem Verkehrsunfall ums Leben gekommen. Auch da hat sich der Verantwortliche aus dem Staub gemacht. Unfallflucht!«

2.

Dr. Freiligraths Büro sah aus wie der Empfangsraum eines Museumskurators. Alte Meister hingen an den rot bespannten Wänden, antike Uhren schmückten mehrere Empirekonsolen, die Sitzgruppe war im englischen Clubstil gehalten.

»Herr Doktor Richter«, begrüßte ihn Freiligrath. »Kommen Sie herein. Bitte nehmen Sie doch Platz.«

»Danke.« Mark setzte sich. »Sehr liebenswürdig, dass Sie so schnell Zeit für mich gefunden haben.«

»Aber das ist doch selbstverständlich! Sie sind ja jetzt nicht nur einer unserer Gesellschafter, sondern Sie sind das Sohn eines langjährigen Kollegen, mit dem mich, ich glaube, das darf ich sagen, am Ende eine sehr enge Freundschaft verband, auch wenn wir immer eine Art höflichen Umgang gewahrt haben, wenn Sie verstehen, was ich meine.«

Mark verstand sehr gut. Er kannte diesen Menschenschlag. Es war keine echte Freundschaft, die man pflegte, man blieb immer mindestens so weit auf Distanz, dass man den anderen jederzeit fallen lassen konnte, wenn es wirtschaftlich vorteilhaft schien. Denn über der Freundschaft stand das Geschäft. Auch sein Vater hatte in diesem Spiel zweifellos brillant mitgespielt.

»Es ist sehr nett, dass Sie das sagen, Doktor Freiligrath«, heuchelte Mark. »Und ich bin froh, dass ich mit Ihnen sprechen kann. Mir wäre jedenfalls nicht sehr wohl, mich mit jemand Wildfremdem in dieser Angelegenheit besprechen zu müssen.«

»Sie spielen auf die neuen Gesellschafter an? Nun, die Zeiten haben sich halt leider geändert. Große internationale Konzerne – und noch mehr die privaten Investoren – drängen auf den deutschen Mark und schnappen sich die Sahnestücke unserer Wirtschaft.« Er lachte ein künstliches Lachen. »Und wir haben die Aufgabe, sie so teuer wie möglich zu verkaufen.«

»Ja, das kann ich verstehen«, sagte Mark und lächelte. »Und ich bin sicher, Sie machen das ganz ausgezeichnet.«

»Nun, wir geben uns jedenfalls Mühe.« Freiligrath setzte eine selbstgefällige Miene auf. »Aber was genau führt Sie, mein lieber Herr Richter, heute zu mir?«

»Ich denke, wir sind bereits beim Thema«, sagte Mark. »Es geht um die Geschäftsanteile und darum, was daraus wird.« Er sah, wie Freiligraths Blick etwas Lauerndes bekam, ohne dass das Lächeln davon berührt worden wäre. »Wie Sie sicher wissen, hat mein Vater großen Wert darauf gelegt, dass seine Geschäftsanteile bei der letzten Kapitalerhöhung nicht verwässert werden.«

»Das ist richtig. Er hat das durch einige Beleihungen organisiert, die, wie ich sagen muss, zu außerordentlich günstigen Bedingungen erfolgt sind – selbstverständlich durch unser Haus und durch befreundete Institute.« Er räusperte sich und fügte hinzu: »Soweit ich weiß.«

Mark horchte auf. Offenbar war es Freiligrath nicht angenehm, dass er Mark auf die Nase gebunden hatte, wie gut er über die Transaktion tatsächlich Bescheid wusste. »Nun«, sagte Mark. »Ich möchte diese gesamten Geschäfte rückgängig machen.«

Nun sah Freiligrath verblüfft drein. »Rückgängig machen? Wie stellen Sie sich das vor?«

»Ganz einfach. Sie übernehmen das Paket.«

»Das Paket? Was meinen Sie? Wir sollen die Hypotheken übernehmen?«

»Die auch«, sagte Mark und lächelte unbeirrt. »Und die Geschäftsanteile. Natürlich zu einem guten Preis.«

»Ich wüsste nicht ...« Freiligrath musterte Mark irritiert.

»Oh, ich erwarte keine Antwort von jetzt auf gleich. Nehmen Sie sich Zeit. Heute ist Freitag. Sagen wir, bis Montag. Und vielleicht sprechen Sie ja mit Ihren privaten Investoren.«

3.

Aus seiner Zeit als Referent und Redenschreiber des Hamburger Wirtschaftssenators unterhielt Mark immer noch manch gute Beziehung zu den lokalen Tageszeitungen. Als er das Gebäude des Hamburger Morgenblatts am Neuen Wall betrat, erinnerte er sich wieder an diese unvergleichliche Mischung aus Betriebsamkeit und Hektik, die in den Verlagsräumlichkeiten herrschte. Schon während des Studiums hatte er in verschiedenen Redaktionen gejobbt, und immer hatte ihn diese Atmosphäre fasziniert.

Der Pförtner meldete ihn bei seinem alten Studienkollegen Fritz Breiter an. Er stieg zu Fuß in den dritten Stock hinauf. Breiter hauste in einem winzigen Büro von kaum mehr als fünf Quadratmetern – und war dabei doch so etwas wie eine Koryphäe für die Hamburger Landespolitik. Seine Kommentare waren brillant, seine Analysen messerscharf. Er selbst sah allerdings eher aus wie ein Obdachloser der Bahnhofsmission.

»Mark!«

»Hallo, Fritz.«

»Was führt dich zu mir?« Breiter räumte einen Drehstuhl frei, auf dem sich ein halber Meter Papiere stapelte. »Setz dich! Möchtest du einen Kaffee?«

Er hielt eine Thermoskanne hoch, die aussah, als sei sie aus dem vorletzten Jahrhundert.

»Danke«, winkte Mark ab. »Bin wunschlos glücklich. Wie geht es dir?«

»Bestens, bestens!« Breiter ließ sich wieder in seinen Stuhl fallen. »Ich sitze gerade an einer Geschichte, die deiner alten Freundin Schade vielleicht endlich den Garaus machen wird.«

Mark musste grinsen. Fritz vergaß nichts. Sein Gedächtnis war seine Waffe. Dass er sich nach all den Jahren noch erinnerte, dass Mark im Clinch mit der damaligen Amtschefin des Jugendamtes und heutigen Gesundheitssenatorin gelegen hatte ...

»Meinetwegen musst du nicht ihren Kopf fordern, Fritz«, sagte er. »Ich bin darüber längst hinweg.«

»Oh, keine Sorge. Ich fordere ihren Kopf bestimmt nicht.«

Breiter zwinkerte ihm aus seinen kleinen, listigen Augen zu. »Das werden andere übernehmen.

»Immer auf dem Kriegspfad, was?«

»Immer«, bestätigte Breiter und schenkte sich einen Kaffee ein, schwarz, ohne Zucker.

Allein der scharfe Geruch des Gebräus sorgte bei Mark für Sodbrennen. »Hör mal«, sagte er schließlich. »Ich bräuchte deine Hilfe.«

»Ich weiß.«

»Gibt es etwas, das du nicht weißt?«

»Ich weiß nicht, in welcher Sache. Aber, entschuldige, Mark, du bist sehr berechenbar. Tauchst alle paar Jahre hier auf – und jedes Mal, wenn du nicht weiterkommst in irgendeinem Fall. Welchen Schwerverbrecher versuchst du diesmal vor den Fängen der Justiz zu retten?«

»Diesmal liegt der Fall andersrum. Ich bin hinter jemandem her.«

Breiter blickte Mark erstaunt an. »Du hast die Seiten gewechselt? Bist du jetzt etwa bei der Staatsanwaltschaft?«

Mark lachte. »Nein, das sicher nicht. Aber ich bin da privat auf etwas gestoßen, das nach einer großen Schweinerei riecht. Ich möchte einer Witwe helfen, zu ihrem Recht zu kommen.« Dass auch noch seine Tochter eine Rolle dabei spielte, erwähnte Mark nicht.

Breiter pfiff durch die Zähne. »So ist das also. Na dann: Womit kann ich dienen?«

»Ich würde gerne in euer Archiv schauen. Es geht da um einen Fall eines ärztlichen Kunstfehlers.«

»Scheiße«, sagte Breiter. »So was ist immer übel.«

»Ja. Zurückgeblieben sind eine Frau, ein Kind und eine Menge unbeantwortete Fragen.«

»Klar. Gehen wir runter.« Breiter wuchtete sich wieder aus seinem Sitz hoch und angelte sich seinen Schal, der über der Stuhllehne hing.

»Müssen wir nach draußen?«, fragte Mark.

»Nein. Aber ohne Schal erkennen die mich da unten nicht.« Schwungvoll warf er ein Ende über die Schulter und stapfte dann vor Mark her durch die Gänge des Verlagshauses.

Das Archiv lag im Keller. Es war in mehreren Räumen riesigen Ausmaßes untergebracht und erinnerte an eine Tiefgarage, nur dass diese hier mit gewaltigen Stahlschränken vollgestellt war. »Welchen Jahrgang suchen wir denn?«

»2005«, sagte Mark.

»Dann suchen wir mal hier. Welche Klinik?«

»Feilhauer.«

Wieder pfiff Breiter durch die Zähne. »Erste Adresse«, sagte er.

»Ja. Ich war selbst erst dort.« Mark tippte sich an den linken Arm. »Schulter«, sagte er.

»Aha. Na, das nenne ich mal nett: Erst kurieren sie dich, und zum Dank recherchierst du ihre Kunstfehler. Dich hätte ich auch gerne als Patient.«

»Ich mich auch nicht«, grinste Mark.

»Okay«, sagte Breiter. »Dann sieh du doch einfach mal die Lokalteile durch, ich füttere unseren Computer mit den Stichworten, und dann sehen wir, ob wir fündig werden. Noch irgendwelche Namen?«

»Englisch. Wenger. Der Patient hieß Kronau. Und vielleicht noch Paduani ...«

»Paduani? *Der* Paduani? Sag bloß, der könnte in die Sache verstrickt sein.«

»Verstrickt glaube ich nicht.« Mark spürte, wie in Fritz der Jagdinstinkt geweckt worden war. »Paduani war zu der Zeit todkrank.«

»Verstehe«, erwiderte Breiter unverhohlen enttäuscht. »Also dann ...«

4.

»Können wir mit der Besprechung anfangen?«

»Bin gleich da«, sagte Christina und räumte ihre Unterlagen zusammen. Die Besprechungen waren noch das Beste, wenn sie im Büro war. Man saß im Team zusammen und konnte sich die ganzen Scheußlichkeiten teilen, mit denen man sich herumschlug. Sie nahm einen Stift, ihren Block und ging mit schnellen Schritten hinüber in den Besprechungsraum, in dem bereits Tatortfotos, Fotos des Toten im äußerlich unversehrten Zustand und Fotos von der geöffneten Leiche die Wand zierten. Der leitende Kommissar hatte außerdem mehrere Skizzen auf die Leinwand projiziert und war bereits in einer heftigen Diskussion mit dem Gerichtsmediziner. »Das kommt darauf an, ob es eine Beziehungstat war.«

»Es kann nur eine Beziehungstat gewesen sein«, warf Christina ein und zog alle Blicke auf sich. »Auch wenn wir noch nicht sicher sagen können, ob ersten oder zweiten Grades.«

»Moment mal«, hielt ihr einer der Beamten entgegen. »Ich finde, voreilige Schlüsse ...«

»Das ist nicht voreilig«, sagte Christina. »Was er zu sich genommen hat, hat so schnell gewirkt, dass er wenige Sekunden später tot war. Der Körper hat keine Zeichen von Gewalteinwirkung aufgewiesen. Er hat es also freiwillig genommen, niemand hat es ihm gewaltsam eingeflößt. Vermutlich wusste er nicht, was er da nimmt. Das heißt aber dennoch: Er hatte so viel Vertrauen, dass er etwas getrunken hat, was ihm ein anderer gegeben hat. Jemand, den er kannte.«

»Gut«, sagte der leitende Kommissar. »Das waren auch meine Überlegungen. Weiter. Haben wir Anhaltspunkte, welches Motiv der Täter gehabt haben könnte?«

»Interessant ist«, sagte Christina, »dass der Tote unbekleidet war. Sogar die Brille hat gefehlt. Das könnte bedeuten, dass der Mörder ihn unidentifizierbar machen wollte. Es könnte aber auch ein Zeichen sein.«

»Ein Zeichen wofür?«

»Ich bin mir noch nicht sicher. Vielleicht wollte der Täter das Opfer seines Status berauben?«

»Sie meinen, das Motiv könnte Neid gewesen sein?«

»Neid. Oder ein sehr ausgeprägtes soziales Bewusstsein.«

»Ausgeprägt?«, warf einer der Kripobeamten ein. »Ich würde das eher krankhaft nennen.«

»Krankhafte Neigungen sind in der Regel ausgeprägt, Herr Kollege«, gab Christina zurück und klang sehr viel selbstsicherer, als sie war. Sie wünschte, dass dieser Tag bald ein Ende nähme.

5.

»Und?«

»Sieht nicht gut aus. Todesanzeige hätte ich zu bieten. Aber nicht einmal ein Hinweis auf irgendeine Anzeige.«

»Das war zu befürchten«, sagte Mark. »Ohne Verfahren ist das einfach keine Meldung.«

»Stimmt«, bestätigte Breiter. »Paduani könntest du eine Million Einträge haben.«

»Aber ich habe etwas Interessantes gefunden«, sagte Mark. Er hielt Breiter eine Zeitung vor die Nase. »Wenger mit Freundin beim Schwesternball.«

»Du willst mich veralbern.«

»Keineswegs! Die Schwesternschule veranstaltet jedes Jahr einen Ball für wohltätige Zwecke. Da lässt sich so einiges an Medizinprominenz blicken. Wenger war auch da. Und an seinem Arm hängt eine Schwester, die ich noch vor Kurzem in meinem Krankenzimmer begrüßen durfte.«

Breiter sah sich das Bild an und reichte ihm die Zeitung zurück. »Glückspilz«, sagte er. »Was muss man machen, um sich die Schulter zu brechen?«

»Oh, das würde dir nicht viel nützen«, erwiderte Mark. »Schwester Beate ist tot.«

»Schade, und dieser Wenger? Was ist das für einer?«

»Der Freund meiner Tochter. Leider.«

6.

Mark spürte gleich, als er an diesem Abend nach Hause kam, dass jemand in der Wohnung war. Es war nur eine Ahnung, ein ungutes Gefühl, das ihn ergriff, aber er war sich sicher, dass da jemand auf ihn lauerte.

Als hätte er nichts bemerkt, ließ er die Tür ins Schloss fallen. Vorsichtig tastete er nach einem der Golfschläger, die er in der Ecke seiner Garderobe stehen hatte, und schlich auf Zehenspitzen durch den Flur. Er wusste sich im Vorteil dem Eindringling gegenüber, kannte er doch jeden Zentimeter seiner Wohnung und konnte sich so lautlos durch die Räume bewegen

Langsam ging er durch die Wohnung, schlich am Badezimmer vorbei, jederzeit bereit, zur Seite zu springen und zuzuschlagen. Ging an der Küche vorüber zum Wohnzimmer, gefasst darauf, jeden Augenblick von einem maskierten Räuber angesprungen zu werden. In der Tür blieb er stehen und blickte in den Raum, der von der Straßenbeleuchtung spärlich erhellt war.

»Wissen Sie, was das ist?« Auf dem Designer-Fernsehsessel saß Flemming und zeigte mit einer lässigen Handbewegung auf den Tisch.

»Flemming! Wie sind Sie hier reingekommen?«

»Durch die Tür. Wie jeder ordentliche Mensch.«

»Ach. Und vermutlich mit dem Schlüssel, wie jeder ordentliche Mensch, ja?«

»Zugegeben ...«

»Hören Sie, Flemming. So geht das nicht.« Mark legte den Golfschläger zur Seite.

»Wollten Sie mich mit dem Ding schlagen?«, fragte Flemming und grinste schräg.

»Passen Sie bloß auf, sonst tue ich's noch. Flemming. Wenn Sie mich besuchen wollen, melden Sie sich gefälligst an. Ich ...«

»Schon gut, schon gut«, sagte Flemming. »Regen Sie sich ab. Wir haben Wichtigeres zu besprechen.«

»Das will ich hoffen.«

»Wissen Sie, was das ist?«, fragte Flemming und zeigte

erneut auf den Tisch, auf dem ein kleines Päckchen etwa von der Größe einer Zuckertüte lag.

»Verraten Sie es mir.«

»Ich denke, es ist Stoff.«

»Wo haben Sie den her? Und was wollen Sie mit dem Zeug in meiner Wohnung?«

»Keine Sorge, Mann, Sie erwarten hier ja wohl nicht ein Einsatzkommando der Drogenpolizei, oder?«

Mark setzte sich auf das Sofa und entschied, sich zu entspannen. »Okay, Flemming. Was ist los?«

Flemming wartete eine kleine Weile, ehe er anfing: »Sie haben mich gebeten, mir mal diesen Kumpel von dem Doc anzusehen. Sobotta.« Wieder machte er eine kleine Pause.

»Und?«

»Sagen Sie, wollen Sie mir nichts zu trinken anbieten?«, fragte Flemming unvermittelt.

Mark erhob sich mühsam vom Sofa. »Klar. Was darf's denn sein? Ein Whiskey? Ein Wodka?«

Flemming sah ihn mitleidig an. »Wie wär's mit einem Martini dry, geschüttelt, nicht gerührt?«

»Einen Martini ...«, sagte Mark und sah sich um.

»Das war ein Scherz, Herr Doktor. Ein Wasser wäre in Ordnung.«

Mark zuckte mit den Schultern und ging in die Küche und holte ein Glas Mineralwasser. »Sie haben sich also Sobotta angesehen. Und was haben Sie herausgefunden? Dass er Drogen nimmt?«

»Sieht so aus. Das habe ich jedenfalls bei ihm gefunden.«

»Was heißt *bei ihm?*«

»In seiner Jackentasche.«

»Sind Sie bei ihm etwa auch eingebrochen? Flemming! Was glauben Sie, was für einen Ärger wir beide bekommen, wenn das auffliegt?«

»Was heißt hier *auch* eingebrochen.« Flemming schien ehrlich brüskiert. »Ich saß nur zufällig in seinem Auto, als er einstieg. Da bin ich ein Stückchen mitgefahren.«

»Er hat Sie mitfahren lassen?« Mark war verblüfft.

»Klar. Er hat es erst bemerkt, als er schon wieder aussteigen wollte.«

»Und?«

»Er ist dann noch eine Weile neben mir sitzen geblieben. In der Autowaschanlage.«

»Sie saßen neben ihm, und er hat es nicht bemerkt?«

»Ich saß hinter ihm. Und er *hat* es bemerkt. Allerdings erst als ich ihn von oben in den Nasenlöchern gepackt habe.« Als sei es ein Backtipp unter Hausfrauen, fügte er an: »Übrigens der beste Griff, wenn man jemanden schnell durchsuchen will.«

Mark stöhnte auf. »Sie haben ihn angegriffen und gewaltsam seine Kleidung durchwühlt. Mein Gott, Flemming, wie konnten Sie nur? Und er hat sich nicht gewehrt?«

»Ging nicht«, sagte Flemming wortkarg. »Erstens war die Waschanlage an. Und zweitens war sein Arm in einer ungünstigen Stellung.«

Mark stöhnte erneut auf. »Ich will es lieber gar nicht wissen«, sagte er und wandte sich ab und schaute auf die Straße hinab. »Jedenfalls«, brachte Flemming seinen Bericht zu Ende, »habe ich dieses Beutelchen mit Stoff bei ihm gefunden. Und dann noch das hier.« Er griff in seine Manteltasche und zog eine durchsichtige Plastiktüte heraus, in der etwas Dunkles zu erkennen war.

»Was ist das?«

»Eine Perücke. Sie lag auf der Rückbank. Kein normaler Mann fährt eine Perücke spazieren. Keine Sorge übrigens, ich habe sie nur mit Handschuhen angefasst.«

»Na, dann bin ich ja beruhigt.«

7.

Christina saß hinten in der Ecke an einem kleinen Tisch. Mark quetschte sich zwischen den Tischen und Stühlen hindurch und begrüßte sie mit einem Kuss auf die Wange. »Hallo, Christina.«

»Hallo, Mark. Du siehst etwas gehetzt aus.«

»Kein Wunder. Seit heute Morgen bin ich unterwegs und organisiere irgendwelche Dinge. Wird Zeit, dass ich mal wieder ein bisschen zur Ruhe komme. Mir tut die Schulter weh.«

»Du Armer.« Christina sah ihn mitleidig an und legte behutsam ihre Hand auf seinen Unterarm. »Wenn du möchtest, könnte ich dir helfen. Ich fahre dich zu deinen Terminen, und dann könnten wir zu mir, ich koche uns was ... Allerdings erst ...« Sie sah auf die Uhr. »In drei Stunden. So lange habe ich noch Dienst.«

Mark sah sie mit zweifelnder Miene an. »War das gerade eine Einladung?«

»Das kann man so sagen, oder was denkst du?« Sie sah ihn belustigt an.

Mark mochte das. Er mochte ihre Art, ihre subtile Ironie, die nicht so leicht zu durchschauen war. Sie sah ihn von der Seite an. Ihr dunkles Haar, das sie zurückgesteckt hatte, fiel in zwei kecken Strähnen nach vorne. Sie war wirklich eine schöne Frau. Mark spürte, wie sein Herz schneller schlug. Es war Samstag, Christina hatte Dienst. Aber Mark wollte mit der Sache nicht bis Montag warten.

»Dein Anruf klang ziemlich dringend«, sagte sie. »Es war gar nicht so einfach, mich auf die Schnelle frei zu machen.«

»Ja. Danke, dass du es trotzdem geschafft hast. Du trinkst eine Weinschorle? Das nehme ich auch.« Er winkte dem Kellner. »Für mich auch eine Schorle bitte.«

»Also«, wollte Christina wissen, »was gibt es Neues – und was ist so eilig?«

»Tja, also: Ich habe erfahren, dass ein gewisser Sobotta ...«

»Nein«, sagte Christina. »Bitte nicht schon wieder. Das bringt mich echt in Schwierigkeiten!«

Mark räusperte sich. »Nein, es geht nicht um die Pathologieakten.«

Christina atmete erleichtert auf.

»Es geht um die Polizeiakten.« Mark lächelte sie schräg an.

»Und tschüs«, sagte Christina und stand auf.

»Moment mal, warte doch!« Mark nahm sie an der Hand und nötigte sie sanft, sich wieder hinzusetzen. »Es ist nicht so, wie du denkst.«

»Ach? Wie denke ich denn?«

»Du denkst, dass ich wieder irgendwelchen Hirngespinsten hinterherjage. Stimmt's?«

»Und wenn ich Ja sage?«

»Dann würde ich sagen: Kann ich verstehen – aber voll daneben. Ich glaube, ich habe wirklich eine heiße Spur.«

»Und die heißt Sobotta?«

»Sieht so aus.«

»Und was wissen wir sonst noch über ihn? Sobottas wird's einige geben in Hamburg und Umgebung.«

»Wir kennen sein Kfz-Kennzeichen.«

Christina nickte anerkennend. »Das ist doch schon mal was. Und was interessiert uns an ihm?«

»Alles. Vorstrafen, Verfahren, sonstige Einträge. Und natürlich, ob er mit irgendwelchen anderen Namen in Verbindung steht.«

»Anderen Namen? Denken wir da an bestimmte?«

Mark nahm seine Schorle entgegen und trank einen Schluck. »Ja, das tun wir.«

»Nämlich?«

»Wenger.«

»Der Arzt aus der Klinik? Der, den du hast beschatten lassen?«

»Genau der.«

»Und das Foto, das du mir gezeigt hast, dieser Junkie, das ist Sobotta?«

»Exakt.«

»Und was hat das alles mit Ricarda zu tun?« Christina trank ihr Glas leer. Sie war sichtlich verwirrt.

»Ich hoffe, gar nichts«, sagte Mark und lächelte matt. »Jedenfalls nicht direkt.«

8.

Marks Augen schmerzten. Den halben Sonntagvormittag hatte er bereits damit verbracht, auf den Bildschirm zu starren. Er stand auf und machte sich einen Tee. Draußen stürmte es. Er musste Licht in der Wohnung machen. Es wollte einfach nicht hell werden heute. Wenn er länger still dasaß, hatte er anschließend das Gefühl, als wäre seine Schulter in einen Schraubstock geklemmt. Ein dumpfer Schmerz lastete auf ihm.

Er ging wieder an seinen Schreibtisch und blätterte die Notizen durch, die er sich gemacht hatte. Saskia Frei, Absolventin der Schwesternschule Hamburg im Jahrgang 1998, Einträge über Schulzeit, ihre Tätigkeit als Jugendsprecherin, StayFriends, Gymnasium Finkenwerder, Deutsche Schule Kapstadt. Das klang interessant. Da war sie mit ihren Eltern gewesen. Der Vater war für ein großes internationales Unternehmen in Südafrika tätig gewesen, so weit war Mark mit seinen Nachforschungen bereits gekommen. Also hatte sie eine Beziehung zu diesem Land. Und es war weit weg. War es möglich, dass Schwester Saskia nach Südafrika gegangen war? Warum nicht?

Mark gab die Stichworte »South Africa«, »Cape Town« und »Newspaper« ein und erzielte mehrere Treffer. Bei der Evening Post wurde er schließlich fündig: Saskia Frei und Richard Brown zeigten ihre Vermählung an. Also musste er jetzt nach Saskia Brown suchen. Er ging wieder zurück nach Hamburg und startete sofort eine Internetsuche – doch sie blieb ohne Ergebnis.

Mark lehnte sich in seinem Stuhl zurück und rieb sich die Augen. Er nahm einen Schluck Tee – kalt. Saskia Brown. Den Namen würde es auf der ganzen Welt nicht allzu oft geben. Wieso suchte er sie überhaupt in Hamburg? Vermutlich war sie in Südafrika geblieben. Sie hatte den Mann ihres Lebens gefunden, hatte geheiratet. Mark stellte sich vor, wie sie ihr Leben dort unten gestaltete. Würde sie als Krankenschwester arbeiten? Gut möglich.

Er gab die Suchbegriffe »Saskia Brown«, »Nurse« und »Cape Town« ein. Kein Treffer.

Mark blätterte in seinen Notizen. Was konnte er nehmen? Die Schule? Nein, das war eine Sackgasse. Tennis? Tennis! Warum nicht? Mark erinnerte sich gut an seine Studienaufenthalte im Ausland: Sowohl in Edinburg als auch in Stockholm hatten die Auslandsdeutschen aufeinandergehockt, hatten sich in Clubs zusammengefunden, sich nachmittags oder abends getroffen. Warum sollte Schwester Saskia anders gestrickt sein? Doch die Wortkombination »German«, »Tennis« und »Cape Town« ergab ebenfalls keine Treffer. Er versuchte es mit »Tennis«, »Cape Town« und »Saskia Brown« – und hatte Erfolg! Eine Saskia Brown tauchte in einer Vereinsmeldung des TC Lions Cape Town auf. Sogar ein Foto von ihr war abgebildet. Mark druckte das Bild aus und forschte weiter. Der Club hatte eine eigene Homepage. Saskia Brown war dort als Mitglied geführt und erfreulicherweise auch als Ansprechpartnerin für Fitnessfragen.

Mark notierte sich die Telefonnummer und entschloss sich, gleich anzurufen. Nach wenigen Augenblicken hatte er eine freundliche Frauenstimme am Apparat. Saskia? Nein, die sei leider nicht mehr hier zu erreichen – sie sei vor Kurzem ums Leben gekommen. Ein Unfall? Nein, Selbstmord. Dabei sei sie eine so wundervolle Frau gewesen. Sie seien alle untröstlich.

Mark legte auf und starrte vor sich hin. Wieder eine Sackgasse. Es war, als kämpfe er mit der Hydra. Wo immer er einen Kopf abschlug, wuchsen zehn neue nach. Er nahm das Foto zur Hand und betrachtete es. Es war ein Schwarz-Weiß-Bild. Doch die junge Frau, die ihn von dort ansah, strahlte ihn an. Selbstmord? Ja, wahrscheinlich war es tatsächlich Selbstmord gewesen. Englisch oder Wenger jedenfalls traute er nicht zu, ihr in Kapstadt aufzulauern oder einen Mord in Auftrag zu geben. Und weshalb auch? Sie war schließlich weit genug weg, um keine Gefahr mehr darzustellen.

9.

Professor Paduani hatte keinen schlechten Lebensstil gepflegt, das war nicht zu übersehen. Die Villa am Harvestehuder Weg, unweit der Klinik, thronte stolz über der Außenalster, flankiert von alten Ulmen, die dem Anwesen einen Hauch von Nostalgie verliehen. Es war Montagnachmittag. Mark hatte sich in einen seiner besseren Anzüge geworfen und war mit dem Taxi vorgefahren. Er klingelte zweimal und wartete. Nach einer Weile knackte die Gegensprechanlage.

»Ja bitte?«

»Richter, guten Tag. Ich habe eine Verabredung mit Frau Paduani.«

»Einen Moment, bitte.« Wieder knackte es, dann summte der Türöffner, und Mark konnte das Grundstück betreten. Der Kiesweg war so gepflegt, als habe man jeden Stein einzeln poliert. Die alte Holztür war so sorgfältig poliert, dass sich die schräge Herbstsonne darin spiegelte.

»Guten Tag, Herr Doktor Richter.« Eine matronenhafte Frau von vielleicht sechzig Jahren stand am Eingang.

»Frau Paduani?«

»Nein. Mein Name ist Bräutigam. Frau Doktor Paduani

erwartet Sie. Wenn Sie mir bitte folgen wollen ...« Sie ging voran ins Haus.

Mark musste schmunzeln. Vermutlich hatte Frau Doktor Paduani alles, nur keinen Doktortitel. Aber es war eben alte Schule, die Frau eines Herrn Doktor Frau Doktor zu nennen.

Frau Doktor Paduani saß, ganz in Schwarz gekleidet, im Wintergarten, vor sich eine Tasse dampfenden Tee. »Herr Richter, guten Tag!«

»Frau Doktor Paduani. Wie schön, Sie kennenzulernen!« Mark verbeugte sich, um einen galanten Handkuss zu platzieren. Aus den Augenwinkeln sah er, wie die Herrin des Hauses ihrer Gesellschaftsdame einen tadelnden Blick zuwarf, allerdings ohne Strenge. Offenbar war sie auf den angeheirateten Titel nicht besonders versessen. »Frau Paduani reicht völlig«, sagte sie denn auch. »Setzen Sie sich doch, und nehmen Sie eine Tasse Tee mit mir. Oder trinken Sie lieber Kaffee?«

»Oh, ein Tee wäre wunderbar!«, versicherte ihr Mark. »Danke, dass Sie Zeit für mich hatten.«

»Ach, junger Mann«, seufzte Frau Paduani und ließ sich in ihren Korbsessel sinken. »Wenn ich so viel Gesellschaft hätte wie Zeit, dann hätte ich ein erfülltes Leben. Aber die meiste Zeit sitze ich nur herum und ...« Sie unterbrach sich und sah ihre Gesellschaftsdame an. »Frau Bräutigam, das ist im Moment alles. Danke.« Die große Frau nickte knapp und verließ lautlos den Wintergarten.

»Nehmen Sie unbedingt von diesem wundervollen Shortbread etwas!«, wies die Witwe Mark an. »Sie bekommen außerhalb der britischen Inseln keines, das so gut ist.«

Das Schwarz trug sie mit einer gewissen Eleganz, als wäre es schick, Trauer zu tragen. Wie lange war ihr Mann jetzt tot? Ein Vierteljahr? Sie wirkte sehr gefasst, sehr lebensfroh, wie sie Mark mit ihren leicht geröteten Wangen anblickte und wie sie sich um ihn bemühte. Andererseits war der Chefarzt an Krebs gestorben, Schwester Gudrun meinte, er habe zwei Jahre mit der Krankheit gekämpft. Da hatte Frau Paduani natürlich eine Menge Zeit gehabt, sich in das Unvermeidliche zu schicken.

Mit einer gewissen Grazie schenkte sie Mark eine Tasse Tee ein und faltete dann die Hände im Schoß. »Ja. Hier sitzen wir also.«

»Ja«, sagte Mark. »Beide ein wenig verloren, vermute ich.«

Frau Paduani nickte. »Was kann ich denn für Sie tun, Herr Doktor Richter?«

»Eigentlich komme ich, um Ihnen zu danken, weil Sie schon so viel für mich getan haben.«

»Ach? Davon ist mir ja gar nichts bekannt.«

»Tja, eigentlich haben Sie es für meine Tochter getan ...«

»Für Ihre Tochter ...« Es war deutlich zu erkennen, dass Frau Paduani keine Ahnung hatte, wovon Mark sprach.

»Ricarda Richter«, sagte er. »Sie hatte neulich die Ehre, vor Ihrer Stiftung eine Präsentation ihrer ersten künstlerischen Arbeit veranstalten zu dürfen.«

»Ah ja!« Nun leuchteten die Augen der alten Dame auf. »Natürlich!« Sie lachte. »Hach, *veranstalten* ist genau das richtige Wort dafür. Ihre Tochter ist ja ein Wunder an Energie und Inspiration und bildhübsch dazu! Ich muss wirklich sagen, wir waren alle ganz hingerissen.« Sie nahm einen Schluck von ihrem Tee. »Auch wenn ich gestehen muss, dass ich nicht weiß, ob wir alle verstanden haben, was sie wirklich vorhat.«

Mark lächelte überrascht. »Ach ja? Und dennoch wollen Sie sie fördern?«

»Ach, wissen Sie, Herr Richter, wenn man einerseits über die Mittel verfügt und wenn man andererseits sieht, wie ein junger Mensch einfach alles daransetzt, um seinen Traum zu verwirklichen, dann sollte man sich einen Ruck geben. Wer weiß, vielleicht ist das ja einer der Sterne am Kunsthimmel der Zukunft.«

Mark konnte sich das bei Ricarda beim besten Willen nicht so recht vorstellen. Aber die Worte der Witwe machten ihm bewusst, wie wenig er eigentlich von den Träumen und Wünschen seiner Tochter wusste. Ja, er kannte nicht einmal das Werk, das sie bei der Stiftung präsentiert hatte. »Es ist sehr schön, dass Sie das sagen – und dass Sie junge Talente so fördern und unterstützen.«

Frau Paduani winkte ab. »Danken Sie nicht mir. Das ist alles eine Initiative meines lieben Mannes. Er war ein kunstsinniger Mensch. Er hatte immer ein Ohr für die Bedürfnisse und Leidenschaften anderer.«

»Er war sicher ein wundervoller Mensch«, sagte Mark. »Leider hatte ich keine Gelegenheit, ihn kennenzulernen. Aber mein Vater kannte ihn ja gut.«

»Ich weiß«, sagte die alte Dame. »Sie waren im selben Club, nicht wahr?«

»In der ›Alstergesellschaft von 1887‹, ja.«

»Ich habe das nie verstanden. Wie Männer sich mit anderen Männern in gediegener Atmosphäre, mit Schlips und Kragen zur Lektüre der Zeitung oder zu irgendwelchen belanglosen Plaudereien zusammensetzen mögen.«

»Oh, unterschätzen Sie nicht die Wirkung eines solchen Clubs!«, sagte Mark. »Da werden mitunter die wichtigsten geschäftlichen Transaktionen vereinbart, es geht um bemerkenswerte Beträge und ...«

»Das mag für Ihren Herrn Vater gegolten haben«, sagte Frau Paduani. »Aber mein Giuseppe hat sicher nicht vom Geschäft gesprochen, wenn er im Club war. Er war am Geld nicht sonderlich interessiert.«

Sie bemerkte, wie Mark die Zimmereinrichtung musterte.

»Er war von Hause aus sehr wohlhabend«, erklärte sie. »Nein, Giuseppe lebte wirklich ganz für seine Klinik, für seine Patienten, für seine Mitarbeiter.«

»Verstehe«, sagte Mark. »Vermutlich hat er sich deshalb auch so eingesetzt, als diese unglückselige Sache mit dem Kunstfehler vor zwei Jahren war.« Es sollte beiläufig klingen, als habe er laut gedacht. Doch die Witwe des Chefarztes hatte sehr genau verstanden.

»*Sich eingesetzt.* Was meinen Sie denn damit, Herr Richter?«

»Nun, wie man halt so sagt«, tat er es ab. »Es ist ja viel darüber geschrieben worden.«

»Gott sei Dank war es nicht sehr viel«, erwiderte Frau Paduani. »Aber ich weiß, mein Mann hätte nichts dagegen gehabt, wenn die Wahrheit ans Licht gekommen wäre.«

»Die Wahrheit, gnädige Frau? Wusste die denn jemand?«

»Ich denke, mein Mann ahnte sie.«

»Aber er konnte sie nicht beweisen?«

»Das war auch nicht seine Aufgabe, nicht wahr?«

Die Witwe war nun sehr ernst geworden.

»Und hat Ihr Mann mit Ihnen über seine Mutmaßungen gesprochen?«

Einen Augenblick zögerte Frau Paduani. Dann zog sie eine Augenbraue hoch, nahm die Tasse, sagte: »Lieber Herr Doktor Richter, mein Mann hatte keinerlei Geheimnisse vor mir.«

10.

Mark war zu Fuß nach Hause gegangen. Er war durchgefroren und melancholisch. Das düstere Herbstwetter, das die Stadt jetzt fest im Griff hatte, hatte seine Stimmung auf einen Tiefpunkt gebracht. Außerdem kam er aus dem Grübeln nicht mehr heraus. Was war das für eine verworrene Geschichte, in die er da hineingeraten war? Warum war Schwester Beate gestorben? Hatte das alles etwas mit dem Fall des Patienten zu tun, der vor Jahren auf dem OP-Tisch der Klinik sein Leben gelassen hatte? Was führte Schwester Gudrun im Schilde, bei der man einmal das Gefühl hatte, sie wüsste mehr, als sie sagte, und dann wieder den Eindruck, sie sage mehr, als sie weiß? Der undurchsichtige Englisch, der noch undurchsichtigere Wenger, zwei Männer mit dunklen Kapiteln in ihrer Vergangenheit. Aber hieß das automatisch, dass sie auch dunkle Kapitel in der Gegenwart hatten? Mark war sich fast sicher, dass er alle wichtigen Teile dieses Puzzles zusammengetragen hatte – aber er wusste noch immer nicht, welches Bild sie ergaben.

Das Handy klingelte.

»Herr Doktor Richter?«

»Ja?«

»Freiligrath.«

»Ah, Herr Doktor Freiligrath! Wie schön, von Ihnen zu hören.«

»Ich melde mich wegen Ihrer Bitte.«

»Ja, ich höre.«

»Also, die Sache ist nicht so einfach, aber ich denke, wir werden das irgendwie hinbekommen. Einige der Partner würden sich gerne mit Ihnen treffen und besprechen, wie wir Ihnen entgegenkommen könnten.«

»Was meinen Sie damit?«, fragte Mark und musste lächeln, weil er hören konnte, wie Freiligrath sich wand.

»Damit meine ich: Einige Partner wären eventuell bereit, die Anteile Ihres Herrn Vater zu übernehmen.«

»Gehören Sie dazu?«

»Ähm, ja, ich würde mich vielleicht anschließen«, sagte der Banker und räusperte sich.

»Vielleicht«, wiederholte Mark und machte eine effektvolle Pause. »Unter welchen Umständen wäre das denn der Fall?«

»Tja, also, wie gesagt, das müsste man besprechen. Es hinge halt von den Konditionen ab. Denn natürlich können wir nicht um jeden Preis einsteigen, wenn Sie verstehen, was ich meine.«

»Das verstehe ich sehr gut. Wie bewerten Sie denn die Anteile?«

»Oh, so pauschal lässt sich das nicht sagen.« Freiligrath wollte sich nicht aus der Reserve locken lassen. »Wir würden das gerne mit Ihnen diskutieren.«

»Ich habe einen Vorschlag, Herr Freiligrath. Schicken Sie mir vertraulich die Bewertung, die Ihre neuen Partner haben anfertigen lassen, ehe sie eingestiegen sind.«

Freiligrath lachte matt. »Lieber Herr Doktor Richter, so können wir das aber nicht machen. Das wäre ja eine ganz andere Situation.«

»Das klingt gut«, sagte Mark. »Ich bin gespannt, wie diese andere Situation aussieht. Wie gesagt, schicken Sie es mir. Wenn es nicht mit uns klappt, das heißt mit Ihnen und Ihren Kollegen, dann kann ich ja sehen, ob die neuen Partner auch an den Anteilen meines Vaters Interesse haben.«

»Aber ...«

Mark drückte das Gespräch weg und atmete durch. Er hatte genau gewusst, dass Freiligrath und die anderen Haie ihn über den Tisch zu ziehen versuchen würden. Das weckte seinen Kampfgeist. Auf das Geld kam es ihm sicher nicht an. Aber den Bankern zu zeigen, dass sie mit ihren eigenen Waffen geschlagen werden konnten, das reizte ihn.

»Papa«, murmelte er, »du wärst stolz auf mich.«

Mark bog um die Ecke, der Wind schlug ihm ins Gesicht, die Straßenlaternen spendeten nur fahles Licht. Vor dem Haus stand eine dick eingemümmelte Gestalt. Beinahe wäre er achtlos an ihr vorübergegangen. Im letzten Moment erkannte er sie.

»Christina!«, rief er aus. »Was machst du denn hier?«

»Tja, was mache ich hier«, wiederholte Christina Pfau schelmisch. »Zeitungsabonnenten werben? Meinungsumfrage für Marktforschungsunternehmen? Ich weiß nicht ...«

»Entschuldige«, sagte Mark. »Das war eine blöde Frage. Ich meine, was führt dich zu mir?«

»Können wir reingehen?«

Mark kramte nach seinem Schlüssel. »Klar. Moment.

Ah, hier. Komm rein.« Er hielt ihr die Haustür auf. »Du musst ja ganz durchgefroren sein. Wie lange stehst du denn schon da?«

»Halbe Stunde? Ich weiß es nicht. Aber ich bin tatsächlich ziemlich ausgekühlt.«

»Ich mache dir was Warmes zu trinken.«

Er ließ sie vorgehen und folgte ihr in den zweiten Stock. Christina setzte sich ins Wohnzimmer, während Mark in der Küche Tee machte. Als er mit der Kanne und zwei Tassen auf einem Tablett zu ihr kam, hatte sie sich auf dem Sofa in eine Decke gekuschelt und war eingeschlafen.

Vorsichtig, um sie nicht zu wecken, setzte er sich zu ihr. Er genoss es, die Frau, für die er so viel empfand, zu betrachten. Ja, dies war einer dieser Momente, in denen man sich plötzlich klar wird, dass man wirklich verliebt ist. Eine Locke hatte sich über ihre Stirn geringelt, ihre Augen flackerten leicht, sie schien zu träumen. Mark meinte, ein schwaches Seufzen zu hören. Er schloss kurz die Augen und lauschte ihrem Atem. Sacht strich er ihr über die Schulter. Wie gerne wäre er immer so vertraut mit ihr zusammen gewesen.

Doch das hier war wahrscheinlich nichts weiter als ein Versehen, ein Zufall, der sie auf dem Sofa hatte einschlafen lassen. Mark musste an den Morgen denken, an dem er neben ihr im Bett aufgewacht war. Ein Grinsen überzog sein Gesicht. Das Leben war voller seltsamer Zufälle – und manche davon waren einfach wunderbar. Er nahm die Hand von ihrer Schulter, um sich eine Zeitschrift vom Sofatisch zu nehmen. Christina schauderte leicht.

»Nicht aufhören«, hauchte sie, und Mark musste einen

Moment lang den Atem anhalten. Hatte er richtig gehört? »Mach weiter«, flüsterte sie. »Das ist schön.«

»Ich dachte, du schläfst.«

»Das tue ich auch. Ich liege hier und lasse mich treiben.« Sie biss sich auf die Lippen. Mark sah, dass ihre geschlossenen Augen feucht glitzerten.

»Was ist los?«, sagte er. »Was ist geschehen, Christina?«

Sie richtete sich auf, öffnete die Augen und drehte sich zu ihm um.

»Ach Mark«, sagte sie. »Es ist alles so schwierig. Eigentlich bin ich gekommen, um dich ein bisschen zu trösten. Ich weiß doch, wie das ist, wenn man den Vater verliert. Ich habe meinen Vater unlängst auch verloren – ach, was erzähl ich da, du bist derjenige, der jetzt Trost braucht.«

Mark konnte ein Lächeln nicht unterdrücken. »Das ist okay, Christina. Mein Vater und ich waren nie Vater und Sohn, wie sie im Buche stehen. Er sah in mir sein Spiegelbild, nur jünger. Wünschte sich, dass ich in seine Fußstapfen trete, sein Lebenswerk vollende. Aber das konnte und wollte ich nicht, und damit kam er nicht klar. Das war der Hauptgrund, warum wir uns immer mehr voneinander entfernt haben.« Mark schwieg einige Sekunden, als würden ihm die Worte fehlen. »Ich habe sein Leben akzeptiert, aber er meines nie. Wir waren uns nah, aber waren gleichzeitig Lichtjahre voneinander entfernt.«

Christina warf den Kopf zurück. »Darum geht's doch nicht, Mark. Dein Vater ist ein Teil deiner Vergangenheit, und dieser Teil ist mit ihm gestorben. Ob du nun mit ihm zurechtkamst oder nicht.«

»Bist du sicher, dass du mich trösten wolltest? Oder sollte eher ich dich ...«

»Ich bin mir ganz und gar nicht sicher! Ich meine, schließt sich das denn aus? Können wir uns nicht gegenseitig trösten?«

»Können wir«, sagte Mark und rückte wieder enger zu ihr hin. »Und weißt du was: Es macht sogar Spaß.«

»Na, da bin ich aber beruhigt«, meinte Christina. Sie beugte sich vor und küsste ihn sanft auf die Lippen. »Und jetzt?«, fragte sie mit leiser Stimme.

»Tja, ich, äh ...«

Christina lachte. »Du und dein Tja.« Sie küsste ihn erneut, diesmal etwas stürmischer – und Mark erwiderte den Kuss, der kein Ende zu finden schien. Zögernd und vorsichtig begann er zärtlich ihren Körper zu berühren.

In dem Augenblick klingelte das Telefon. Seine Hand tastete weiter, um den Hörer zu finden. Doch Christina hielt sie fest.

»Du musst doch jetzt nicht ans Telefon, oder?«, sagte sie mit heiserer Stimme.

Mark seufzte. »Wenn es meine Mutter ist?« Er versuchte, das Telefon zu ertasten, das weiterklingelte. »Ich mache mir ein wenig Sorgen um sie.«

Christina richtete sich auf. »Ein wenig Sorgen? Was heißt das, machst du dir Sorgen, oder machst du dir keine? Ein wenig Sorgen ...«

Mark hatte das Telefon gefunden und nahm den Anruf an. Es war Ricarda. »Hallo, Mäuschen«, sagte Mark. Seine Stimme klang belegt.

»Alles okay?«, fragte Ricarda, die gleich merkte, dass mit ihrem Vater etwas nicht stimmte.

»Alles bestens«, sagte Mark, und es klang einfach nur schlecht gelogen. »Was gibt's?«

»Es geht um Großmama«, erklärte Ricarda. »Der Arzt ist bei ihr. Sie hat irgendwelche Kreislaufprobleme, glaube ich.«

»Welcher Arzt ist bei ihr?«

»Doktor Schlenz oder so.«

»Doktor Schlerz. Gut. Das ist ihr Hausarzt. Der kennt sie wenigstens und weiß, wie ernst er was nehmen muss. Muss sie in die Klinik?«

»Nein, ich denke nicht. Aber ich finde trotzdem, dass irgendwer nach ihr schauen sollte.«

»Irgendwer, aha«, sagte Mark. Er atmete tief durch. »Also gut, ich fahre hin.«

»Wir können auch gemeinsam fahren«, beeilte sich Ricarda zu sagen. »Es ist nur ... Ich möchte nicht allein bei ihr sein.«

»Kein Problem, Ricarda, das kann ich verstehen.«

»Soll ich dich abholen?«

»Nicht nötig, ich habe jemanden, der mich fährt.«

»Jemanden, der dich fährt?« Plötzlich klang Ricarda wie ausgewechselt. »Ist jemand bei dir? Ah!«, rief sie aus, »Christina ist bei dir, nicht wahr? Und ich dachte schon, mein alter Herr hätte plötzlich Asthma, dabei sind das nur die Hormone, die verrückt spielen. Das erklärt natürlich alles.«

»Das erklärt alles? Was soll das denn bitte schön heißen?«, fragte Mark – doch Ricarda hatte bereits aufgelegt.

Mark seufzte. »Meine Mutter«, sagte er. »Es geht ihr nicht gut.«

»Oh, das tut mir leid.« Sie stand auf. »Dann beeilen wir uns lieber.« Von einem Augenblick auf den anderen war sie wieder die starke, engagierte Frau, die immer wusste, was zu tun war, und die das Leben mit beiden Händen im Griff hatte.

»Ja«, sagte Mark und konnte seine Enttäuschung nur schwer verbergen, dass dieser Abend eine so andere Wendung genommen hatte, als er sich das vorgestellt hatte.

11.

»Ach«, begrüßte Viola Richter ihren Sohn, »musstest du jetzt auch noch kommen?«

»Entschuldige, Mama.« Mark sah etwas irritiert von seiner Mutter zu Doktor Schlerz und wieder zurück. »Ricarda hat mich angerufen. Sie hat sich Sorgen gemacht.« Er wandte sich dem Arzt zu, der selbst etwas unschlüssig im Raum stand und dessen Haar dieselbe schmutzig graue Färbung hatte wie sein Anzug. »Guten Abend, Doktor. Danke, dass Sie gleich gekommen sind.«

»Ich habe mich bereits bei ihm bedankt, Mark«, setzte Viola Richter ungerührt nach. »Mit mir ist alles in Ordnung. Doktor Schlerz hat mir ein Medikament gegeben und ich fühle mich prächtig.« Sie spielte mit einem Tablettenröhrchen, als hätte der Arzt es ihr nur zum Zeitvertreib gegeben.

»Alles klar, Mama. Dann bin ich ja froh. Darf ich dir trotzdem noch ein wenig Gesellschaft leisten?«

Viola Richter schob das Tablettenröhrchen beiseite. »Hast du denn nichts Wichtigeres zu tun?«

»Nein, nicht wirklich«, merkte Mark an, dem das Gespräch vor dem Arzt peinlich war. Aber Doktor Schlerz kannte Viola Richter gut genug, um zu wissen, wie sie sich manches Mal benahm.

»Wenn du unbedingt meinst, dass du den Abend hier verbringen willst, dann kannst du das ja gerne tun. Aber mach dich dann bitte wenigstens nützlich.« Sie deutete zum Flur hin. »Auf dem Schreibtisch deines Vaters stapeln sich irgendwelche Papiere, um die sich jemand kümmern müsste.«

»*Jemand*«, wiederholte Mark sarkastisch.

»Ja, jemand«, bestätigte Viola Richter. »Und das bin ganz sicher nicht ich.« Zum Arzt aber sagte sie: »Ich hatte noch nie etwas für diesen bürokratischen Kram übrig. Sie ahnen ja nicht, was für ein Papierkram auf einen zukommt, sobald ein Mensch stirbt. Es ist, als wollte man ihm noch einen ganzen Baum ins Grab hinterherwerfen.«

»Einen Baum?«, fragte Doktor Schlerz, sichtlich bemüht, ihr zu folgen, und knetete seine Hände.

»Ja. Papier. Das wird doch aus Holz gemacht«, erklärte sie denn auch mit knappen Worten und einem Blick, der ziemlich unverhohlen deutlich machte, dass sie überrascht war, wie schwer von Begriff der Arzt war.

»Gut«, sagte Mark, »dann sehe ich mir das einmal an.«

Er ging in das Arbeitszimmer seines Vaters. Der Sekretär stand genauso da, wie er ihn verlassen hatte, als er seinem Vater die Unterlagen über die Immobilientransaktionen besorgt hatte. Die mussten jetzt irgendwo in dem Paket sein, das er in der Klinik ausgehändigt bekommen hatte. Auf dem Beistelltischchen neben dem Sekretär aber lagen mehrere Dutzend Briefe. Mark sah den Stapel durch und öffnete das, was ihm wichtig oder dringend erschien. Kondolenzschreiben an »Frau Doktor Reinhard Richter«

waren ebenso darunter wie geschäftliche Korrespondenz, Briefe von Bittstellern, Rechnungen, Anwaltsschreiben, Post, aus der ersichtlich war, dass nicht alle Absender vom Tod des Adressaten erfahren hatten. Ein Brief berührte Mark auf ganz besondere Weise. In säuberlichen Buchstaben hatte eine Frau geschrieben:

»Sehr geehrter Herr Doktor Richter, vielen, vielen Dank für Ihre großzügige Unterstützung. Sie können sich gar nicht vorstellen, wie dankbar wir Ihnen sind. Die Operation ist gut verlaufen. Jennifer kann schon wieder gehen, und sie wird sicher bald wieder ein glückliches Mädchen sein. Wie früher. Das haben wir Ihnen zu verdanken. Hoffentlich können wir es eines Tages wiedergutmachen. Alle guten Wünsche und viele Grüße, auch von Jennifer, der ich natürlich gesagt habe, wer ihr Schutzengel und Lebensretter ist. Ihre Traude Berndsen.«

Mark schaute auf dem Umschlag nach. Es war eine Adresse in Fuhlsbüttel vermerkt. Offenbar war Papa ein heimlicher Wohltäter gewesen. Mark stellte sich vor, wie er einer alleinerziehenden Mutter zur lebensrettenden Operation der kranken Tochter verholfen hatte. Natürlich war es nur Geld gewesen, und davon hatte Reinhard Richter mehr als genug gehabt. Aber das Entscheidende war, dass er das Herz gehabt und aktiv geholfen hatte. Warum eigentlich hatte er ihn nie als Vorbild betrachten können? Weil sein Vater dem Geld hinterherjagte? Was, wenn hinter dem strengen, disziplinierten Arbeitstier Reinhard Richter ein weichherziger Mensch gesteckt hatte, ein Philanthrop, der nur die Welt verbessern wollte? Mark setzte sich an den Sekretär, nahm ein Blatt vom persönlichen Briefpapier seines Vaters zur Hand und schrieb:

»Liebe Frau Berndsen, mit großer Freude höre ich, dass es Ihrer Tochter wieder besser geht. Sicher wird Jennifer eines Tages auch jemandem helfen können und es gerne tun. Ihnen und Ihrer Familie wünsche ich von Herzen alles Gute, Ihr Reinhard Richter.«

Er faltete den Brief, steckte ihn in einen Umschlag und adressierte ihn an Frau Berndsen. Dann widmete er sich anderen Schreiben, antwortete auf einige kurz, zumeist mit dem Hinweis, dass sein Vater verstorben war und sich in nächster Zeit jemand melden würde. Anschließend nahm er den ganzen Stapel, packte ihn in die Aktentasche seines Vaters, die neben dem Sekretär stand, und klemmte sich alles unter den Arm.

»Ich vermute, ich kann wieder gehen, Mama?«, fragte er seine Mutter, die immer noch auf ihrem Sessel saß.

»Bist du immer noch da?«

»Du hast gesagt, ich soll mich um Papas Post kümmern.«

»Vermutlich nichts Wichtiges.« Das war keine Frage, sondern lediglich eine Feststellung.

»Verschiedenes«, sagte Mark vage. »Ich nehme die Sachen mit.«

»Das ist eine gute Idee. Nimm sie mit. Für mich ist das alles bloß sinnloses Zeug.« Sie griff zu einem Glas Tee, das neben ihr stand.

»Ist Doktor Schlerz schon weg?«

»Gerade gegangen.«

Einen Augenblick betrachtete er seine Mutter und überlegte, was anders war als sonst. Dann fiel es ihm auf: »Du trinkst Tee?«

»Bitte?«

»Du trinkst Tee?«, sagte Mark noch einmal. »Wieso trinkst du keinen Gin?«

»Ich trinke Tee.« Auch das war nur eine Feststellung. Viola Richter beabsichtigte offenbar, nicht mehr dazu zu sagen. Mark schüttelte verwundert den Kopf. Er hob die Hand kurz zum Gruß und verließ das Haus, um wieder nach Hause zu gehen. Seltsam, dachte er. Bei Papa wirft sie mir vor, nicht da gewesen zu sein, als es ihm schlecht ging. Bei sich selbst wirft sie mir vor, sie nicht in Ruhe zu lassen.

Vor der Haustür traf er auf Doktor Schlerz. Der sah ihn etwas betreten an.

»Kann ich Sie einen Augenblick sprechen, Herr Richter?«

»Aber gerne, Herr Doktor.«

»Es geht um Ihre Mutter. Ich bin etwas besorgt.«

»Oh. Ich dachte, es sei alles in Ordnung. Sagten Sie nicht eben ...?«

»Ihre Mutter sagte das«, berichtigte Doktor Schlerz ihn. »Sie kennen Ihre Mutter. Sie sagt nicht immer, was Sache ist.« Er lächelte hilflos.

Mark nickte. »Da sagen Sie ein wahres Wort, Herr Doktor. Und was ist es, was Ihnen Sorgen macht?«

Der Arzt zögerte ein wenig, ehe er mit der Sprache herausrückte. »Sehen Sie, es ist, tja, wie soll ich sagen, nun, Ihre Mutter, sie trinkt nicht mehr. Ich meine, keinen Alkohol. Wenn Sie verstehen, was ich meine.«

Mark zog erstaunt die Augenbrauen hoch. »Ehrlich gesagt, nein. Das tue ich nicht. Wollen Sie damit sagen, Sie machen sich Sorgen, weil sie *keinen* Alkohol trinkt?«

Der Arzt seufzte. »Nein, natürlich nicht.« Er räusperte sich. »Sehen Sie, die Sache ist die: Ich habe jahrelang auf

Ihre Mutter eingeredet, doch nicht so viel zu trinken. Ihrer Leber geht es nicht besonders gut. Nur ist es wohl in ihrem Fall inzwischen so, dass sie eine gewisse Dosis braucht, damit ihr Kreislauf nicht aus dem Tritt kommt.«

Soll wenn trank sie keinen Gin mehr.' Mark überlegte. Eigentlich kannte er seine Mutter gar nicht anders als mit einem Glas Gin in der Hand. Da wurde es ihm klar: seit dem Tod seines Vaters. Seit Reinhard Richter gestorben war, hatte er seine Mutter keinen Gin mehr trinken sehen.

»Sie meinen, sie braucht den Gin?«, fragte er.

»In Maßen, ja!«

»Und die Leber?«

»Die hat sich vermutlich daran gewöhnt.«

11. Kapitel

1.

Die Mitarbeiterin an der Notaufnahme zog eine Augenbraue hoch und musterte Mark kritisch. »Haben wir Sie nicht letzte Woche entlassen?«

»Es ist sogar schon zwei Wochen her«, korrigierte Mark und sah dem Taxi zu, wie es wieder vom Hof fuhr. »Leider ...« Er setzte eine Unglücksmiene auf: »Leider bin ich in der Nacht aus dem Bett gefallen. Und jetzt habe ich noch schlimmere Kopfschmerzen als vorher.«

»Um Gottes willen!«, rief die Dame von der Notaufnahme aus. »Na, das wird wahrscheinlich wieder eine saftige Gehirnerschütterung sein.«

»Saftig, ja«, bestätigte Mark, amüsiert über die Wortwahl. Er seufzte: »Jedenfalls würde ich mich gerne noch einmal anschauen lassen.«

»Aber natürlich, Herr Doktor ...« Sie blätterte in ihrer Kartei.

»Richter«, sagte Mark.

»Richtig. Richter. Gehen Sie doch bitte gleich auf die Station von Herrn Doktor Englisch.«

»Klar«, sagte Mark, nickte, stöhnte auf und hielt sich den Kopf.

»So schlimm?« Die Empfangsdame setzte eine besorgte Miene auf.

Mark, statt zu antworten, stöhnte noch einmal und kniff die Augen zusammen.

»Ach, warten Sie, dann soll Sie einer unserer Pfleger auf die Station bringen.« Sie griff zum Telefon und wählte eine interne Nummer, bestellte einen Pfleger mit Rollstuhl und machte eine behutsame Handbewegung. »Bleiben Sie einfach hier sitzen, und warten Sie, okay?«

»Okay.«

Mit zerknittertem Gesichtsausdruck saß Mark da und wartete, bis der Pfleger, ein junger, schlaksiger Kerl um die zwanzig, kam und ihn wie einen Greis am Arm nahm, um ihm in das Gefährt zu helfen.

Fünf Minuten später saß Mark mit Leidensmiene im Rollstuhl vor Dr. Wenger.

»Doktor Englisch ist leider im OP, Sie werden mit mir vorliebnehmen müssen«, sagte der junge Mediziner und versuchte ein Gewinnerlächeln.

»Kein Problem, Doktor«, sagte Mark. »Ist mir sogar lieber. Mir ist das peinlich. Aber Sie haben so eine offene Art.«

»Danke.« Dr. Wenger faltete seine braun gebrannten Hände und blickte Mark in die Augen. Skilehrer! Endlich wusste Mark, woran ihn Wenger erinnerte! Er sah aus wie der romantische Liebhaber aus einem Fünfzigerjahre-Film. »Wir werden Sie noch einmal untersuchen müssen. Am besten, wir röntgen Ihren Schädel ...«

»Kernspin wäre mir lieber«, widersprach Mark. »Wegen der Strahlung.«

Dr. Wenger nickte. »Kein Problem. Machen wir«, sagte er gönnerhaft und zückte seinen goldenen Kugelschreiber, um etwas auf Marks Krankenakte zu notieren. Dann drückte er eine Taste auf dem Sprechgerät auf seinem Schreibtisch und wies die Arzthelferin an, Herrn Doktor

Mark Richter bei der Kernspinuntersuchung dazwischenzuschieben. »Wegen der Gefahr einer Gehirnblutung«, erklärte er, als er sich wieder seinem Patienten zugewandt hatte.

Wenige Augenblicke später wurde Mark erneut von dem jungen Krankenpfleger durch die Katakomben der Klinik geschoben. »Zivildienst?«, fragte er.

»Nö. Ausgemustert«, erklärte der Pfleger. »Plattfüße.« Er grinste. »Heute reicht schon der Verdacht auf Brennnesselallergie, um vom Dienst befreit zu werden.«

»Und trotzdem machen Sie hier Dienst?«

»Klar«, sagte der junge Mann. »Aber ich mach's freiwillig und bin etwas besser bezahlt. Ist nur ein Job, mit dem ich mir mein Studium finanziere.«

»Medizin?«

»Physiotherapeut.«

»Ich wusste gar nicht, dass man dazu studieren muss.«

»Kann man, muss man aber nicht. Gleich sind wir da.«

Mark ließ den Blick schweifen. »Sieht man dem Bau gar nicht an, wie weitläufig er unterirdisch ist.«

»Enorm!«, bestätigte der schlaksige Pfleger. »Die meisten hochsensiblem Gerätschaften haben sie hier unten eingebaut. Dann die ganzen Medikamentenlager. Und die Probandenstation.«

»Probanden?«

»Medikamententests und so. Weiß ich auch nicht genauer. Um die muss ich mich nicht kümmern. Die sind gut abgeschirmt. Ist aber auch ein gut bezahlter Job. Und viel gemütlicher als meiner.«

»Aha.« Sie waren da. Der Pfleger zückte eine Magnetkarte, die er um den Hals hängen hatte, und hielt sie vor einen Scanner. Die Tür, in der nur zwei kleine Bullaugen den Blick auf eine weiße Wand freigaben, öffnete sich, und der Pfleger schob Mark hinein. Hinter der Wand erstreckte sich ein Raum, von dem zu beiden Seiten je drei Türen abgingen. An jeder war ein Schild angebracht, das auf die Gefahr radioaktiver Strahlen hinwies: ein gelbes Dreieck mit schwarzer Kennung.

Mark sog hörbar die Luft ein. »Ich sollte nicht geröntgt werden«, sagte er.

2.

»Sehr interessant, immer wieder«, sagte Doktor Wenger und rieb sich das Kinn, während sein Blick über die Aufnahme von Marks Schädel glitt. »Sehen Sie hier«, er deutete auf eine Stelle, die sich in Marks Augen durch nichts von all den anderen Stellen auf dem Bild unterschied. »Das ist das Sprachzentrum. Ein kleiner Schnitt an dieser Stelle, und Sie haben keine Gewalt mehr über Ihre Zunge. Oder hier: der Gleichgewichtssinn.«

»Kann ich nicht erkennen«, murmelte Mark.

»Ja, leider ist ein Gehirn nicht beschildert«, erwiderte der Arzt.

»Sie meinen, ein kleiner Schnitt, und ich bin zeitlebens für den Opernball verloren?«

»Nicht nur für den.«

»Hören Sie, Doktor Wenger, ich will eigentlich bloß wissen, wie es um mich bestellt ist. Da Sie mir nichts zeigen, was mit meinem gegenwärtigen Zustand zu tun hat,

245

vermute ich, dass es jedenfalls keine Hirnblutung gibt, richtig?«

»Aber natürlich. Glauben Sie mir, wenn Sie eine Hirnblutung hätten, säßen Sie nicht hier bei mir, sondern lägen auf der Intensivstation. Nein, nein, Sie haben eine kleine Gehirnerschütterung. Ich schlage vor, Sie nehmen noch einmal zwei, drei Tage hier bei uns Quartier. Da stellen Sie wahrscheinlich weniger an als draußen auf freier Wildbahn.«

»Vermutlich«, bestätigte Mark und musste über die Selbstzufriedenheit dieses Assistenzhalbgottes in Weiß innerlich grinsen. Wie leicht es doch war, diesen Quacksalbern etwas vorzugaukeln.

Wieder drückte Wenger die Gegensprechanlage. »Schwester Michaela, bitte bringen Sie Herrn Richter in ein freies Zimmer und erledigen Sie die Formalitäten. Er wird ein paar Tage bei uns bleiben.«

Dann verabschiedete er sich von Mark und wandte sich wieder seinen Papieren zu.

Für jemanden, der sich um meine Tochter bemüht, ist er verdammt cool, dachte Mark. Aber vielleicht ahnte er ja mittlerweile, dass das Kapitel Ricarda sich bereits dem Ende näherte.

Die Schwester holte ihn ab und brachte ihn in das Zimmer neben dem, in dem er bei seinem ersten Aufenthalt gelegen hatte. Er setzte sich auf einen der Stühle und sah sich um, während die Schwester mit geübten Handgriffen das Bett fertig machte und dann ging, um noch eine Kanne Tee zu holen. »Schwester Michaela«, sagte er. »Wir haben uns schon einmal gesehen.«

»Haben wir?« Sie musterte ihn, schien sich aber nicht zu erinnern.

»Ist schon ein paar Tage her. Nach Ihrer Spätschicht. An der Haltestelle.«

»Ah!«, rief sie aus. »Jetzt erinnere ich mich wieder. Sie haben auf den Bus gewartet und sind dann nicht eingestiegen.«

»Stimmt«, lachte Mark. »Da sieht man mal. Muss mit der Gehirnerschütterung zusammenhängen.«

3.

Ricarda stand in Marks Krankenhauszimmer unschlüssig herum, während sie darauf wartete, dass ihr Vater wieder von seiner Untersuchung kam. Sie war mit seinen Sachen von zu Hause gekommen, damit er in der Klinik nicht auf seinen eigenen Pyjama, seine eigene Zahnbürste und den Rasierapparat verzichten musste – und hatte bei der Gelegenheit gleich noch einen Haufen anderer Sachen mit eingepackt, damit es ihm an nichts fehlte. Schwester Gudrun kam herein, um das Bett aufzuschütteln und nach den Medikamenten zu sehen.

»Hallo«, sagte Ricarda. »Ich bin die Tochter.«

»Hallo«, erwiderte Schwester Gudrun mit ihrem freundlich-professionellen Lächeln. »Ich weiß.«

»Glauben Sie, er kommt bald raus?«

»Nun, vielleicht haben wir ihn beim ersten Mal zu früh entlassen.« Schwester Gudrun arbeitete routiniert und effektiv. Jede ihrer Handbewegungen saß. »Die Ärzte haben es meistens ganz gerne, wenn ein Patient etwas länger in der Klinik ist. Da haben sie ihn besser unter Kontrolle.«

»Unter Kontrolle?«, sagte Ricarda erschrocken und musste an Doktor Wenger denken.

Die Schwester lachte: »Na ja, so sagt man halt. Weil es manchmal doch so ist, dass Patienten etwas unvernünftig sind und sich nicht an das halten, was die Ärzte sagen.«

»Verstehe.« Ricarda war es unangenehm, der Schwester beim Arbeiten zuzusehen. »Kann ich helfen?«, fragte sie schließlich.

Schwester Gudrun richtete sich auf und musterte Ricarda kurz. »Nein«, sagte sie schließlich. »Aber nett, dass Sie fragen!«

»Sie haben bestimmt wahnsinnig viel Arbeit zurzeit.«

»Oh, das haben wir immer. Aber wir sind halt immer noch unterbesetzt, seit Schwester Beate ... ums Leben gekommen ist ...«

Schwester Gudrun sah Ricarda mit einem unergründlichen Lächeln an.

»Sie war wirklich eine wichtige Mitarbeiterin hier. Sie war schnell, fleißig, korrekt ...« Sie hielt nochmals inne und fügte etwas leiser hinzu: »Und sehr attraktiv.«

»Tolle Mischung.«

»Ja, sie war eben so ein Männertyp, wenn Sie verstehen, was ich meine. Sie konnte die Männer um den Finger wickeln.«

Schwester Gudrun seufzte. Dann fuhr sie fort: »Aber über die Toten sollte man nichts Schlechtes sagen. Außerdem kann man ihr nicht nachsagen, dass sie sich in Beziehungen gedrängt hätte.« Wieder seufzte sie, dann fügte sie an: »Jedenfalls nicht in bestehende.«

Sie war fertig, nahm die leere Teekanne vom Nachttisch und verschwand wieder.

»Hast du eine Ahnung, was sie damit meint?«, fragte Ricarda, als sie Mark wenig später half, seine Sachen auszupacken. »Sie habe sich nicht in eine bestehende Beziehung gedrängt?«

»Gute Frage«, bestätigte Mark. »Was gibt es denn für Beziehungen, die nicht bestehen? Das kann entweder eine Beziehung sein, die nicht *mehr* besteht, oder eine, die *noch* nicht besteht. Und in Beziehungen, die nicht mehr bestehen, kann man sich logischerweise nicht drängen.«

»Aber was heißt das? Dass sie sich in eine Beziehung gedrängt hat, die noch nicht bestand? Welche soll das sein?« Ricarda war nun vollends verwirrt.

»Vielleicht in eine zwischen Doktor Englisch und Schwester Gudrun?«

4.

Es war still geworden in der Feilhauer-Klinik. Nur wenige Fenster waren noch erleuchtet, auf den Gängen rührte sich nichts, in dem düsteren Licht der Nachtlampen spiegelte sich der polierte Kunststoffboden. Von draußen irgendwo war ein Nebelhorn zu hören, gedämpfter Verkehrslärm, ein undefinierbares Wummern, vielleicht von Autolautsprechern.

Lautlos und eilig huschte Mark Richter über den Flur in Richtung der Büros, die am anderen Ende des Gebäudes untergebracht waren, sich immer wieder umblickend, ob ihn auch niemand sah. Doch es blieb still, keine Menschenseele tauchte auf. Plötzlich leuchtete über einer Tür eine Lampe auf. Jemand läutete nach der Schwester! Mark sah sich um.

Jetzt entdeckte er, dass ein Stück weiter vorne ebenfalls ein Licht brannte, allerdings nicht wie hier ein rötliches, sondern ein grünes. Offensichtlich war die Schwester gerade dort. Sollte er umdrehen? Oder weitergehen? Da hörte er hinter sich Stimmen, jeden Augenblick würde jemand um die Ecke biegen. Kurz entschlossen huschte er durch die am nächsten gelegene Türe, über der kein Lämpchen brannte, schloss sie hinter sich und atmete tief durch.

»Das ist aber nett, dass Sie noch mal nach mir sehen, Doktor«, hörte er eine Frau sagen, die im Schein ihrer Nachttischlampe ein Buch las.

»Äh, ja«, stotterte Mark und trat unsicher näher. »Wie geht es Ihnen?«

»Ach, danke, ich kann nicht schlafen. Aber das liegt sicher an der Aufregung. Es ist schließlich meine erste Operation.«

Mark legte der Frau begütigend seine Hand auf den Unterarm.

»Das wird schon«, sagte er und hatte plötzlich das Gefühl, das Richtige zu tun. »Denken Sie nur, wie viele Menschen jeden Tag operiert werden. Auch hier im Haus. Und eigentlich ist es doch ein Glück, wenn man erst im Erwachsenenalter zum ersten Mal ...«

Er zögerte, schließlich wusste er gar nicht, was die Frau eigentlich hatte. Konnte er einen womöglich schweren Eingriff einfach so abtun?

»Meine Tochter«, sagte er, »hat schon mit zwei Jahren die Mandeln rausbekommen. Und mit acht dann den Blinddarm.« Er lächelte sie aufmunternd an. »Und heute begibt sie sich mehr oder weniger freiwillig unters Messer.«

Die Frau im Bett lachte und sagte: »Ach, Herr Doktor,

Sie sind wirklich nett, wie Sie mir die Angst nehmen wollen. Aber schlafen werde ich wahrscheinlich trotzdem nicht können.«

»Na, dann helfen wir Ihnen halt ein bisschen«, sagte Mark und schaute auf die Uhr. »Jetzt muss ich aber zusehen, dass ich noch die anderen Patienten besuche, sonst wird es zu spät. Ich schicke Ihnen die Schwester vorbei, damit Sie ein leichtes Schlafmittel bekommen.«

»Das ist nett, Herr Doktor«, sagte die Frau. »Aber lassen Sie mal. Vielleicht klappt es ja auch ohne Medikamente.«

»Na dann, gute Nacht.«

»Gute Nacht, Herr Doktor.«

Mark ging zur Tür, öffnete sie, streckte den Kopf nach draußen, stellte fest, dass beide Schwesternlichter auf dem Gang erloschen waren, schaute noch mal zurück, sagte: »Ist ohnehin gerade keine Schwester da«, hob die Hand zum Gruß und war draußen.

Einen Augenblick blieb er vor der Tür stehen und atmete erst einmal tief durch. Dann eilte er mit weichen Knien den Gang hinab, bis er zum Stationszimmer und schließlich zur Praxis des Stationsarztes kam. »Dr. Englisch« stand in schwarzen Buchstaben an der Tür. Sie war verschlossen. Ebenso die Tür zum Behandlungszimmer rechts daneben. Auch die Vordertür zu dem Glasverschlag der Sprechstundenhilfe war versperrt.

Doch dann entdeckte Mark, dass eine der Türen zu den Ultraschallzimmern einen Spaltbreit offen stand. Dahinter war es dunkel. Er drückte sich durch die Tür, schloss sie leise und tastete nach dem Lichtschalter. Wenig später flackerte das eiskalte Licht der Neonröhren auf. Eine Tür führte ins benachbarte Behandlungszimmer und tatsächlich: Von dort aus ging es auf den hinteren Flur zu den Laboren.

Mark ging mit leisen Schritten den Gang entlang. Hier brannte überall eine bläuliche, schwache Nachtbeleuchtung. Er blieb stehen. Hatte er etwas gehört? War da ein Geräusch gewesen? Er lauschte. Nein. Nichts.

Mit klopfendem Herzen schlich er weiter und drückte sich schließlich durch die Milchglastür in den Raum hinter dem Glasverschlag der Arzthelferinnen. Dies musste das Archiv sein. In diesem Augenblick flackerte das Licht auf, und die etwas matte Stimme einer jungen Frau fragte: »Kann ich Ihnen irgendwie helfen, Herr Doktor?«

Mark stand wie versteinert. Wenn er sich jetzt umdrehte, würde sie ihn erkennen.

»Nein, nein«, sagte er und versuchte, seiner Stimme einen möglichst gelassenen Ausdruck zu verleihen, »alles in Ordnung. Ich habe nur etwas gesucht.«

»Okay«, gähnte die junge Frau. »Dann schönen Abend noch.«

»Ihnen auch«, brummte Mark, scheinbar in eine Akte vertieft. Die Schritte der jungen Frau entfernten sich, doch dann hielten sie inne. Mark sah sich um. Neben ihm stand ein Paravent. Er machte einen großen Schritt dahinter und hielt den Atem an. Er hörte, wie die Frau wieder zurückkam. Kurz herrschte Stille, dann stieß sie ein kurzes »Hm« aus, löschte das Licht wieder und verließ den Raum. Ihre Schritte verhallten in der Ferne des Krankenhausflurs.

Mark atmete aus. Das war knapp gewesen. Er blieb noch eine Weile reglos im Dunkeln stehen, ehe er sich wieder aus der Deckung traute.

Mit zum Zerreißen angespannten Nerven forschte Mark weiter und fand schließlich den Weg in Englischs Büro. Zum Glück war hier keine Glastür: Er konnte Licht machen.

Der Schreibtisch war aufgeräumt. Nur zwei Krankenakten lagen darauf – und dazwischen ein Papier, das schräg hervorlugte und dessen Weiß Mark ins Auge sprang. Vorsichtig nahm er die obere Akte beiseite. Es war eine handschriftliche Notiz, weniger als ein halbes Blatt Papier, der untere Teil war abgerissen.

»Liebling«, las Mark und hielt den Atem an. »es hat keinen Sinn. Wir müssen uns trennen. Ich kann mit diesem Wissen nicht länger ...«

Der Rest des Papiers fehlte. Es sah aus, als hätte der Empfänger den Bogen mit dem Umschlag durchtrennt und nur das obere Drittel hier aufbewahrt. Mark zog vorsichtig an den Schubladen, doch die waren alle abgesperrt. Er hob auch die zweite Akte hoch, ob vielleicht dort der andere Teil des Briefes lag, doch auch dort: nichts. Unter dem Schreibtisch war ebenfalls kein Papier zu finden. Überhaupt, das Büro war so antiseptisch wie ein Operationssaal. Lediglich ein Mantel, der hinter der Tür hing, zeugte davon, dass sich hier gelegentlich ein Mensch aufhielt. Mark schaute ihn sich aus der Nähe an. Er griff in die Taschen, ohne zu wissen, wonach er eigentlich suchte. Schlüssel waren darin, weiter nichts. Am Kragen hingen ein paar Haare. Mit spitzen Fingern nahm Mark zwei davon und hielt sie gegen das Licht.

Wieder hörte er auf dem Flur Schritte. Er löschte die Lampe und wartete stumm, bis nichts mehr zu hören war. Jetzt nichts wie weg, entschied er und eilte den Weg zurück, den er gekommen war. Keine fünf Minuten später schloss er die Tür seines Krankenzimmers hinter sich und sank völlig erschöpft auf sein Bett.

Das war exakt der Augenblick, in dem sein Handy klingelte. Mit einem gehetzten »Ja« nahm er den Anruf an.

»Herr Doktor Richter, Freiligrath.«

»Jetzt nicht, Herr Freiligrath, jetzt nicht. Sie kennen meine Wünsche. Es bleibt dabei.« Er drückte den Anruf weg und warf das Telefon auf den Nachttisch. »Mein lieber Herr Gesangverein«, stöhnte er, »Mark, du bist langsam zu alt für solche Abenteuer.« Den Brief oder vielmehr das, was von ihm übrig war, hielt er in der Hand.

5.

»Guten Morgen, Herr Doktor Richter«, hörte Mark die Stimme von Schwester Michaela. »Hier sind ein paar Herren, die Sie gerne sprechen möchten.«

Mark hielt sich die Hand vors Gesicht, als die Schwester mit beherztem Schwung die Gardinen aufzog und das gleißende Sonnenlicht hereinließ.

»So früh?«, fragte er, noch ganz verschlafen. »Was gibt es denn so Wichtiges?« Er rappelte sich auf. »Moment. Ich ziehe mir etwas über.«

»Nicht nötig«, hörte er eine Stimme von der Tür her. Zwei Männer traten ein, einer von ihnen ließ lässig eine Polizeimarke in seiner Hand auf- und wieder zuschnappen. »Grubert, von der Kripo Hamburg. Wir kennen uns ja.« Er wies auf seinen Kollegen. »Und das ist Kommissar Brüderle.«

»Augenblick«, stammelte Mark. »Worum geht es? Ich bin hier Patient. Sie haben kein Recht, mich hier ohne meine Zustimmung in meinem Zimmer aufzusuchen.« Er ärgerte sich, dass die Polizisten ihn in so unvorteilhafter Lage antrafen.

»Wir tun Ihnen schon nichts, Herr Richter«, sagte Grubert. »Wir wollen nur über ein paar Dinge mit Ihnen sprechen.«

»Aha.« Langsam vertrieb das Adrenalin, das die unangenehme Überraschung mobilisiert hatte, den Schlaf. »Und was für Dinge sollen das sein?«

Nun stand Mark doch auf und ging hinüber zum Badezimmer, um sich seinen Morgenmantel zu holen. Er würde nicht auf dem Bett sitzen oder gar liegen, während die Polizisten voll bekleidet im Raum standen.

Grubert nickte in Richtung der Schwester, die sich scheinbar hoch konzentriert an den Medikamenten zu schaffen machte. »Danke, Schwester«, sagte Mark und wartete, bis sie das Zimmer wieder verlassen hatte.

Erschrocken stellte Mark fest, dass er in dem Morgenmantel das Schriftstück versteckt hatte, das er in Englischs Büro gefunden hatte. Er sah Grubert ins Gesicht: »Nun?«

»Es geht um einen gewissen Flemming.«

Mark sagte nichts.

»Wir nehmen an, Sie kennen ihn.«

»Sollte ich?«

»Wir stellen hier die Fragen.«

»Bisher haben Sie keine gestellt.« Mark spürte, wie sein Kampfgeist erwachte. Kräftemessen mit Polizei und Justiz, das gehörte zu seinen liebsten Beschäftigungen. Und Flemming, das konnte nichts mit dem Brief zu tun haben. Eigentlich hatte er vorgehabt, ihn der Polizei zu geben.

Aber jetzt, da er vor den Kripobeamten stand, hatte er plötzlich das Gefühl, dass es vielleicht besser war, den Zettel noch zu behalten.

»Also dann: Kennen Sie einen gewissen Flemming?« Grubert sah ihn fragend an.

»Flemming«, wiederholte Mark. »Einen Vornamen darf man wohl nicht erfahren?«

»Herr Richter, wir sind sicher, dass Sie Flemming kennen.«

»Wenn Sie so sicher sind, dann haben Sie vielleicht noch eine andere Frage, bei der Sie weniger sicher sind. Dann bringt meine Antwort Sie wenigstens weiter.« Mark lächelte.

»Wissen Sie, wo sich Herr Flemming zurzeit aufhält?«

»Nein.« Mark lächelte süffisant »Was hat er denn angestellt?«

Grubert seufzte. »Flemming hat einen gewissen Sobotta überfallen und schwer verletzt.«

»Nehmen Sie an. Grenzt das nicht an üble Nachrede, dass Sie hier von Mutmaßungen sprechen wie von bewiesenen Tatsachen?«

»Ich denke, wir können diese Grenze schon noch richtig ziehen, Herr Richter. Flemming wurde beobachtet. Ein Zeuge hat ihn aus Sobottas Fahrzeug steigen sehen.«

»Wieso kommen Sie damit zu mir? Wie kommen Sie auf die abwegige Idee, dass ich etwas mit Flemming zu tun haben könnte?«

»Wir haben Ihre Telefonnummer unter Flemmings gewählten Verbindungen gefunden.« Auf Marks halb überraschte, halb entrüstete Reaktion hin ergänzte er: »Und es gibt eine Reihe von Überschneidungen in Ihren beiden Le-

256

bensläufen.« Das brachte ihn offenbar auf eine Idee: »Wo haben Sie Flemming übrigens kennengelernt?«

»Kommen Sie, Herr Grubert, das wissen Sie doch längst.«

»Sie kennen Flemming also doch?«

»Das habe ich nie bestritten.«

Grubert wandte sich zu Brüderle um: »Sie schreiben mit?«

Brüderle zückte seinen Notizblock.

»Also gut, Herr Richter«, sagte Grubert, »Sie haben recht, wir wissen, woher Sie Flemming kennen. Ich empfehle Ihnen, uns bei unseren Ermittlungen zu unterstützen. Sie wissen, dass Anstiftung zu einer Straftat genauso bestraft wird wie die Straftat selbst.«

»Ich war einmal Strafverteidiger. Mir ist das durchaus bekannt.«

Grubert schritt durch das Zimmer und sah aus dem Fenster. Eine Weile schwieg er. Dann drehte er sich um und lächelte Mark kalt an. »Wissen Sie, Herr Richter, Sie waren nicht nur mal Strafverteidiger. Sie waren auch schon öfter im Knast. Und das wirft kein gutes Licht auf Ihre Glaubwürdigkeit.«

»Kommen Sie, Herr Kommissar, machen Sie aus einer Mücke keinen Elefanten. Ich war hinter Gittern wegen Verkehrswidrigkeiten und weil ich mich grundsätzlich weigere, Bußgeld zu bezahlen.«

Grubert hob abwehrend die Hand. »Sie waren wegen grober Verstöße gegen die Straßenverkehrsordnung, Widerstand gegen die Staatsgewalt, Gerichtsbeleidigung und Drohung mit körperlicher Gewalt hinter Gittern.«

»Nun mal halblang.« Langsam brachte die Sache Mark in Rage. »Was Sie Drohung mit körperlicher Gewalt nennen, war nichts weiter als der Hinweis an den Richter, dass man sich im Leben immer zweimal begegnet.«

Grubert sah Mark abschätzig an. »Wissen Sie, es kommt auf die Situation an, in der eine Äußerung gemacht wird.«

»Ach. Und wegen der paar Lappalien wollen Sie mir eine Hintermanntäterschaft anhängen? Das glaubt Ihnen doch niemand!«

»Vielleicht nicht. Aber bedenken Sie, Herr Richter, wie glaubwürdig zwei Knastbrüder sind, die sich gegenseitig ein Ehrenzeugnis ausstellen.«

6.

Mark schlenderte über den Klinikflur und betrachtete dabei die Muster, die die Fenstersprossen auf den Boden warfen. Es war ein Tag mit wechselhaftem Wetter. Eben noch hatte es gestürmt und geregnet, jetzt war die Sonne durch die Wolken gebrochen und gaukelte Frühling vor. Doch die Bäume draußen waren inzwischen beinahe kahl. Mark blickte sich um. Eigentlich hatte er erwartet, die Putzfrau auf dem Flur zu treffen, so wie er sie gestern um diese Zeit hier gesehen hatte. Stattdessen kam Schwester Michaela des Weges.

»Guten Tag, Herr Richter«, grüßte sie ihn. »Alles in Ordnung? Suchen Sie jemanden?«

Klar, das war hier nicht seine Abteilung, es war die Abteilung von Englisch.

»Nein, nein«, sagte er. »Ich fürchte, ich bin zu gesund, um brav im Bett zu liegen.« Er lächelte verlegen.

»Seien Sie froh. Das können nicht viele Patienten von

sich sagen«, entgegnete die Schwester. »Dann können Sie bestimmt schon bald wieder nach Hause gehen.«

»Hoffentlich«, erwiderte Mark und schlenderte weiter, während Schwester Michaela in einem Zimmer verschwand.

Lange konnte er in der Tat nicht mehr hierbleiben, wenn er sich nicht verdächtig machen wollte. Er drehte um und schlenderte wieder in die andere Richtung. Die Muster auf dem Boden verschwanden, als sich wieder eine dichte Wolkenbank vor die Sonne schob. Mark stellte sich ans Fenster und sah auf den Park hinunter. Es war niemand unterwegs.

Ein paar Krähen krallten sich an die schwarzen Äste der Ulmen und schaukelten im Wind. Etliche Fenster waren erleuchtet, weil es trotz der frühen Stunde so duster war. Mark machte wieder kehrt und ging langsam ans Ende des Flurs. Er hatte sich entschieden, wieder auf sein Zimmer zu gehen. In dem Augenblick tauchte die Putzfrau mit ihrem Reinigungswagen auf. Ja, es war dieselbe, die er auch in jener Nacht gesehen hatte, als Schwester Beate ums Leben gekommen war.

Sie kam auf ihn zu. Ihr Blick war gesenkt, sie war es gewohnt, dass man sie nicht beachtete. Reinigungskräfte waren unsichtbar. Das schien so etwas wie ein Naturgesetz dieser Tätigkeit zu sein.

»Guten Tag«, sagte Mark.

Die junge Frau sah auf. »Guten Tag«, grüßte sie zurück, mit deutlichem Akzent. Wahrscheinlich war sie eine Türkin, vielleicht auch vom Balkan. Sie hielt kurz inne, als sie bemerkte, dass Mark sie offen ansah.

»Typisch deutsches Wetter heute«, stellte er fest.

»Ja«, sagt die Frau und lächelte freundlich. »Leider. Aber kann man nichts machen.«

»Nein«, sagte Mark. »Da kann man nichts machen. Wo Sie herkommen, ist es jetzt bestimmt schöner.«

Die Putzfrau nahm die Hände von ihrem Wagen und schob sich eine Haarsträhne unter ihr Kopftuch. »Kann man nicht sagen«, erklärte sie. »Ich aus Kurdistan. Viele Berge. Ist jetzt sehr kalt schon. Und bald ist Winter. Dann sehr kalt und sehr viel Schnee.«

»Verstehe«, sagte Mark. »Kurdistan. Das ist sicher sehr interessant. Ich war leider nie da.«

»Ist armes Land«, sagte sie und blickte zu Boden. »Aber«, sie sah wieder zu Mark auf, »ist auch schönes Land. Trotzdem.«

»Das glaube ich.« Mark sah, wie die Frau wieder die Hände an den Wagen legte, und entschloss sich zu einem schnellen Vorstoß. »Leben Sie schon lange in Deutschland?«

»Nicht lang. Zwei Jahre?«

»Zwei Jahre!«, rief er aus. »Und sprechen schon so gut Deutsch! Das ist ja wunderbar!«

»Danke.« Wieder senkte sie den Blick.

»Ich war schon einmal vor vierzehn Tagen hier. Erinnern Sie sich? Da haben wir uns schon einmal gesehen. Sie hatten Spätschicht.«

»Ja. Habe ich viele Spätschicht.«

»Das ist sicher sehr anstrengend.«

»Oh, nicht so schlimm.« Sie sah sich um, vermutlich weil sie nicht gern gesehen werden wollte, wie sie sich mit einem Patienten unterhielt, statt zu arbeiten. »Ist besser bezahlt.«

»Ah! Das ist ja gut. Ich wusste nicht, dass das bei den

Reinigungskräften auch so ist. Bei den Schwestern und bei den Ärzten weiß man das ja.«

Die Putzfrau lächelte und sagte nichts. Es war offensichtlich, dass sie eigentlich weiterwollte.

»Doktor Englisch und Doktor Wenger arbeiten auch oft nachts, nicht wahr?« Er musterte sie eindringlich.

»Ja, immer viel arbeiten«, sagte die junge Frau. »Doktor Wenger viel. Doktor Englisch nicht so viel.«

»Ach so!«, rief Mark scheinbar überrascht aus. »Das erklärt, warum ich vor vierzehn Tagen nicht Doktor Englisch aus seinem Büro habe kommen sehen, sondern jemand anders.«

Die junge Frau sah ihn verständnislos an.

»Haben Sie auch schon einmal jemanden aus dem Büro von Doktor Englisch kommen sehen, wenn er nicht da war? Nachts? Zum Beispiel vorletzte Woche, als wir uns auf dem Flur getroffen haben?«

»Ich weiß nicht ...« Die Putzfrau war offensichtlich verunsichert. Sie ahnte, dass das keine harmlose Frage war, sondern dass der Mann sie ganz gezielt gefragt hatte, auch wenn sie nicht wusste, warum. Was wollte er von ihr?

Mark nahm einen Fünfzigeuroschein aus der Tasche seines Morgenmantels und drückte ihn ihr in die Hand. Er trat einen Schritt näher an sie heran.

»Hören Sie«, sagte er leise. »Es ist sehr wichtig. Wenn Sie mir helfen, helfen Sie auch der Wahrheit.« Er sah ihr in die Augen, in denen Unsicherheit flackerte. »Sie brauchen keine Angst zu haben«, versicherte er ihr. »Sie haben mein Ehrenwort, dass Sie nichts Falsches tun, wenn Sie mir sagen, wen Sie aus Herrn Doktor Englischs Zimmer haben kommen sehen.«

»Ihr Ehrenwort?«

»Ja.« Er legte die Hand auf seine Brust und nickte bedeutungsvoll.

»Hab ich niemanden gesehen, der rauskommt«, sagte die Frau und zuckte bedauernd die Achseln. »Aber habe ich jemanden gesehen, der reingeht.«

7.

Es war Zeit, den Dingen die entscheidende Wendung zu geben. Mark verabschiedete sich von der Putzfrau, ging in sein Zimmer, griff zum Hörer und wählte eine Nummer in Lübeck.

»Biochemisches Institut, Braun, guten Tag.«

»Felix? Hallo. Mark hier.«

»Hallo Mark. Was kann ich für dich tun?«

»Ich wollte nur mal hören, wie es so geht.«

Am anderen Ende der Leitung ertönte ein herzhaftes Lachen. »Netter Versuch, Mark, aber völlig unglaubwürdig. Du meldest dich nur, wenn du etwas brauchst.«

Mark lachte ebenfalls. »Okay. Ich gebe es zu. Du hast mich überführt. Ich bräuchte ein kleines Gutachten.«

»Und was soll drinstehen?«

»Oh, nicht, wie du denkst. Ich brauche kein Gefälligkeitsgutachten, sondern ein echtes. Du sollst eine Handschrift für mich analysieren.«

»Sieh an, das klingt ja im Vergleich zu den sonstigen Anliegen richtiggehend seriös. Was ist es denn? Eine chemische Analyse? Eine ...«

»Eine genetische.«

»Oh«, rief Felix Braun aus. »Gleich die Königsklasse! Vermutlich mit Persönlichkeitsrechtsverletzung und allem Drum und Dran, was?«

»Das muss dich gar nicht kümmern, Felix. Es geht nur um die Zuordnung von Daten.«

»Und was ist es? Eine Blutprobe? Haare? Sperma?«

»Eine Perücke.«

»Was? Du willst mich auf den Arm nehmen. Du willst mich eine Perücke analysieren lassen?«

»Fast«, sagte Mark und musste über Felix' Entrüstung schmunzeln. »Es geht nicht um die Haare.«

»Sondern?«

»Darum, wer sie aufhatte.«

8.

Schon auf dem Weg zum Kaffeeautomaten merkte Christina, dass etwas anders war. Etwas lag in der Luft, irgendetwas war geschehen. Vor dem Besprechungszimmer stieß sie mit einem der jungen Kommissare aus dem Team zusammen. »Was ist los?«, fragte sie.

»Wir wissen, wer er ist.«

»Wir wissen es? Woher?«

Der leitende Kommissar lief vorbei und rief: »Alle ins Besprechungszimmer! In zwei Minuten Lagebesprechung!«

Wenige Augenblicke später erläuterte er: »Die Plakataktion hat Erfolg gehabt. Jemand von der Frittenbude hat ihn wiedererkannt. Sagt, unser Mann war bei ihm, hat sich Pommes gekauft, hat sie im Auto gegessen und ist dann in den Park gegangen. Die Kollegen haben den Wagen gecheckt. Er steht immer noch da. Der Halter ist ein gewisser Bertram Jahnsen.« Der Kommissar warf mit dem Beamer ein Bild an die Wand. »Unser Mann.«

So also hatte der Tote ausgesehen, als er noch glücklich im Leben stand. Mehr oder weniger glücklich. Christina starrte das Bild an. Ein sympathischer Mann. Er sah nicht aus wie jemand, der Todfeinde hatte.

»Okay«, sagte der Kommissar. »Und jetzt gibt's ein paar Jobs zu verteilen …«

9.

Sobottas Wohnung war ein Loch. Es sah aus wie im Lager eines Obdachlosen unter einer Brücke. Flemming hatte schon viele Wohnungen gesehen – diese verdiente die Bezeichnung nicht. Er rümpfte die Nase, als er die Wohnungstür leise hinter sich zudrückte. Flemming achtete sorgsam darauf, nichts zu streifen und nirgends irgendwelche Stoffpartikel oder Ähnliches zu hinterlassen. Er hatte sich Latexhandschuhe übergestreift und trug dunkelblaue Plastiküberschuhe.

Mit wenigen Schritten durchmaß er das Zimmer, warf einen raschen Blick aus dem Fenster, auf die nahe Elbe, und drückte dann vorsichtig die Tür zur Küche auf. Hier bot sich ihm das gleiche Bild: Tassen, die vermutlich schon mehrfach gebraucht worden waren, türmten sich in der Spüle, einige Dosen standen geöffnet herum, die Reste des Inhalts waren angetrocknet. Flemming machte den Kühlschrank auf. Darin fanden sich lediglich ein paar Flaschen

Bier, etwas, das vielleicht einst eine Wurst gewesen sein mochte – und ein paar aufgezogene Spritzen.

»Jaaa«, sagte Flemming leise. »Das ist doch schon einmal ein guter Anfang.« Er zog einen Plastikbeutel aus seiner Jackentasche, nahm die Spritzen, gab sie in den Beutel, den er sorgfältig verschloss und wieder einsteckte.

Er ging zurück ins Wohn- und Schlafzimmer. Auf dem Sofa lagen ein Kopfkissen mit fleckigem Überzug und eine schmutzige Wolldecke. Das war vermutlich Sobottas Nachtlager. Ein paar Pornohefte fanden sich auf dem Sofatisch. Aus dem Fernseher gegenüber hing ein Kabel. Flemming widerstand dem Impuls anzuschalten, um zu sehen, ob das Gerät überhaupt noch funktionierte. Daneben ein Telefon, ein altes, ohne Display. Flemming nahm ab und drückte die Wahlwiederholung. Es läutete mehrmals. Niemand hob ab.

Flemming stöberte in den Schubladen einer Kommode, die aber nur wenige Stück Wäsche enthielt sowie altes Zeug, wie es andere Leute im Keller aufhoben. Zu gerne hätte Flemming irgendwelche Dokumente gefunden, die interessant waren. Doch Sobotta hatte vermutlich nicht einmal einen Stift in diesem Loch. Von Papieren ganz zu schweigen.

Flemming ging wieder zum Bett, nahm den Überzug vom Kopfkissen, fischte einen weiteren Plastikbeutel aus seiner Tasche, gab den Überzug hinein, verschloss den Beutel sorgfältig, steckte ihn wieder ein und entschied sich, die Wohnung so schnell und lautlos zu verlassen, wie er gekommen war. Er sah sich noch einmal um und öffnete die Tür.

Mit dem Schlag, den er in diesem Augenblick mitten ins Gesicht bekam, hatte er nicht gerechnet. Die Faust traf ihn mit solcher Wucht, dass Flemming rückwärtstaumelte und über den Sofatisch stürzte. Binnen Sekunden war Sobotta über ihm und schlug auf ihn ein.

Flemming rappelte sich auf. Jetzt, da das Überraschungsmoment vorbei war, konnte er sich wehren. Er spürte, wie ihm Blut aus der Nase rann. Doch das war jetzt egal. Mit aller Kraft warf er sich auf den Gegner und stieß ihn zu Boden. Sobotta stöhnte auf. Flemming sah, dass seine Schulter wieder aus der Kapsel gesprungen war. Er stand einen Augenblick halb benommen da, doch dann wurde ihm schlagartig klar, dass das der richtige Augenblick war, um schnellstens die Wohnung zu verlassen. Er stürzte zur Tür, neben der sich Sobotta krümmte.

»Du Schwein!«, schrie der. »Was willst du von mir?« Er rappelte sich auf und stürzte sich mit verzweifelter Wut auf Flemming und riss ihn mit sich zu Boden. Im nächsten Moment schlug Sobotta seine Zähne in Flemmings Bein und biss mit aller Kraft zu.

Flemming brüllte wie ein Tier und achtete nicht mehr darauf, was klug war. Er wollte Rache. Mit beiden Ellbogen schlug er Sobotta ins Gesicht. Es knackte. Sobotta ließ los. Doch Flemming konnte vor Schmerz nicht aufstehen. Er sah, wie Sobotta sich unter dem Fernseher wand. Einem Geistesblitz folgend, packte er das Kabel, das aus dem Gerät hing und zog daran, um den Fernseher auf Sobotta stürzen zu lassen. Doch der Apparat hing am Stromkabel fest. Sobotta riss entsetzt die Augen auf. Im letzten Moment richtete er sich auf, drückte auf »ON« und jagte in diesem Augenblick zweihundertzwanzig Volt durch den Körper seines Angreifers.

Flemming bäumte sich auf, die Augen traten aus den Höhlen, er begann zu schreien. Zuerst leise, dann lauter und immer lauter. Sein Schrei hallte durchs Treppenhaus, und Sobotta hielt sich entsetzt die Ohren zu. Schließlich fuhr er hoch und stieß Flemming mit einem Tritt zu Boden. Das Stecker löste sich aus der Steckdose. Flemming fiel rücklings auf den Boden und blieb liegen, den Blick ins Leere gerichtet. Stumm. Tot.

Sobotta schleppte sich zum Telefon und wählte eine Nummer. »Ich bin's. Sie müssen sofort kommen«, presste er mit letzter Kraft hervor. »Hier liegt ein Toter.« Er schluchzte. »Ich habe ihn umgebracht. Sie müssen mir helfen.«

12. Kapitel

1.

Seit geraumer Zeit stand Mark am Fenster und sah auf den Parkplatz hinab, der im Dunkel lag. Vor seinem inneren Auge spielte sich wieder jene Szene ab, die er vor vierzehn Tagen dort beobachtet hatte – in der Nacht, in der Schwester Beate ums Leben gekommen war. Er sah es noch genau vor sich: Ein Arzt tritt auf den Hof, ein Mann steht an einem Wagen. Er nimmt etwas von dem Arzt entgegen, zieht sich eine Mütze über und fährt weg. So hatte es für Mark ausgesehen. Und dann, am nächsten Tag, hatte er genau diesen Wagen unten stehen sehen, mit einer Beule am vorderen Kotflügel: den Wagen von Doktor Englisch. Er sieht sich wieder mit Ricarda über den Hof gehen und den Wagen passieren, hört seine eigene Stimme etwas über die Delle sagen. Und dann, unvermittelt, schießt ihm wieder durch den Kopf, wie ihm Schwester Gudrun vom Tod ihrer Kollegin erzählt hat.

Englisch war da, weil sein Wagen da war. Wenger war nicht da. Er lag längst im Bett und schlief. Hat er jedenfalls gesagt. Mark sieht Wengers überlegene Miene vor sich, sein selbstherrliches Lächeln. Sie haben mehr oder weniger die gleiche Statur, Englisch und Wenger. Jedenfalls von ferne. Nur wenn man nah dran ist, sieht man, dass Englisch, der ältere der beiden, den typischen Schmerbauch des Fünfzigers hat, während Wenger noch durchtrainiert ist, ein typischer Junggeselle. Aber von hinten? In der Nacht? Es hätte auch Wenger sein können, der dort unten stand.

Es hätte auch eine Perücke sein können, die sich der andere Mann über den Kopf zog.

Mark sah zum Telefon, wie er es an diesem Abend schon so häufig getan hatte. Doch Flemming schien ihn heute nicht mehr anrufen zu wollen. Mark wollte nicht mehr länger warten. Er entschied sich, Wenger hier und jetzt zur Rede zu stellen.

Die Flure waren spärlich beleuchtet und still. Das Licht in Wengers Büro verriet, dass er noch über Akten brütete. Mark klopfte an die Milchglastür. Doch niemand antwortete. Er klopfte ein weiteres Mal. Erneut: keine Reaktion. Er drückte die Klinke.

»Sie sind nachts viel unterwegs, Herr Richter«, hörte er Wengers Stimme plötzlich hinter sich.

»Das kommt, wenn ich nicht mein eigenes Bett habe«, sagte Mark.

»Vielleicht kann ich Ihnen helfen.« Wenger deutete an, dass Mark eintreten solle. Der folgte der Einladung und ging in das Büro. Tatsächlich brannte nur die Schreibtischlampe, unter der Akten ausgebreitet lagen.

»Sie haben einen langen Arbeitstag«, stellte Mark fest.

»Und die Nacht kommt noch dazu«, sagte Wenger und nahm Platz. Mark setzte sich ebenfalls. »Bereitschaft. Was soll man machen.«

Mark nickte verständnisvoll. »Ärzteschicksal.«

»In der Tat. Also, was kann ich für Sie tun, Herr Richter? Soll ich Ihnen ein Schlafmittel geben?«

Mark seufzte. »Ob das hilft? Wie sagt man so schön: Ein reines Gewissen ist das beste Ruhekissen.«

Wenger lachte trocken. »Da werde ich nicht viel für Sie tun können, fürchte ich. Ich bin kein Psychologe.«

»Manchmal hilft es schon, nur ein wenig zu reden. Das kann einen wirklich sehr viel weiter bringen.«

»Herr Richter«, sagte Wenger gequält, »verstehen Sie mich bitte nicht falsch. Aber ich habe bereits einen 14-Stunden-Arbeitstag hinter mir. Für ein gepflegtes Gespräch über Gott und die Welt fehlt mir im Augenblick leider die Energie, wenn Sie verstehen, was ich meine.«

»Oh, das verstehe ich gut!« Mark faltete die Hände im Schoß. »Aber ich fürchte, Sie verstehen nicht ganz, was ich meine.«

Wenger sah ihn verständnislos an. »Sorry«, sagte er schließlich. »Aber ich fürchte in der Tat, dass ich Ihnen nicht ganz folgen kann ...«

»Wollen wir uns nicht ein wenig über Ricarda unterhalten?«

Wenger runzelte die Stirn. »Lieber Herr Richter, können wir das vielleicht morgen tun? Ich meine, gerne unterhalte ich mich mit Ihnen über Ihre Tochter. Aber ich wäre auch gerne etwas entspannter dabei.«

Mark nickte. »Das kann ich mir vorstellen.« Er sah sich um. »Vielleicht haben Sie ja irgendwo etwas *zum Entspannen*?« Die letzten Worte betonte er absichtlich auf sehr geheimnisvolle Weise.

»Pardon?«

Mark stand auf. »Machen wir uns nichts vor, Herr Wenger, Sie haben ein Problem mit, sagen wir: *Substanzen nach dem Betäubungsmittelgesetz.*«

Wenger starrte Mark ungläubig an. »Wollen Sie sagen, ich sei drogensüchtig?«, stieß er schließlich hervor.

»Nun, es gibt zumindest Anlass zu der Vermutung.«

Wenger lachte laut auf. »Sie sind ja verrückt! Was soll

das? Sie kommen hierher, wollen unerlaubt mein Büro betreten, geben vor, Sie bräuchten ein Schlafmittel – und dann werfen Sie mir unerhörte Verdächtigungen an den Kopf! Herr Richter, ich muss Sie bitten, sofort mein Büro zu verlassen.« Wenger richtete sich auf. Sein Gesicht war rot angelaufen. »Ich habe Ihnen nichts weiter zu sagen.«

Das Telefon läutete. Mark stand ebenfalls auf und wandte sich zur Tür. »Sie können übrigens morgen früh nach Hause gehen!«, rief ihm Wenger nach. »Ihre Befunde sind einwandfrei ...« Er nahm das Gespräch an: »Wenger.«

Mark trat zur Tür und drückte die Klinke herab. Er lauschte auf Wengers Worte.

»Sie haben *was*?«, fragte der mit plötzlich zitternder Stimme. »Und wo sind Sie jetzt?« Mark öffnete die Tür, langsam, mit Bedacht. »Bleiben Sie, wo Sie sind, Moment.« Mark hörte, wie Wenger scharf die Luft einsog. »Ist noch etwas, Herr Richter?«

»Nein, nein«, sagte Mark und hob nur lässig die Hand, ohne sich zu Wenger umzuschauen. »Bin schon weg.« Er hörte noch, wie Wenger wiederholte: »Bleiben Sie, wo Sie sind, ja? Ich bin in ein paar Minuten da.«

2.

Mark nahm den Aufzug und fuhr nach unten. Dort legte er den Hebel um und blockierte ihn – das verschaffte ihm immerhin ein, zwei Minuten Vorsprung. Die Halle war leer, vor der Tür sah er ein Taxi stehen. Wenger würde mit seinem eigenen Wagen fahren. Also hatte irgendjemand anderes das Taxi bestellt. Er eilte nach draußen.

»Da sind Sie ja endlich!«, rief er dem verdutzten Taxifahrer zu und humpelte zu dem Wagen. »Mein Koffer steht noch drinnen. Wenn Sie bitte so nett wären, ihn zu holen. Wie Sie sehen, bin ich noch etwas lädiert.«

»Kein Problem«, sagte der Taxifahrer, der müde an der Beifahrertür gelehnt hatte, und machte sich auf den Weg nach drinnen. Mark aber hastete um das Auto herum und stieg schnell auf der Fahrerseite ein. Ein Glück: Der Schlüssel steckte. Er ließ den Wagen an und fuhr, nicht zu schnell, über den Hof die Auffahrt hinunter.

Der Pförtner öffnete die Schranke, als er das Taxi sah. Mark winkte so, dass der Pförtner sein Gesicht nicht erkennen konnte, und rollte um die Ecke, wo er mit klopfendem Herzen stehen blieb. Jetzt kam es nur noch darauf an, wer zuerst auftauchte, Wenger oder der Taxifahrer. Er machte das Licht aus, ließ den Motor aber laufen und wartete.

Keine Minute später hörte er durch das halb geöffnete Fenster hastige Schritte auf dem Kies. Das Taxi stand im Schatten, aber wer es suchte, würde es auf den ersten Blick sehen. Wenn er sich vorbeugte, konnte Mark das Pförtnerhäuschen erkennen. Und dann tauchte auch tatsächlich der Taxifahrer auf und begann, auf den Pförtner einzureden.

In diesem Moment kam ein BMW-Cabrio aus der Einfahrt und wartete ungeduldig, bis der Pförtner mit seiner Fernbedienung die Schranke öffnete. Es war Wenger. Ohne nach rechts oder links zu blicken, gab er Gas und raste auf die Hauptstraße zu. Mark folgte dem BMW einige Sekunden später und fuhr hinter dem gefährlich schnell fahrenden Wagen her.

Über den Theodor-Heuss-Platz und die Dammtorstraße

ging es mit halsbrecherischem Tempo in Richtung St.-Pauli-Landungsbrücken. Mark konnte kaum folgen. Plötzlich bog Wenger in eine kleine Seitenstraße ab. Das Manöver kam so unerwartet, dass Mark an der Abzweigung vorbeischoss und nach einer Vollbremsung zuerst einmal wenden musste.

»Mist!«, fluchte er. Hoffentlich hatte er Wenger jetzt nicht verloren. Er kramte in der Innentasche nach seinem Handy und wählte Christinas Nummer, während er erneut anfuhr. Christina meldete sich nicht. Er probierte es auf ihrem Handy. Die Straße, in die Wenger eingebogen war, war schlecht beleuchtet, das schlechte Wetter tat sein Übriges. Es hatte nun zu regnen begonnen, und der Scheibenwischer des Taxis schaffte es kaum, für freie Sicht sorgen.

Mark starrte mit zusammengekniffenen Augen die Straße hinab. Er konnte keine Rücklichter sehen. Entweder war Wenger ihm entwischt, oder er war hier irgendwo stehen geblieben und hatte das Licht schon ausgemacht. Da vorne, das konnte Wengers BMW-Cabrio sein. Mark fuhr an dem Wagen vorbei. Ja, das war das Kennzeichen. Der BMW stand vor einem schäbigen Wohnhaus, in dem nur wenige Fenster erleuchtet waren.

»Scheiße!«, fluchte Mark, als ihm klar wurde, dass er nicht mehr viel Zeit hatte. Sicher hatte der Besitzer des Taxis längst die Polizei verständigt, und bestimmt würden auch schon alle Kollegen nach dem von ihm gestohlenen Wagen Ausschau halten. »Verdammte Scheiße!«, wiederholte er und bremste scharf.

»Wie bitte?«

»Oh. Christina. Entschuldige.«

»Nette Begrüßung.«

»Christina. Du musst bitte unbedingt schnellstens in die ...« Mark sah sich um, doch es war kein Straßenschild zu sehen.«

»Wer spricht denn da?«

»Ich bin's. Mark.«

»Mark, das klingt aber gar nicht nach dir.«

Mark stieg aus und hastete die Straße zurück zu Wengers Auto. »Hör mir zu, Christina«, keuchte er ins Handy. »Ich glaube, es ist etwas passiert.«

»Was passiert? Ist alles in Ordnung mit dir? Geht's dir gut?«

»Mir geht es gut, Christina. Aber ich fürchte ...« Er war vor dem Haus angekommen. »Bitte, Christina. Sag sofort der Polizei, sie soll in die Brückenstraße 19 kommen. Das muss hier Veddel sein. Und sie sollen sich nicht um das gestohlene Taxi kümmern. Es geht um Leben und Tod!«

»Mark! – Mark?« Doch die Leitung war unterbrochen. Christina, die gerade in ihrem Arbeitszimmer am Schreibtisch gesessen hatte, brauchte einen Augenblick, ehe sie wieder zum Hörer griff und die Polizei anrief. Dann schnappte sie sich ihren Mantel und verließ im Laufschritt ihre Wohnung.

3.

»Endlich«, stöhnte Sobotta. »Ich dachte schon, ich überlebe es nicht, bis Sie kommen.«

»Sobotta, was haben Sie gemacht?« Wenger sah sich in der kleinen Wohnung um. Keine zwei Schritte entfernt von ihm lag ein Mann rücklings auf dem Boden, in seltsamer Verrenkung hingestreckt, den Kopf mit offenen Augen zur Seite gerichtet. »Ist er tot?«

Sobotta schluchzte nur.

»Ist er tot?«, fragte Wenger noch einmal. Doch eigentlich hatte er keinen Zweifel. Viel toter konnte ein Mensch nicht aussehen. Er hätte es prüfen können. Ein kurzer Handgriff an die Halsschlagader. Doch das wäre vielleicht der entscheidende Handgriff zu viel gewesen. »Können Sie aufstehen?«

Sobotta schüttelte den Kopf. »Ich, ich, ich ...« Er kam nicht weiter. Ein heftiger Schüttelanfall packte ihn. Wenger sah, dass mit Sobotta nicht mehr viel anzufangen war. »Wir müssen hier weg. Ist die Wohnung auf Ihren Namen gemeldet?«

Sobotta antwortete nicht, sondern hielt sich stöhnend den Kopf. Wenger packte ihn an den Schultern und schüttelte ihn. Ein lang gezogener Klagelaut hallte durch den Raum.

»Weiß jemand, dass Sie hier wohnen? Ist das Ihre Wohnung?«

»Sie gehört einem Bekannten«, brachte Sobotta mit Mühe hervor.

»Sind Sie hier nicht gemeldet?«

Sobotta schüttelte den Kopf. »Ich glaube, mein, mein ... Bein ist gebrochen. Er ist mir ... aufs Knie ... gefallen. Wenger, Sie müssen mir etwas geben. Ich, ich ... Ich kann nicht mehr. Ich brauche einen Schuss. Haben Sie was für mich dabei?«

Wenger sah sich noch einmal um. Eine schwierige Situation, gewiss. Aber noch lange keine ausweglose Situation. »Ja«, sagte er. »Ich habe was dabei. Moment.« Er holte einen Beutel aus der Innentasche seiner Jacke. »Machen Sie den Mund auf.«

»In den Mund?«

»Los, machen Sie schon auf.«

Sobotta drohte wegzukippen. Wenger nahm seinen Kopf und hielt ihn so, dass er ihm das Pulver in den Mund schütten konnte. Das Nasenbein war zweifellos gebrochen, hatte aber aufgehört zu bluten. Über der Lippe hatte sich eine dicke Kruste gebildet, die Augen waren blutunterlaufen.

»Ist das nicht zu viel?«, fragte der Verletzte.

»Durch den Mund nehmen Sie es langsamer auf. Nicht gleich schlucken. Hier.« Er schüttete Sobotta das Pulver in den Mund. Sobotta verdrehte die Augen, stöhnte leise. Seine Züge entspannten sich.

»Danke, Wenger«, flüsterte er, während der Arzt den Beutel wieder in seine Jackentasche steckte und ihn beobachtete.

»Keine Ursache«, sagte Wenger und packte ihn unter den Achseln. Sobotta röchelte, als Wenger die Wohnungstür aufstieß und ihn nach draußen schleifte.

4.

Mark machte kein Licht im Treppenhaus. Er stieg die dunklen Stufen vorsichtig hinauf. Zuerst war nichts zu hören, dann aber konnte er deutlich Wengers Stimme von oben vernehmen. *»Was ist passiert?«* Leise schlich er näher. Im dritten Stock war eine Tür halb angelehnt. Durch den Spalt war nicht viel zu erkennen. *»Ist er tot?«*

Mark schlich ganz nah heran und lauschte. Er wagte kaum zu atmen. Die Stimme des anderen klang, als ginge es ihm schlecht. Er stöhnte, presste seine Worte mühsam hervor. Jetzt sah Mark, dass nah bei der Tür die Beine eines Mannes lagen. War das Flemming? Konnte es sein, dass dort drinnen Flemming am Boden lag? Der Mann bewegte sich nicht. Es machte sich auch niemand an ihm zu schaffen. Meinte Wenger ihn, als er fragte, ob er tot sei?

Mark huschte an der Tür vorbei, um festzustellen, ob er von der anderen Seite aus mehr erkennen würde. Doch das war nicht der Fall. Er hörte, wie Wenger und der andere sich leise unterhielten und wie Wenger dann dem anderen die Anweisung gab, den Mund aufzumachen.

Wenig später schwang die Tür auf und Wenger kam rückwärts in gebeugter Haltung aus der Wohnung: Er zog den Körper eines anderen Mannes mit sich. Zuerst dachte Mark, dass es der Mann sei, den er auf dem Boden liegen gesehen hatte. Doch dann erkannte er jenen Sobotta, den Flemming observiert hatte. Er war halb bewusstlos und gab ein gurgelndes Geräusch von sich.

In dem Augenblick, in dem Mark Sobotta erkannte, entdeckte Wenger ihn. Einen Moment stand Wenger reglos da und starrte Mark an. Dann ließ er Sobotta fallen und ging einen Schritt zurück.

»Richter. Wie kommen Sie hierher?«

»Was machen Sie mit ihm, Wenger?«, fragte Mark und wich ebenfalls einen Schritt zurück. »Und wer ist der andere dort drinnen?«

Wenger lachte bitter auf. »Keine Ahnung. Scheiße nur, dass Sobotta ihn offenbar umgebracht hat.«

»Und jetzt wollen Sie Sobotta umbringen?«

»Ich Sobotta? Warum sollte ich?«

»Weil er zu viel weiß. Und weil ein Drogensüchtiger kein zuverlässiger Partner ist. Wenn er vor Gericht aussagen muss, sagte er am Ende Dinge, die Ihnen gar nicht gefallen.«

»Was faseln Sie da, Richter?« Wenger legte den Körper von Sobotta ab. Dessen Atem ging jetzt ganz flach.

»Was haben Sie ihm gegeben?«

»Ich ihm gegeben? Nichts!«

»Ich habe es gehört, Wenger. Spielen Sie keine Spielchen mit mir. Sagen Sie die Wahrheit.«

»Das bilden Sie sich nur ein. Er hat wahrscheinlich selbst etwas genommen. Er ist ein Junkie.«

Mark überlegte fieberhaft, wie er Wenger aufhalten und wie er Alarm schlagen konnte.

»Sie kennen sich mit Drohen gut aus. Ein bisschen *zu* gut.«

Wenger machte einen Schritt auf Mark zu. »Passen Sie auf, was Sie sagen, Richter! Sonst ...«

»Sonst was? Mich können Sie nicht überreden, den Mund aufzumachen, damit Sie mir irgendein Gift eintrichtern.«

Wenger lachte zynisch auf. »Machen Sie sich nicht lächerlich, Richter! Er ist nicht tot, nur bewusstlos«, sagte er mit beißendem Spott und nickte zu Sobotta hin. »Den Rest erledigt die Treppe hier. Wer so high ist, kann nun einmal nicht mehr sicher die Stufen hinuntergehen.« Er sprang vor und packte Mark am Arm. Es war der Arm mit der verletzten Schulter. Mark stöhnte auf und versuchte sich loszureißen. »Nett von Ihnen, dass Sie ihn aufhalten wollten.«

Mark sah aus den Augenwinkeln, wie sich die Wand neben Wenger blau färbte, dann wieder düster wurde und wieder blau. »Lassen Sie mich los!«

»Schade nur, dass Sie dabei mitgerissen wurden.« Wenger zerrte Mark zur Treppe. Mit dem Fuß versetzte er Sobotta einen Stoß und schob ihn so näher an den Treppenabsatz heran.

»Sind Sie wahnsinnig?«, brüllte Mark. Wieder bemerkte er das blaue Blinken. »Hören Sie sofort auf!« Er schrie so laut er nur konnte, vielleicht hörte ihn irgendjemand. Wenger riss an seinem Arm, dass ihm schwarz vor Augen wurde. Mark stolperte über den am Boden liegenden Sobotta. Nur mit Mühe konnte er sich am Geländer festhalten. Wenger ließ seinen Arm los und versuchte, Sobotta auf die Treppe zu schieben. Endlich wurde Mark klar, was dieses Licht bedeutete. »Polizei!«, schrie er. »Hilfe! Polizei!«

Wenger ließ von Sobotta ab, packte Mark erneut am Arm und schleuderte ihn mit aller Kraft gegen das Geländer. Mark taumelte. Unter ihm taten sich drei Stockwerke auf. Mit letzter Kraft krallte er sich an dem Geländer fest und versuchte, sich zu Boden gleiten zu lassen, damit Wenger ihn nicht hinunterstoßen konnte. Der Arzt packte ihn unter den Achseln und wuchtete ihn schließlich weg und stieß ihn erneut gegen das Geländer, das in diesem Augenblick mit einem lauten Knacken nachgab.

Eine Sekunde später wurde die Haustür aufgerissen, mehrere Polizisten stürmten mit gezückter Waffe in das Haus – und Mark wurde ohnmächtig.

13. Kapitel

1.

Marks Ohnmacht dauerte nicht lange. Als er die Augen aufschlug, standen vor ihm ein Paar Polizeischuhe, dahinter erblickte er den Kopf von Sobotta, der nun wieder zu röcheln begonnen hatte. Er versuchte, sich aufzurichten, doch die Schmerzen in Kopf und Schulter drückten ihn wieder auf den Boden zurück.

»Was ist hier los?«, hörte er einen der Polizisten sagen. »Wer sind Sie?«

»Mein Name ist Doktor Steffen Wenger. Ich bin Arzt.«

»Was ist hier vorgefallen?«

»Tja, genau kann ich Ihnen das auch nicht sagen. Offenbar hatten die drei Herren hier einen Streit. Einer rief bei uns in der Klinik an, es solle schnell jemand kommen und helfen.«

Der Polizist gab über Funk nach draußen durch: »Lasst ihr bitte mal drei Krankenwagen anrücken? Und die sollen schnell machen. Hier gibt's ein paar Verletzte und offenbar einen Toten. Sieht nicht gut aus.« Dann wandte er sich wieder Wenger zu. »Sind Sie mit dem Taxi unten gekommen?«

»Taxi?«, sagte Wenger. »Nein. Mein Wagen steht vor dem Haus.«

Der Polizist ging in die Wohnung und sah sich um. Mark hörte ihn leise fluchen: »Scheiße. Sicher wieder irgend so ein Junkie.« Er kam wieder raus. Mark stöhnte leise.

»Chef, der hier wacht auf«, sagte der Polizist, dessen Schuhe Mark vor der Nase hatte. Sein Chef beugte sich zu Mark herunter und sah ihm in die halb geöffneten Augen. »Können Sie sprechen?«

Mark spürte, dass ihm ein Zahn fehlte und dass seine Lippe aufgeplatzt war. Aber solange er den Kopf nicht bewegte, schien es einigermaßen zu gehen. »Ja«, sagte er. »Es geht. Sie müssen den Mann dort festnehmen.« Er wollte auf Wenger zeigen, doch der Schmerz in seinem Arm machte es unmöglich. »Er hat einen Menschen umgebracht und ...«

»Können Sie aufstehen?«

»Ich glaube nicht. Hören Sie, er hat einen Menschen auf dem Gewissen. Und der andere hier, den wollte er auch gerade ...«

»Sind Sie mit dem Taxi gekommen?«

»Mit dem Taxi?« Alles drehte sich in Marks Kopf. »Taxi«, wiederholte er. »Ja. Ja, ja. Aber Sie müssen ...«

»Sie sind festgenommen.« Der Polizist verlautbarte über sein Funkgerät: »Wir haben den, der das Taxi geklaut hat!« Er drehte sich um und sprach Wenger an. »Kennen Sie diesen Mann?«

»Das ist ein Herr Richter. Er war Patient in unserer Klinik.«

»Aha.« Zu seinem Kollegen sagte der Polizist. »Nehmen Sie die Daten auf. Und sehen Sie zu, dass er auf dem Weg aufs Revier versorgt wird. Ich will mir nicht wieder irgendwelche formalen Versäumnisse vorwerfen lassen.« Er wandte sich wieder Wenger zu. »Kann er aufstehen? Ist er transportfähig?«

Mark richtete sich endgültig auf. Seine Schulter war wieder gebrochen, das fühlte er genau. Sein Schädel dröhnte, aber seine Augen funkelten. »Herr Kommissar, Sie sprechen mit einem Mörder und ...«

»Herr Richter«, unterbrach ihn der Polizist. »Sagen Sie jetzt nichts Unüberlegtes. Wir werden Sie in Kürze verhören. Aber ich möchte doch sichergehen, dass Sie dann auch tatsächlich vernehmungsfähig sind, ja?«

Aus der Wohnung drang ein leises Stöhnen. Sobotta, wie Mark zuerst glaubte. Doch Sobotta lag hier an der Treppe. Einer der anderen Polizisten nahm Mark am Arm. Der schrie auf und zuckte zurück.

»Meine Schulter«, klagte Mark und kam sich jämmerlich vor, während Wenger ihn kalt angrinste.

»Das wird schon wieder, Herr Richter. Ich hoffe, dass Ihre beiden Freunde hier ebenso glimpflich davonkommen.«

Der Polizist, der ihn am Arm gepackt hatte, trat nun auf ihn zu. »Okay. Richter, Sie sind verhaftet, gehen wir.«

Mark fügte sich in sein Schicksal und stieg vorsichtig die Stufen hinunter. Jeder Schritt tat ihm weh. Er fühlte sich elend und hatte das Gefühl, sich übergeben zu müssen. »Sie führen hier gerade den Falschen ab«, presste er zwischen den Zähnen hervor.

»Klar«, sagte der Polizist nur. »Ich dachte, Sie hätten gerade zugegeben, dass Sie mit dem Taxi gekommen sind.«

»Was?«

»Na, das Taxi ist bei einem Raubüberfall entwendet worden. Wollen Sie etwa bestreiten, dass Sie es geklaut haben?«

»Raubüberfall!« Mark lachte bitter und bereute es sogleich. War da am Ende auch noch eine Rippe gebrochen? Unter größten Anstrengungen kam er endlich unten an, als gerade der erste Krankenwagen vorfuhr.

»Perfektes Timing«, freute sich der Polizist. »Hier, euer Patient!«, rief er den beiden jungen Männern vom Roten Kreuz zu. Die beeilten sich, aus ihrem Laderaum eine fahrbare Trage zu holen und sie für Mark bereitzustellen.

Mark setzte sich auf die Trage, und plötzlich überkam ihn eine unendlich Müdigkeit. Willenlos ließ er sich von den beiden Sanitätern über die ausklappbare Rampe in den Wagen schieben. Die Flügeltür blieb noch offen, während einer der Männer Marks Arm frei machte und desinfizierte, um eine Infusionsnadel zu legen. Mark verspürte den Impuls, sich zu wehren. Doch er brachte einfach nicht mehr die Kraft dafür auf. Durch seine halb geschlossenen Lider sah er, wie eine Gestalt in den Krankenwagen kam und sich ihm näherte. Sie streckte ihre Hand nach ihm aus, griff nach seinem Hals – Mark riss die Augen auf und schrie.

2.

»Mark, was ist passiert?«, fragte Christina und berührte ihn sanft an der Stirn.

Mark sank auf die Trage zurück und atmete erleichtert durch. »Oh, Christina. Wie gut, dass du da bist. Es ist ...«

»Darf ich fragen, was Sie da machen?«, drang die Stimme eines Polizisten von draußen an Marks Ohr. Offensichtlich hatte er sich an Christina gewandt.

Sie drehte sich um. »Hören Sie, Herr Kommissar, das ist mein Mann«, sagte sie. »Lassen Sie mich nur kurz nach ihm sehen, ja?«

»In Ordnung. Aber machen Sie schnell.«

»Danke.« Sie kam ganz nah an Marks Gesicht. »Wieso führen die dich ab? Was ist passiert?«

»Eine lange Geschichte«, presste Mark unter Schmerzen hervor. »Nur soviel: Ich habe den Mörder. Aber sie haben leider den falschen festgenommen.«

»Halten Sie dich etwa für einen Mörder? Mörder von wem?«

Mark schüttelte den Kopf. »Kannst du etwas für mich tun?«

»Klar ...« Christina sah ihn besorgt an. Es war offensichtlich, dass er litt. Sein Gesicht war verzerrt, sein Atem ging stoßweise.

Mark bemerkte Christinas Bestürzung und versuchte zu lächeln. »Das wird schon wieder, keine Sorge.« Er winkte sie noch ein bisschen näher. »Oben liegt ein Mann, den bestimmt auch gleich die Sanitäter holen werden. Ich dachte, er sei tot. Aber anscheinend lebt er noch. Versuch ihn zu fragen, was er heraus gefunden hat.«

»Herausgefunden? War er etwa in deinem Auftrag unterwegs?«

Mark schloss kurz die Augen. »Du kannst mir glauben, dass ich mir selbst die größten Vorwürfe mache. Hoffentlich kommt er durch.«

»Schon okay, ich wollte nicht ...«

»Noch etwas«, fiel ihr Mark ins Wort. »Kannst du den Sanitätern bitte sagen, dass ich Patient in der Feilhauer-Klinik bin? Ich habe da ein Bett. Die sollen mich nicht irgendwo hinbringen.«

»Mach ich«, sagte Christina und wollte schon gehen. Doch Mark hielt sie an der Hand fest und zog sie noch einmal zu sich heran. »Danke«, flüsterte er. »Danke, dass du gekommen bist.«

Sie gab ihm einen zarten Kuss. »Mein verrückter Held.« Damit sprang sie vom Krankenwagen und sah sich um. Einem der nahe stehenden Sanitäter gab sie Bescheid, dass Mark in die Feilhauer-Klinik gebracht werden solle.

»Das müssen wir zuerst mit der Polizei besprechen«, antwortete der.

»Kein Problem. Ich erledige das.«

Sie ging zu einem Uniformierten, der eben aus dem Haus trat und ganz die Aura des wichtigsten Mannes am Platz verbreitete, vermutlich der Einsatzleiter.

»Herr Kommissar? Christina Pfau von der Soko Laura. Ich weiß zufällig, dass der Mann, den Sie gerade verhaftet haben, in der Feilhauer-Klinik in Behandlung ist. Sie sollten ihn dorthin bringen lassen.«

»Aha. Frau – Pfau. Haben Sie auch eine Dienstmarke?«

»Leider nein. Ich bin nur ihre externe Expertin für Täterprofile. Aber wenn Sie meine Angaben bezweifeln, rufen Sie kurz bei Polizeihauptkommissar Degenhart an, Durchwahl 18. Er wird zwar nicht gerne um diese Zeit gestört, aber er wird Ihnen sicher bestätigen, wer ich bin.«

Der Polizist winkte müde ab. »Ich kenne Degenhart. Ich glaube Ihnen.« Seinen Kollegen wies er an: »Schickt den Festgenommenen in die Feilhauer-Klinik. Schmidt bleibt dort. Bis auf Weiteres.«

»Und ich sehe mir den Tatort mal kurz an, um ihn für meinen Teil abzugleichen.« Christina ging auf die Haustür zu.

»Sie glauben im Ernst, dass das was mit dem Fall Laura zu tun hat?«

»Was glauben Sie, warum ich hier bin, Herr Kollege?«
Die Tür zum Hausflur stand offen. Mit schnellen Schritten
lief sie hinüber und war drinnen verschwunden, noch ehe
der Kommissar etwas erwidern konnte. Sie beeilte sich, in
den dritten Stock zu kommen. Unterwegs wurde Sobotta
an ihr vorbeigetragen. Er war bewusstlos.

Als sie oben ankam, sah sie Wenger, der mit den Händen in den Hosentaschen neben der Wohnungstür stand.
Sie kannten sich nicht persönlich, doch sie hatten einander bereits gesehen. Das war auch Wenger in dem Moment
klar, in dem er sie auftauchen sah. Er machte einen Schritt
in die Tür, um Christina aufzuhalten.

Christina sah ihn ungerührt an.

»Soko Laura, wenn Sie mich bitte durchlassen«, raunzte
sie ihn an.

Irritiert trat Wenger beiseite. Christina huschte durch
die Tür und sah Flemming vor sich liegen, blutüberströmt
– und stöhnend.

Sie hockte sich neben ihn und sprach ihn an: »Hallo?
Hören Sie mich?« Sie ging näher an sein Ohr. »Können Sie
mich verstehen?«

Flemming nickte. Christina bemerkte, dass ihm mehrere Zähne fehlten. »Ich komme von Mark«, raunte sie ihm
ins Ohr. »Mark Richter. Kennen Sie ihn?«

Wieder nickte Flemming, doch diesmal etwas stärker.

»Er macht sich Sorgen um Sie. Und er hat mich geschickt, um zu fragen, ob Sie etwas herausgefunden haben.«

Die Worte kamen nur schwer über die Lippen des Verletzten. Doch Christina konnte verstehen, dass er etwas
von »Taschen« sagte.

»Soll ich in Ihren Taschen nach etwas suchen?«, fragte sie Flemming. Wieder nickte der, ehe sein Kopf zur Seite sank. Er hatte wieder das Bewusstsein verloren.

Christina sah sich um. Wenger stand in der Tür und starrte sie an. »Was machen Sie da?«, fragte er mit lauernder Stimme. Er trat einen Schritt näher. »Was haben Sie mit ihm gesprochen?«

»Das geht Sie nichts an«, erwiderte Christina und stand auf. Sie sah sich um. Der Raum sah aus wie ein Kriegsschauplatz. Sie fühlte sich in die Enge getrieben, als Wenger einen weiteren Schritt auf sie zukam. »Ich kenne Sie«, sagte er, doch es war deutlich zu hören, dass er nicht wusste, woher.

In diesem Augenblick kamen die Sanitäter mit der Trage für Flemming herein. »Vorsicht! Zur Seite!« Sie setzten ihre Trage ab, schoben Flemming vorsichtig auf ein Tuch, das sie ausbreiteten, und hoben ihn dann behutsam auf die Trage. Wenger ging wieder vor die Tür, um die Sanitäter durchzulassen.

»Moment, ich helfe Ihnen«, sagte Christina und verschnürte den Gurt, mit dem die Patienten auf der Trage fixiert wurden, um Flemmings Taille. Dann stieg sie neben der Trage die Treppen hinab, Flemming seitlich stützend. »Danke«, sagte einer der Sanitäter, als sie unten waren.

»Gerne«, antwortete Christina und steckte die Hände in ihre Manteltaschen – und die beiden Beutel, die sie aus Flemmings Taschen gezogen hatte.

3.

»Schon wieder Sie, Herr Richter?« Die Frau am Empfang traute ihren Augen nicht, als sie Mark auf der Trage eintreffen sah. Die beiden Sanitäter füllten ein Formular aus und brachten Mark dann in die Abteilung von Doktor Englisch. Ein Polizist, der sie eskortiert hatte, blieb an seiner Seite, während sie auf Englisch warteten.

»Wieso haben Sie eigentlich das Taxi gestohlen?«, fragte der Polizist, der im Behandlungszimmer auf und ab ging.

»Ich habe es nicht gestohlen«, sagte Mark. »Ich habe es mir nur ausgeliehen.«

»Ausgeliehen. So, so. Und warum haben Sie dann den Taxifahrer nicht gefragt, ob er es Ihnen leiht?«

»Er hätte mich fahren wollen.«

»Natürlich hätte er Sie fahren wollen, das ist sein Job!« Mark war der Polizeibeamte sympathisch. Man merkte, dass er seine Arbeit ernst nahm und dabei doch versuchte, auch im Straftäter den Menschen zu sehen.

»Wenn er mich gefahren hätte, dann wäre mir Wenger entwischt.«

»Wenger?«

»Der Mann, den ich verfolgt habe.«

»Sie meinen, weil der Taxifahrer sich an die Verkehrsregeln gehalten hätte?«

»So könnte man es sagen«, bestätigte Mark.

Der Polizist schnaubte durch die Nase. »Na, Ihr Punkteregister in Flensburg möchte ich nicht sehen – bei der Einstellung.«

»Oh«, entgegnete Mark, »dabei würde sich das durchaus lohnen!«

Doktor Englisch trat ein. »Herr Richter!«, begrüßte er den Patienten. »Was führt Sie zu mir?« Er warf einen Blick auf den Polizisten. »Und diesmal mit Polizeischutz? Ich hoffe, Sie hatten bei Ihrem letzten Aufenthalt keine Angst um Leib und Leben?« Er zwinkerte Mark zu, was ein wenig gezwungen wirkte. Aber Mark konnte ihn verstehen. Zweifellos war Englisch nach seinen jüngsten Erlebnissen mit der Polizei verunsichert.

»Danke«, sagte Mark. »Ich fürchte, man will eher Sie vor mir schützen.«

Englisch blickte mit hochgezogenen Augenbrauen von einem zum anderen. Der Polizist räusperte sich. »Herr Richter hier ist wegen eines Eigentumsdeliktes vorläufig festgenommen. Als *mutmaßlicher* Täter«, ergänzte er, um der Mitteilung die Schärfe zu nehmen.

»Aha«, kommentierte Englisch. »Demnach bewachen Sie ihn?«

»Das ist richtig.«

»Aber er ist jetzt Patient und braucht zuerst einmal eine Behandlung.«

»Deshalb sind wir hier«, bestätigte der Polizist.

»Würden Sie dann bitte draußen warten?«

»Tut mir leid, ich ...«

»Es geht hier um die ärztliche Schweigepflicht«, sagte Englisch, der offensichtlich seine Selbstsicherheit wiedergefunden hatte. »Und Sie wollen mich doch nicht zwingen, sie zu brechen? Wenn ich Sie denn also bitten dürfte, draußen zu warten ...«

Der Polizeibeamte schnaubte verächtlich durch die Nase

und sah stirnrunzelnd von Mark zu Englisch und von Englisch zu Mark ...

»Na gut«, presste er schließlich hervor, sichtlich unzufrieden mit der Situation, in der ihm das Gesetz wieder einmal die Mittel genommen hatte, seine Arbeit mit größtmöglicher Effektivität auszuüben. Er blickte Mark in die Augen. »Ich gehe jetzt raus«, erklärte er. »Aber machen Sie keinen Unsinn, Herr Richter. Ich habe die Befugnis, im Notfall von der Waffe Gebrauch zu machen und ...«

»Keine Sorge«, unterbrach ihn Mark. »Sie können sicher sein, dass ich Ihnen nicht davonlaufe. Die paar Stunden halte ich es schon aus.«

»Paar Stunden?«

»Bis Sie mich wieder auf freien Fuß setzen, weil sich alles aufgeklärt hat.«

Ohne noch ein weiteres Wort zu sagen, drehte sich der Polizist um und ging vor die Tür.

Englisch wandte sich wieder Mark zu. »Tut mir leid zu hören, dass man Sie verdächtigt. Ich kann Ihnen gut nachfühlen, wie es Ihnen dabei gehen muss.«

»Ja, das glaube ich Ihnen gerne, Herr Englisch. Nach allem, was Sie in den letzten Wochen durchgemacht haben.«

»Ach, Sie wissen davon?«

»Zufällig. Um aufrichtig zu sein: Ich glaube sogar, dass ich mehr über den Fall weiß als Sie.« Mark blickte ihn bedeutungsschwanger an, während Englisch seine Schulter abtastete.

»Was heißt das?«, fragte Englisch. Er war ganz offensichtlich auf der Hut.

»Das heißt, dass ich weiß, wie Schwester Beate ums Leben gekommen ist.«

Englisch hielt inne. »Wie, Sie *wissen* es? Dann wissen Sie tatsächlich mehr als ich.«

Mark nickte. »Ich dachte mir, dass Sie das sagen würden. Au!« Englisch hatte die sensible Stelle erwischt, an der der Schmerz in Marks Schulter fast unerträglich war. Es dauerte einige Augenblicke, ehe er weitersprechen konnte: »Erklären Sie mir eines, Herr Englisch. Warum hat die Polizei Sie wieder laufen lassen? Ich meine, alles sah doch nach Unfallflucht aus, die kriminaltechnischen Gutachten haben zweifellos ergeben, dass es Ihr Wagen war, der Schwester Beate erfasst hat. Der Pförtner hat ausgesagt, dass Sie das Klinikgelände kurz nach Schwester Beate verlassen haben ... Das sind mehr als genügend Indizien, um Sie wegen fahrlässiger Tötung und unterlassener Hilfeleistung vorläufig in Haft zu lassen.«

»Sie haben Ölspuren auf der Fußmatte gefunden, die nicht zu meinen Schuhen passten«, sagte Englisch, während er Marks Brust und Rippen abtastete, um zu sehen, ob es womöglich noch einen zweiten Bruch gab.

»Zu Ihren Schuhen? Sie könnten andere getragen haben.«

»Ich habe der Polizei sofort erlaubt, mein ganzes Haus zu durchsuchen. Sie haben alle meine Schuhe untersucht.«

»Sie könnten das Paar Schuhe weggeworfen haben.«

Englisch nickte. »Ja. Aber die Ölspuren waren nicht das Einzige. Man hat auch noch Haare auf der Kopfstütze gefunden, die nicht von mir stammten ...«

»Ach«, sagte Mark und musste trotz seiner Schmerzen lächeln. So spielte einem Kommissar Zufall in die Hände. Er schwieg eine Weile. »Eines bleibt trotzdem unklar«, sagte er dann. »Sie sagen, Sie seien zu dem Zeitpunkt, als der Unfall geschehen ist, in Ihrem Büro gewesen. Warum?«

»Wie bitte?«

»Ich habe mich mit einigen Schwestern, mit Putzfrauen und anderen Mitarbeitern hier unterhalten – keine Sorge, alles ganz unauffällig. Alle haben gesagt, dass Sie nachts nicht sehr oft in der Klinik sind. Warum haben Sie ausgerechnet jene Nacht im Büro verbracht?«

Englisch drehte sich um und bereitete eine Spritze vor. »Sie wissen wahrscheinlich, dass ich mit Schwester Beate liiert war?«, fragte er, während er eine Ampulle knackte und die Spritze aufzog. »Ich gebe Ihnen eine Spritze gegen die Schmerzen. Und dann röntgen wir Sie.«

»Ja, das weiß ich. Sie hatten ein Verhältnis mit ihr.«

»Es war mehr als das.« Englisch schob Marks Ärmel hoch und angelte nach einer Desinfektionsflasche. »Es war Liebe. Meine Frau und ich leben in Trennung.«

»Hätten Sie sie geheiratet?«

»Ich denke, die Frage wäre eher gewesen, ob sie mich geheiratet hätte ...«

»Verstehe.«

»So. Jetzt wird es kurz kalt.« Englisch sprühte die Ader an Marks Arm ein.

»Sie haben meine Frage noch nicht beantwortet.«

»Ihre Frage?«

»Warum Sie in der besagten Nacht im Büro geblieben sind.«

»Beate hatte mir eine Nachricht geschrieben, dass sie mich sprechen wolle und dass ich auf sie warten solle.«

»Und? Ist sie gekommen?« Mark spürte den Stich. Englisch war offenbar nervös, so ruppig wie er die Nadel in seine Haut gerammt hatte.

»Nein. Ist sie nicht. Und am nächsten Tag habe ich dann erfahren, dass sie tot ist.« Englisch zog die Nadel wieder heraus und drückte einen Tupfer auf Marks Arm.

»Verstehe«, sagte Mark. »Wer hat Ihnen denn die Nachricht von Schwester Beate überbracht?«

»Sie selbst. Sie hat mir eine SMS geschickt.«

Mark spürte, wie ihm leicht schwindelig wurde. »Würden Sie bitte mal in meine Tasche greifen?«, fragte er den Arzt und nickte zu seiner Brusttasche hin. Englisch langte hinein und zog einen Zettel hervor. »Kennen Sie diesen Brief?«, fragte Mark und beobachtete Englisch sehr genau.

Der Arzt schüttelte den Kopf. »Nein«, sagte er mit belegter Stimme.

»Aber Sie kennen die Schrift.«

Englisch nickte. »Ja. Die kenne ich.«

4.

»Nun beruhigen Sie sich, beruhigen Sie sich doch!«, rief Schwester Gudrun und versuchte, den Patienten auf der Liege mit sanfter Gewalt dazu zu bringen, still zu liegen. Die Verletzungen, mit denen er eingeliefert worden war, waren nicht allzu gravierend. Ein paar Platzwunden, Prellungen, der Verdacht auf Fraktur einer Rippe. Aber wenn sich der Mann weiterhin so aufführte, war an eine Röntgenaufnahme nicht zu denken. »Ich glaube, ich muss Ihnen etwas zur Beruhigung geben«, stellte Schwester Gudrun fest.

»Ja! Das sage ich doch!«, schrie Sobotta. »Geben Sie mir was!«

Sein Atem ging sehr schnell, der Mann war nah am Hyperventilieren.

»Augenblick«, sagte Schwester Gudrun und nahm eine Spritze und ein Beruhigungsmittel aus der Schublade. Sie steckte eine Kanüle auf die Spritze und zog vorsichtig eine kleine Dosis auf.

»Lassen Sie mich das machen«, hörte sie von Tür her eine Stimme sagen.

»Doktor Wenger!«

»Legen Sie die Spritze hin, und sehen Sie nach dem anderen Patienten, der gerade reingekommen ist.«

Schwester Gudrun tat wie ihr geheißen und entfernte sich. Sie war froh, nicht länger mit dem sich immer wieder aufbäumenden Mann in einem Raum sein zu müssen.

»Wenger«, keuchte Sobotta. »Gut, dass Sie da sind.«

»Ja. Gut, dass ich da bin«, bestätigte der Arzt. »Sind Sie gut hergekommen?«

»Geht so. Ich brauche dringend etwas für die Nerven.«

»Sie brauchen Stoff.«

»Ja, ich brauche Stoff, Mann!«, rief Sobotta. »Und?«

»Seien Sie leise. Sonst kann ich gar nichts für Sie tun.« Wenger streifte sich ein Paar Latexhandschuhe über. »Haben die Polizisten Sie noch etwas gefragt unterwegs?«

»Klar«, sagte Sobotta. »Sie haben mir ständig was aus der Nase zu ziehen versucht.«

»Und?«

»Und was? Ich habe natürlich nichts gesagt. Kein Wort.«

»Das ist gut.« Wenger drehte sich um und nahm die Spritze zur Hand und das Fläschchen mit dem Beruhigungsmittel. Vorsichtig zog er die Spritze ganz auf. »So«, sagte er mit ruhigem Ton. »Dann wollen wir mal sehen, dass wir Sie wieder ruhig bekommen.«

Sobotta schaute skeptisch auf die Spritze und auf Wenger. »Ist das nicht zu viel Stoff?«

»Sie brauchen es doch, oder?«

»Dringend, Wenger, machen Sie schon!«, hechelte Sobotta.

Wenger beugte sich über den Patienten und klopfte auf die Ader in seiner Armbeuge.

»Die ist dicht«, sagte er dann. »Wir versuchen es besser an der Hand.« Er wiederholte seine Untersuchung und fand eine Vene, die ihm geeignet schien, und setzte die Nadel an.

In diesem Augenblick wurde die Tür aufgerissen, und Englisch stürmte in das Behandlungszimmer.

»Stopp!«, herrschte er Wenger an. »Legen Sie sofort die Spritze aus der Hand.«

»Was wollen Sie, Englisch? Mir drohen?« Wenger blickte seinen Kollegen höhnisch an. »Sie haben in dieser Klinik keine Zukunft mehr!«

»Die Dosis ist tödlich!«, polterte Englisch und kam auf Wenger zu. Sobotta, der wie erstarrt dagelegen hatte, riss die Hand zurück. Englisch sprang nach vorne und versuchte, Wenger von Sobotta wegzuzerren.

Da stürzte auch Mark in den Raum und eilte Englisch zur Hilfe.

Wenger zögerte keine Sekunde, trat Englisch mit dem Knie in den Unterleib, stieß ihn von sich, rannte zur Tür. Im Vorbeilaufen versetzte er auch Mark einen kräftigen Stoß gegen die verletzte Schulter, knallte die Tür hinter sich zu und war verschwunden.

295

Vor Schmerzen wurde Mark schwarz vor Augen. Mühsam richtete er sich auf und blickte in das Zimmer, in dem Sobotta immer noch auf dem Behandlungstisch lag und Englisch sich mit einer Hand an der Liege abstützte und mit der anderen den Bauch hielt. Der Arzt atmete tief durch, dann bückte er sich, um die Spritze aufzuheben.

»Halt!«, rief Mark. »Fassen Sie sie nicht an!«

Englisch hielt inne. »Sie haben recht«, sagte er. »Wengers Fingerabdrücke.«

Mark nickte. »Kommen Sie mit ihm zurecht?«, fragte er und nickte zu Sobotta hin.

»Natürlich.«

Mehr wollte Mark nicht wissen. Er setzte sich in Bewegung. Humpelnd und unter Schmerzen lief er den Flur hinab zum Lift und fuhr damit nach unten. Als er auf den spärlich beleuchteten Hof hinaustrat, sah er Wengers Cabrio gerade den Pförtner passieren. Mark sah sich um. Kein Taxi diesmal. Aber einer der Krankenwagen, die ihn und Sobotta gebracht hatten, stand noch da. Die beiden Sanitäter standen an die Laderampe gelehnt und rauchten eine Zigarette.

Mark ging um den Wagen herum, sodass sie ihn nicht sehen konnten – und dann war alles eine Frage der Geschwindigkeit: die Tür aufreißen, in den Wagen klettern, den Motor anlassen, gleichzeitig starten und die Knöpfe für Blaulicht und Martinshorn drücken. Die beiden jungen Männer standen erst wie gelähmt da. Es erschien ihnen unfassbar, dass jemand ihren Wagen stehlen wollte. Als sie sich aus ihrer Erstarrung gelöst hatten und hinterherliefen, um Mark aufzuhalten, war der bereits kurz vor der Ausfahrt. Glücklicherweise war die Schranke noch geöffnet.

Mark schoss auf die Straße hinaus. Er überlegte. Vermutlich würde Wenger stadteinwärts fahren. In der Innenstadt würde er eventuelle Verfolger leichter abschütteln können. Und tatsächlich: Nach einigen Minuten sah er die Rücklichter von Wengers Wagen vor sich. Wahrscheinlich wiegte Wenger sich mittlerweile in Sicherheit und hielt sich aus diesem Grund an das Tempolimit, um nicht in eine Verkehrskontrolle zu geraten.

Schnell hatte Mark aufgeholt. In diesem Augenblick wurde ihm klar, dass er immer noch mit Martinshorn und Blaulicht durch die Stadt raste. »Auffälliger geht wohl nicht«, murmelte er verärgert und schaltete beides aus. Zu spät. Wenger hatte ihn im Rückspiegel bemerkt und bog schnell in eine Seitenstraße ab. Mit quietschenden Reifen folgte ihm Mark. Der BMW war zwar schneller und wendiger, aber der Verkehr wurde jetzt dichter, und Wenger musste immer wieder abbremsen. Sie jagten hintereinander her über die Lombardsbrücke und dann Richtung Süden zur Elbe, an der alten Speicherstadt vorbei.

Plötzlich riss Wenger das Steuer herum und verschwand in einer der kleinen Straßen am Zollhafen. Hier irgendwo musste das Haus gewesen sein, in dem Sobotta gewohnt hatte. Mark hätte Wenger beinahe verloren. Doch dann sah er die Bremslichter des BMW in der Dunkelheit aufleuchten. Wenger hatte eine Auffahrt auf die Harburger Chaussee genommen und vergrößerte den Abstand.

Das Funkgerät knackte. »Wagen 34? Hören Sie?«

Mark reagierte nicht. Er starrte nur in die Nacht, in der sich die Rückleuchten von Wengers Wagen immer weiter entfernten.

»Wagen 34? Melden Sie sich bei der nächsten Polizeidienststelle. Sie haben keine Chance. Die Fahndung nach Ihnen ist bereits angelaufen. Ersparen Sie sich viel Ärger und stellen Sie sich!«

Mark sah auf die Armaturen und suchte nach einer Möglichkeit, per Funk zu antworten.

»Hören Sie?«, er drückte einen der Knöpfe, auf dem ein Lautsprecher abgebildet war. »Hallo?«

»Ja? Wagen 34?«

»Ich nehme an, ja! Ich habe mir Ihren Wagen genommen, weil ich einen Mörder verfolge!«

Einige Momente verstrichen, ehe sich die Stimme aus dem Lautsprecher zurückmeldete.

»Okay«, sagte sie. »Geben Sie uns Ihre Position durch. Wenn wir wissen, wo Sie sind, können wir Ihnen helfen.«

»Hafengegend. Veddeler Damm«, keuchte Mark. Jetzt sah er die Lichter von Wengers Wagen wieder näher kommen. »Das geht hier irgendwo Richtung Kuhwerder oder Kaiser-Wilhelm-Hafen. Irgendwo in der Gegend. Kommen Sie schnell!«

»Wir sind bald bei Ihnen, und machen Sie keinen Unsinn«, tönte die Stimme aus dem Lautsprecher.

Mark gab wieder Vollgas und raste die engen Straßen entlang. Und tatsächlich tauchte schließlich wieder der BMW vor ihm auf. Wenger hatte offenbar geglaubt, er hätte seinen Verfolger abgeschüttelt. Jetzt trennten sie nur noch einige Autolängen voneinander. Mark erkannte, dass vor ihnen eine Sackgasse war, offenbar hatte Wenger sich verfahren. »Und jetzt wollen wir mal sehen, wer hier der Stärkere ist.« Er drückte wieder die Knöpfe für Blaulicht und Martinshorn und raste auf Wenger zu. Der brauchte einen Moment, um die Situation zu erfassen, riss dann das Steuer herum und versuchte, seinen Wagen zu wenden. Mark sah das Manöver voraus und nahm kurz den Fuß vom Gas, um in Schlangenlinien auf den ihm jetzt entgegenkommenden Wenger zuzufahren. So würde der BMW nicht an ihm vorbeikommen.

Wenger kam näher. Schon konnte Mark seine Gesichtszüge hinter dem Steuer erkennen. Beide Fahrzeuge rasten aufeinander zu. Mark war klar, dass sein Krankenwagen um einiges schwerer war als Wengers BMW. Er konnte es sich leisten, notfalls einen Unfall zu provozieren, wenn das das einzige Mittel war, um Wenger aufzuhalten.

Auch Wenger war die Situation klar. Als sie nur noch einige Meter voneinander entfernt waren, scherte Wenger nach rechts aus und versuchte verzweifelt, seinen Wagen an dem Krankenwagen vorbeizumanövrieren – um im nächsten Augenblick über ein Geländer hinauszujagen und mit seinem Wagen auf eine tiefer gelegene Ladefläche zu stürzen.

5.

Auf dem Polizeirevier herrschte Hochbetrieb. Ricarda trat ein, als ein Polizist gerade aus dem Amtszimmer hastete. Zuerst nahm niemand von ihr Notiz. Dann fiel sie einem der diensthabenden Beamten auf. »Wie sind Sie hier reingekommen?«

»Durch die Tür.«

»Wer hat Ihnen geöffnet? Hier ist Zutritt nur auf Knopfdruck.«

»Ach so«, sagte Ricarda. »Nun, einer Ihrer Kollegen hat aufgemacht, und ich bin reingekommen.« Sie sah den Mann in aller Unschuld an.

»Und was möchten Sie?«

»Ich habe nur etwas abzugeben.« Sie legte eine große Plastiktüte auf die Theke und nahm mehrere kleine Beutel sowie einen Umschlag heraus. »Also«, sagte sie, »hier haben wir erstens einen Beutel mit Perücke, zweitens einen Beutel mit einem gebrauchten Kopfkissen, drittens einen Beutel mit weißem Pulver, viertens einen Umschlag mit mehreren Dokumenten.« Sie öffnete den Umschlag und zog zwei kleinere Umschläge hervor. »Erstens ein genetisches Gutachten über den Träger der Perücke. Zweitens ein genetisches Gutachten über den Benutzer des Kopfkissens. Drittens ein genetisches Gutachten eines gewissen Doktor Englisch. Viertens ein Gutachten eines biochemischen Instituts darüber, dass die DNA des Trägers der Perücke nicht mit der DNA von Doktor Englisch identisch ist. Fünftens ein genetisches Gutachten darüber, dass die DNA des Benutzers des Kopfkissens identisch ist mit der DNA des Trägers der Perücke ...«

»Hören Sie«, unterbrach sie der Polizist. »Was wollen Sie mit dem ganzen Zeug? Was soll das hier?«

Ricarda nahm ungerührt einen Zettel aus der Tüte. »Und hier ist noch ein Zettel, auf dem Sie mir bitte den Erhalt der gesamten Beweismittel quittieren wollen.« Sie legte den Zettel vor den Polizisten hin. »Bitte hier! Datum steht schon drauf, Uhrzeit trage ich nach.«

Der Polizist sah Ricarda einen Augenblick an, als hätte er eine Verrückte vor sich, und nahm dann den Zettel und betrachtete ihn. »Und von wem sind diese Sachen?«

»Das kann ich Ihnen leider nicht sagen«, entgegnete Ricarda. »Ich bin nur als Kurier hier. Da draußen steht mein Wagen.« Sie zeigte durch das Fenster, vor dem ein rosaroter Golf parkte.

»Da dürfen Sie aber nicht stehen«, sagte der Polizist. »Das ist nur für Einsatzfahrzeuge.«

Ricarda sah ihn aus unschuldigen Augen an. »Deshalb wäre ich Ihnen wirklich dankbar, wenn Sie jetzt schnell machen, Herr Oberkommissar. Ich will nicht im Weg stehen.« Sie zwinkerte ihm zu. »Und einen Strafzettel will ich auch nicht bekommen.«

Der Beamte nahm einen Stift, sah Ricarda noch einmal skeptisch an, unterzeichnete dann und gab ihr die Quittung zurück. Ricarda schnappte sich den Zettel, drehte sich um und eilte zur Tür. »Machen Sie mir auf?«, rief sie nach hinten.

Der Polizist drückte den Knopf, und die Türe summte. »Ja, aber für wen ist die Sendung denn überhaupt?«, rief er ihr hinterher. Doch Ricarda war schon draußen. Sie sprang hinters Steuer und fuhr los. Als sie um die Ecke gebogen war, blieb sie stehen, nahm ihr Handy und wählte eine Nummer.

»Kommissar Grubert? – Ich habe eine Nachricht für Sie. – Wenn Sie im Fall der getöteten Krankenschwester Beate Weidlich weiterkommen wollen: Es liegen einige sehr interessante Beweismittel auf der Polizeistation 8 für Sie bereit. Viel Spaß bei den Ermittlungen!«

14. Kapitel

1.

Mehr als ein Augenpaar richteten sich auf die zwei äußerst gut aussehenden Frauen, die auf eines der Taxis zugingen. »Hey«, rief einer der Fahrer von vorne. »Hier geht es weiter.«

»Schon mal was von Beförderungspflicht gehört? Außerdem geht's hier um was Privates«, rief eine der Frauen und winkte dem Mann fröhlich zu, ehe sie in das betreffende Taxi vorne einstieg und die andere Frau auf dem Rücksitz Platz nahm.

Der Fahrer sah sie überrascht an. »Was Privates?« Es fiel ihm nicht leicht, seinen Blick von den wohlgeformten Beinen der neben ihm sitzenden Frau zu lösen. Er leckte sich unbewusst die Lippen und schaute kurz in den Rückspiegel, aus dem ihn eine zwar nicht ganz so junge, aber nicht minder attraktive Frau anlachte.

»Ganz privat«, bestätigte diese.

»Sie wollen also nicht irgendwo hinfahren?«

»Nein«, sagte die junge Frau, die auf dem Beifahrersitz saß, und nahm einen Umschlag aus ihrer Handtasche. »Aber wir bezahlen trotzdem.«

»Tut mir leid, das verstehe ich nicht.« Der Taxifahrer schaute so verdattert drein, dass die junge Frau beinahe laut aufgelacht hätte.

»Hören Sie«, sagte sie und versuchte ernst dreinzublicken. »Manchmal ist es nötig, einen starken Charakter zu zeigen. Ich sehe Ihnen an, dass Sie ein Mann von Format sind.«

Der Mann glotzte sie nur sprachlos an.

»Sagen Sie nichts. Wir wissen das, Sie wissen das, wir müssen gar nicht drüber reden. Was machen Sie, wenn Sie nicht Taxi fahren?«

»BWL. Achtes Semester.«

»Na, dann wissen Sie außerdem noch mit Geld umzugehen, nicht wahr?« Sie reichte ihm den Umschlag, den der Fahrer zögerlich nahm und öffnete. Verblüfft machte er ihn wieder zu.

»Ich verstehe kein Wort ...«

»Nun, wir fänden es richtig, dass ein Mann von Ihrem Weitblick sein Studium ein wenig abkürzt. Sagen wir, das ist ein Stipendium. Und es ist auch an fast keine Bedingungen geknüpft.«

»Fast keine Bedingungen?« Der Taxifahrer musste schlucken. Er hatte plötzlich einen ganz trockenen Mund. »Was heißt das denn? *Fast* keine Bedingungen.«

»Ach«, die junge Frau winkte lässig ab, die etwas ältere tätschelte ihm freundschaftlich die Schulter, »es ist mehr so eine Geste, zu der Sie bestimmt gerne bereit sind ...«

2.

»Guten Abend, Herr Doktor Richter. Darf ich mich zu Ihnen setzen?«

Mark sah von seiner Zeitung auf und hob überrascht die Augenbrauen. »Aber gerne. Nehmen Sie Platz.«

»Danke.«

»Wo haben Sie Ihren Kollegen gelassen?«

»Der hat zu tun. Ich bin alleine gekommen.«

Ein Ober trat an den Tisch. »Darf ich dem Herrn etwas bringen?«

Kommissar Grubert überlegte kurz. »Einen Tee vielleicht? Einen schwarzen?«

»Einen Darjeeling? Assam? Earl Grey?«

»Haben Sie auch Friesenmischung?«

»Sehr wohl, mein Herr.« Der Ober verbeugte sich leicht und entfernte sich.

»Ziemlich vornehm, der Club.« Grubert sah anerkennend in die Runde. Es saßen noch einige andere Herren in großen ledernen Fauteuils, studierten die Zeitung, rauchten eine Zigarre oder unterhielten sich mit gedämpften Stimmen.

»Ja, so kann man das sagen«, stimmte Mark zu. »Piekfein, wie mein alter Herr gesagt hätte.«

Grubert nickte. »Ich habe vom Tod Ihres Vaters gehört«, sagte er. »Mein Beileid.«

»Danke.« Mark legte nun endlich die Zeitung weg und wandte sich ganz seinem Gegenüber zu. »Aber deshalb sind Sie nicht gekommen, vermute ich?«

»Das ist richtig.« Kommissar Grubert nahm ein Päckchen Zigaretten aus seiner Jackentasche. »Stört es Sie, wenn ich rauche?«

»Ja, aber machen Sie sich nichts daraus«, entgegnete Mark. »Hier rauchen fast alle. Und die Zigarette ist wenigstens in fünf Minuten weggeraucht. Die dicken Zigarren, die man im Club gerne ansteckt, brauchen wenigstens eine halbe Stunde.«

»Oh«, sagte Grubert, zögerte kurz und steckte dann das

Zigarettenpäckchen wieder weg. »Muss eigentlich nicht sein. Ist auch für mich besser.«

Mark setzte eine amüsierte Miene auf. »Jetzt aber raus mit der Sprache. Was wollen Sie von mir? Sind Sie immer noch auf der Suche nach diesem, wie hieß er, Bond?«

»Sie meinen Flemming.«

»Flemming!« Mark schlug sich an die Stirn, als würde endlich der Groschen fallen. »Richtig. Flemming. Und? Haben Sie ihn? Oder suchen Sie ihn immer noch?«

Der Polizist lehnte sich nach vorne und stützte die Arme auf den kleinen Mahagonitisch. »Hören Sie, Herr Doktor Richter, lassen wir doch das Katz-und-Maus-Spiel. Wir wissen beide, dass Sie Flemming kennen. Aber darum geht es mir jetzt gar nicht.«

Der Ober trat wieder an den Tisch und brachte den Tee. »Darf ich?«

»Bitte.«

»Danke.«

Er stellte das Tablett mit dem Kännchen, einer Tasse, einem silbernen Teesieb und einem kleinen Porzellanschälchen mit winzigem Gebäck vor Grubert ab. Dieser wartete, bis der Kellner wieder verschwunden war und fuhr fort: »Ich bin hier, um mich bei Ihnen zu bedanken.«

»Um sich zu bedanken?« Nun war es Mark, der sich in seinem Sessel leicht aufrichtete und zu seiner Tasse griff. »Wofür?«

»Uns ist klar, dass Sie uns in dem Fall Beate Weidlich tatsächlich auf die richtige Spur gebracht haben.«

»Ah.« Mark blieb in der Deckung.

»Ich weiß, ich weiß, wir wollten es lange nicht wahrhaben. Ich muss aber zum Ehrenschutz meiner Kollegen sagen, dass Ihre These wirklich ziemlich an den Haaren herbeigezogen klang. Und dann haben Sie sich auch nicht gerade so verhalten wie die Unschuld in Person.«

»Also bitte!« Mark tat brüskiert.

»Na, ich muss schon sagen«, verteidigte sich Grubert, während er das Teesieb aus der Kanne nahm und sich eine Tasse einschenkte, »erst entwenden Sie ein Taxi, dann geraten Sie in eine Schlägerei, dann entwenden Sie auch noch einen Krankenwagen – und zu allem Überfluss stellt sich auch noch heraus, dass Sie wichtige Zeugen haben bespitzeln lassen.«

»Täter, Herr Grubert«, verbesserte Mark. »Täter.«

»Nicht zu vergessen«, fügte der Kommissar an, »Ihre fragwürdigen Fahrkünste.«

Mark lehnte sich in seinem Sessel zurück. »Das muss ich nicht kommentieren«, stelle er fest und nahm einen Schluck von seinem Kaffee.

»Wie auch immer«, brummte Grubert. »Auf jeden Fall hat sich herausgestellt, dass Ihre Verdächtigungen nicht falsch waren.« Er nahm einen Schluck Tee. »Wussten Sie, dass Wenger einen Mordversuch an Sobotta begangen hat?«

»Ich dachte es mir«, sagte Mark. »Die Dosis in der Spritze war doch wohl ziemlich üppig – und die Dringlichkeit, mit der Wenger sie ihm verpassen wollte ...«

»Wenger sagt, das sei ein Versehen gewesen. Die Spritze sei von Schwester ...«, Grubert dachte einen Moment nach, »... von Schwester Gudrun aufgezogen worden.«

»Ich vermute, man hat Schwester Gudruns Fingerabdrücke auf der Spritze gefunden?«

»Woher wissen Sie das?«

»Ich weiß es nicht. Ich dachte es mir nur. Schwester Gudrun ist uns auf dem Flur begegnet, Englisch und mir, und sie hat gesagt, Wenger habe sie weggeschickt.«

Grubert nickte. »Es sieht wohl so aus, als hätte Wenger die Spritze noch einmal neu aufgezogen – mit einer Dosis, die garantiert tödlich gewesen wäre. Das stimmt übrigens auch mit den Aussagen von Sobotta überein.«

»Sobotta hat ausgesagt?«

»Sobotta hat gestanden.«

Mark sah Grubert schweigend an und nippte an seinem Kaffee.

»Es war gar nicht so schwer«, fuhr Grubert fort. »Der Mann ist schwer drogenabhängig. Offensichtlich hat er den Wagen gefahren, mit dem Schwester Beate den tödlichen Zusammenstoß hatte.«

»Das hat er gestanden?«

»Zuerst nicht. Aber nachdem wir ihn mit allen möglichen genetischen Gutachten konfrontiert hatten ...«

»Sie haben doch nicht etwa genetische Gutachten anfertigen lassen?« Mark tat empört. »Ist das überhaupt mit dem Recht auf informationelle Selbstbestimmung zu vereinbaren?«

»Wissen Sie, glücklicherweise mussten wir uns mit dieser Frage gar nicht auseinandersetzen. Irgendjemand hat offensichtlich eine ganze Batterie von solchen Gutachten anfertigen lassen. Wir haben sie sozusagen frei Haus geliefert bekommen. *Anonym.*« Das Wort »anonym« dehnte er und sah dabei über den Rand seiner Tasse Mark an.

»Na, das nenne ich mal Glück«, sagte der und verschränkte die Arme, als sei er schon ganz gespannt, wie die Geschichte nun weiterginge. »Und was waren das für Gutachten?«

»Nun, eins bewies, dass die Perücke in Englischs Auto getragen worden war. Die Haare waren identisch mit denen, die wir auf der Kopfstütze des Wagens gefunden haben.«

»Englisch könnte sie getragen haben.«

»Könnte er. Hat er aber nicht«, sagte Grubert. »Es haben sich in der Perücke keine Spuren seiner DNA gefunden. Warum hätte Englisch sie auch tragen sollen? Um vorzutäuschen, dass er Englisch ist?«

»Aber sie haben Spuren von Sobotta gefunden?«

»Richtig«, bestätigte der Polizist. »Herr Doktor Richter, man könnte meinen, Sie wissen noch mehr ...«

»Keineswegs, keineswegs. Ich kombiniere nur.«

»Verstehe.« Grubert lächelte und trank Tee. »Sie würden einen guten Ermittler abgeben.«

Mark winkte ab. »Nett von Ihnen«, sagte er. »Aber da überschätzen Sie mich gewaltig.« Er sah auf die Uhr. »Ich möchte nicht drängen. Aber meine Tochter wird mich in ein paar Minuten abholen.«

»Also, um es kurz zu machen: Sobotta hat gestanden, dass er den Wagen von Doktor Englisch in der besagten Nacht gefahren hat und dass er den Unfall absichtlich verursacht hat. Also Mord, und ...«

»Im Auftrag von Doktor Wenger«, vervollständigte Mark seinen Satz.

»So ist es. Sie haben es schon frühzeitig gesagt, und wir haben es lange nicht geglaubt. Aber wie sind Sie darauf gekommen?«

»Ach, Sie wissen doch, wie es ist«, sagte Mark. »Oft denkt man über eine Sache erst nicht groß nach, aber dann bekommt sie doch plötzlich eine Bedeutung.«

Grubert sah ihn irritiert an. »Das müssen Sie erklären.«

»Es war in der Nacht des Unfalls in der Klinik. Ich konnte wegen meiner Kopfschmerzen nicht schlafen. Als ich aus dem Fenster sah, bemerkte ich, wie zwei Männer sich auf dem Parkplatz unterhielten, einer gab dem anderen etwas, der setzte sich eine Mütze auf, stieg ins Auto und fuhr weg.«

»Er setzte sich eine Mütze auf?«

»Sehen Sie, das wunderte mich auch, dass er sich die Mütze aufsetzt und dann ins Auto steigt. Natürlich war es keine Mütze, sondern ...«

»Die Perücke.«

»Genau.« Er dachte kurz nach.

»Auf dem Flur der Klinik habe ich eine der Putzkräfte gesehen. Sie hat mich freundlich gegrüßt. Daran habe ich mich später erinnert, als ich Wenger schon längst im Verdacht hatte. Tatsächlich hat eine der Putzfrauen gesehen, wie Wenger in Englischs Büro gewesen ist.«

»Was denken Sie, hat er dort getan?«

»Er hat sich den Autoschlüssel aus Englischs Manteltasche geholt, um ihn Sobotta zu geben. Später irgendwann, als Schwester Beate längst tot war, hat er ihn vermutlich wieder unauffällig dorthin zurückgebracht. Vielleicht war Englisch gerade auf der Toilette. Oder er hat Schwester Beate gesucht.«

»Weshalb sollte er sie gesucht haben? Er muss doch gedacht haben, sie habe längst Feierabend.«

»Eben nicht. Wenger hat ihr von Schwester Beates Handy aus eine SMS geschickt, dass er auf sie warten solle.«

»Englisch auf Schwester Beate?«

»Genau.«

309

»Ein cleverer Plan. Dadurch hatte Englisch kein wasser-
dichtes Alibi, als wir ihn verhörten. Außerdem ist jetzt
klar, wieso wir bei Schwester Beate kein Handy gefunden
haben. Wenger muss es vorher an sich gebracht haben.«

»So wird es wohl gewesen sein.« Mark sah nachdenklich aus dem Fenster. »Gut, dass sie diese Ölspur im Wagen
gefunden haben. Das hat, wie ich gehört habe, Zweifel
daran aufkommen lassen, dass Englisch etwas mit der Tat
zu tun hat.«

»Ganz recht. Wir haben inzwischen an Sobottas Schuhen dasselbe Öl identifiziert.«

Mark nickte. »Das war zu erwarten.«

»Aber wie sind Sie auf Wenger gekommen?«, wollte
der Kommissar wissen. »Der war doch nun gar nicht verdächtig.«

»Das war reiner Zufall. Eigentlich habe ich mich nur für
ihn interessiert, weil er sich für meine Tochter interessiert
hat.« Mark räusperte sich. »Dabei ist mir oder besser meiner Tochter aufgefallen, dass Herr Wenger ein Drogen-
problem hat. Und dass er einen seltsamen Kontakt zu Sobotta hat.«

»Deswegen musste er nicht der Mörder von Schwester
Beate sein«, wandte der Polizist ein.

»Nein. Natürlich nicht. Aber es gab da noch ein, zwei
andere Details, die ein eigenartiges Bild ergaben.«

Grubert war ganz Ohr. Mit blitzenden Augen lauschte er
Marks Worten. Als der Ober vorbeikam, um nach weiteren
Wünschen zu fragen, verscheuchte er ihn mit einer unwil-
ligen Handbewegung. »Details? Und welche waren das?«

»Wussten Sie, dass er eine Beziehung mit Schwester Beate gehabt hat?«

Grubert nickte. »Das wissen wir inzwischen.«

»Die Beziehung war zwar für Schwester Beate beendet, aber nicht für Wenger. Er liebte sie immer noch. Aber sie war inzwischen mit Doktor Englisch liiert. Zwei Rivalen also. Außerdem standen sich die beiden in der Nachfolge auf den Posten des Chefarztes gegenseitig im Weg.«

»Mord aus Eifersucht? Oder Mord aus Eitelkeit?«

»Vielleicht weder noch, vielleicht sollte nur etwas vertuscht werden«, sagte Mark und machte eine kleine Pause. Grubert knetete seine Hände. »Vertuscht? Was sollte Wenger denn vertuschen?«

»Er wollte vielleicht vertuschen, dass er der Operateur war, der vor zwei Jahren einen dramatischen Kunstfehler begangen hatte, aufgrund dessen ein Patient verstarb. Ein Fall, der die Klinik sehr in Misskredit gebracht hat, vor allem, weil plötzlich Akten fehlten und niemand mehr wusste, wer operiert hat. Ich vermute, Wenger hat damals unter Drogen operiert, dann hat er die OP-Schwester dazu gebracht, in einer Nacht-und-Nebel-Aktion das Land zu verlassen, und hat Akten unterschlagen, sodass ihm nichts nachzuweisen war. Dummerweise war Schwester Beate eine gute Freundin der damaligen OP-Schwester gewesen.«

»Sie meinen, sie hat es ihr gesagt?«

»Gut möglich. Ich könnte mir jedenfalls vorstellen, dass Schwester Beate Wenger damit gedroht hat, die Bombe platzen zu lassen, wenn er sie länger belästigt. Vielleicht auch, wenn er Englisch länger den Weg zum Chefarzt versperrt … Außerdem hätte seine Drogensucht seinen Aufstieg ohnehin verhindert.«

»Es scheint, Sie wissen doch noch eine ganze Menge mehr als wir«, stellte der Kommissar fest. »Wenn ich mir das so anhöre, haben wir zwar genügend Beweise für den Tathergang und eben auch ein Geständnis, aber beim Motiv sind Sie uns ein gutes Stück voraus.«

»Danke für die Blumen«, sagte Mark und verbeugte sich lächelnd. »Wissen Sie, wenn man in einer Klinik ist und einfach keinen Schlaf findet, hat man jede Menge Zeit zum Nachdenken.« Er winkte dem Ober. »Herr Ober, würden Sie mir bitte meinen Mantel bringen?«

»Sie wollen gehen?«, fragte Grubert und wirkte auf einmal unruhig

»Nein. Ich möchte Ihnen etwas geben. Es ist in meinem Mantel.«

Sie warteten eine kleine Weile schweigend, bis der Ober kam und den Mantel brachte.

»Geben Sie nur her. Ich lasse ihn hier bei mir.« Mark nahm ihm den Mantel ab und zog etwas aus der Tasche, um es Grubert hinzuhalten.

»Was ist das?«

»Ein wichtiges Dokument, ein Teil in dem Puzzle, das man vielleicht nicht braucht, um das Bild zu erkennen, wenn Sie so wollen, das aber interessant ist, um die Zusammenhänge besser zu durchschauen.«

Grubert nahm das Papier und faltete es auseinander. *»Liebling«*, las er, *»es hat keinen Sinn. Wir müssen uns trennen. Ich kann mit diesem Wissen nicht länger ...«*

»Nach allem, was Sie gesagt haben«, sagte der Kommissar, nachdem er eine Weile geschwiegen hatte, »klingt das, als wäre es ein Brief von Schwester Beate an Wenger.«

»Offenbar. Aber wissen Sie, wo ich ... ich meine, wo der Brief aufgetaucht ist?«

»Sie werden es mir sagen.«

»In Englischs Büro. Ziemlich offensichtlich platziert, sodass man es nicht schwer haben würde, ihn zu entdecken.«

»Aber es ist kein Absender darauf, keine Anrede, aus der sich ergeben würde, an wen sich das Schreiben richtet.«

»Ich bin ziemlich sicher, Sie werden den zweiten Teil des Schreibens bei Wenger finden.«

»Wenn er überhaupt auftaucht.«

»Natürlich. Wenn er überhaupt auftaucht. Aber nach allem, was meine Tochter sagt, würde Wenger wahrscheinlich alles aufheben, was von Schwester Beate stammt, weil er immer noch von ihr besessen ist.« Er sah auf. »Ah, wenn man vom Teufel spricht: Da kommt ja meine Tochter.«

»Hallo Paps«, sagte Ricarda und trat an den Tisch.

»Hallo Schatz.« Mark stand auf und gab ihr einen Kuss auf die Wange. »Darf ich vorstellen, Kommissar Grubert von der Kripo Hamburg.«

»Guten Tag, Herr Kommissar.«

»Guten Tag, Frau Richter.« Auch Grubert erhob sich und gab ihr die Hand.

»Darf ich Ihnen meinen Papa jetzt entführen?« Ricarda hakte sich bei ihrem Vater ein.

»Ich fürchte, das geht nicht«, sagte Kommissar Grubert und sah etwas betreten von ihr zu Mark und wieder zu ihr. »Ich muss Ihren Vater leider vorläufig festnehmen.«

»Sie müssen *was*?« Ricarda glaubte, ihren Ohren nicht zu trauen.

»Ja, so leid es mir tut. Herr Doktor Richter«, er wandte sich an Mark. »Sie haben uns wirklich sehr geholfen, auch wenn ich nicht weiß, wie alle diese ungesetzlichen Gutachten in die Welt gekommen sind«, er zwinkerte, »aber leider haben Sie bei Ihren Recherchen gegen so viele Verkehrsregeln verstoßen, und das in grob fahrlässiger Weise, dass angesichts Ihres Punkteregisters in Flensburg leider keine andere Möglichkeit für mich besteht, als Sie zu bitten, mit mir zu kommen.«

Grubert hatte ein bisschen zu laut gesprochen. An den umstehenden Tischen waren inzwischen alle Gespräche verstummt, und etliche Augenpaare schielten mehr oder weniger diskret herüber.

»Ich bin festgenommen?«, sagte Mark ungläubig und amüsiert zugleich.

»Leider.«

»Geht es um das von mir, äh, geborgte Taxi? Oder um den Krankenwagen?«

»Nein, Sie werden überrascht sein«, sagte Grubert, und es klang, als wäre er selbst noch ganz überrascht, »der Taxifahrer hat seine Anzeige zurückgezogen. Ja, er hat sogar ausgesagt, dass alles ein Irrtum gewesen wäre.«

»Ein Irrtum?«

»Ja. Er habe Ihnen das Taxi geliehen.«

»Ah, ja, ich erinnere mich.«

»Ganz ähnlich haben sich die Sanitäter geäußert, denen Sie den Krankenwagen gestohlen haben.«

Mark sagte nichts, sondern sah Grubert nur leicht erstaunt an.

»Weiß der Himmel, wer oder was die Herren zu diesen haarsträubenden neuen Aussagen angestiftet hat. Aber Ihnen kann es ja nur recht sein, dass sie ihre Meinung geändert haben.«

»Sicher«, wunderte sich Mark. Man sah ihm deutlich an, dass auch er sich insgeheim fragte, was diesen Sinneswandel bewirkt hatte. Vielleicht war der Grund weiblich und trug seinen Nachnamen. Aber Ricarda alleine? Nein, wahrscheinlich in Zusammenarbeit mit Christina.

»Mitnehmen muss ich Sie leider trotzdem«, unterbrach Grubert seinen Gedankengang. »Sie kommen halt vor Gericht deutlich billiger weg. Aber wissen Sie was? Ich gönne es Ihnen.«

»Sehr freundlich.«

Marks Handy klingelte. Es war Freiligrath von der Bank. Er klang gehetzt.

»Herr Doktor Richter, gut, dass ich Sie erreiche! Ich habe mit den Partnern gesprochen. Wir sind entschlossen, Ihre Wünsche zu erfüllen. Allerdings wäre es für uns sehr wichtig, dass wir das Geschäft äußerst diskret über die Bühne bringen. Sie wissen, es ist für unseren Ruf außerordentlich wichtig, dass wir nach außen ein harmonisches Bild abgeben. Es geht um Seriosität, wenn Sie verstehen, was ich meine.«

»Ich verstehe Sie absolut, lieber Herr Doktor Freiligrath«, sagte Mark. »Allerdings muss ich Sie nun leider vertrösten. Ich bin nämlich gerade festgenommen worden.«

»*Wie bitte?*«

»Auf Wiederhören«, sagte Mark und drückte das Gespräch weg. Und zu Grubert gewandt: »Tja. Dann wollen wir mal.« Und sie verließen die »Alstergesellschaft von 1887« unter den ungläubigen Blicken ihrer Mitglieder.

3.

»Es war die Ehefrau.«

»Die Ehefrau?« Christina horchte auf. In der Tür stand der leitende Kommissar und grinste, als habe er gerade verkündet, der HSV habe 8:0 gegen Werder Bremen gewonnen.

»Jep. Euer Gift war ein Haarfärbemittel, versetzt mit einem Benzol-Nikotin-Gemisch.«

»Schöne Mischung«, sagte Christina und stand auf. »Kein Wunder, dass es ein paar Tage gedauert hat, es zu analysieren. Und wie seid ihr auf die Ehefrau gekommen?«

»Zwei Jogger haben die beiden gesehen. Sie hat ihm den scharfen Trunk aus der Thermoskanne gegeben.«

»Nett. Picknick im Park.«

Christina versuchte, kühl zu wirken. Doch innerlich fiel ihr ein gewaltiger Stein vom Herzen. Kein Serienmörder. Eine Beziehungstat erster Ordnung. Gott sei Dank, sie würde sich nicht Wochen und Monate mit einem Wahnsinnigen herumschlagen und dessen Opfer sezieren müssen.

»Jedenfalls sehr effektiv«, stimmte der Kommissar ihr zu.

»Habt ihr sie schon?«

»Markus und Klaus verhören sie gerade. Sie ist ohne Zicken mitgekommen.«

»Wundert mich nicht. Offensichtlich ist sie intelligent. Hat sie schon was gesagt, warum sie ihn ausgezogen hat?«

Der Kommissar machte ein amüsiertes Gesicht. »Sie sagt, sie wollte ihn bloßstellen.«

»Oh.« Christina schnappte sich ihre Jacke und zog sie über. »Kann ich mitkommen?«

»Klar. Wäre mir sowieso lieber. Die beiden Jungs sind gut, aber vielleicht hilft es, wenn eine Frau beim Verhör dabei ist.«

Christina nahm sich die Akte und machte das Licht aus. »Dann liegt das Motiv wohl auf der Hand, nicht wahr?«, sagte sie.

»Wenn du es sagst ...«

Sie verließen das Büro, das Christina provisorisch im Landeskriminalamt zugewiesen worden war.

»Er wird sie betrogen haben. Sie fühlte sich bloßgestellt. Also hat sie ihn bloßgestellt. Im wahrsten Sinne des Wortes.«

»Verstehe. Also das, was man eine Beziehungstat nennt?«

»Ja. Nur dass es auf gut Deutsch Familientragödie heißt.«

4.

»Oh!«, rief der Beamte von der Aufnahme der Vollzugsanstalt. »Diesmal mit Bodyguards, Herr Doktor Richter?«

»Guten Abend, Herr Schneider«, grüßte Mark fröhlich. »Ja, diesmal wollte ich meinen Lieben doch einmal zeigen, wie das hier so aussieht.«

»Sehr viel mehr werden Sie aber leider nicht zeigen können«, sagte der Mann mit den kurz geschorenen Haaren und dem Namensschildchen »Horst Schneider« auf der Brust. »Denn hier trennen sich bekanntlich die Wege.«

»Für die, die reindürfen«, erklärte Mark Ricarda und Christina, »und die, die leider draußen bleiben müssen.«

»Immer zu Späßen aufgelegt, der Herr Doktor.« Der Beamte hatte bereits Wäsche in der passenden Größe für Mark herausgelegt.

»Ach, wissen Sie, Herr Schneider, wenn man weiß, dass es für einen guten Zweck ist, dann fällt es gar nicht so schwer. Im Gegenteil: Ich fühle mich hier schon ganz wie zu Hause.«

»Oh, oh!«, rief der Beamte. »Vorsicht, dass Sie sich nicht allzu sehr daran gewöhnen. Das könnte ins Auge gehen.«

Er hielt Mark ein Formular hin, auf dem dieser den Empfang der Gefängniskleidung quittieren sollte.

»Keine Sorge. Es ist nur für zwei Wochen.« Mark zeichnete das Dokument ab, nahm sein Bündel und ging in die Umkleide.

Christina und Ricarda standen betreten schweigend da und warteten. In ihrem Rücken stand ein weiterer Beamter, dessen Hand pflichtgemäß in Nähe der Pistole war.

»Eigentlich«, sagte Schneider zu den beiden Frauen, »dürften Sie schon hier gar nicht mehr dabei sein. Ich vermute, man macht eine Ausnahme, weil der Herr Richter ja kein ganz so schwerer Fall ist, um nicht zu sagen ein außergewöhnlicher Fall.«

Eine Hand legte sich beruhigend auf Ricardas Schulter. »Er müsste ja nicht hier rein«, sagte Christina. »Wenn er seine Strafe akzeptieren und die Bußgelder bezahlen würde ...«

»Aber das tut er nicht!«, ereiferte sich Ricarda. »Lieber geht er für zwei Wochen ins Gefängnis. Ist das nicht meschugge? Ich meine: Gibt's für so was einen Fachausdruck?«

Christina lächelte ihr aufmunternd zu. »Eine Persönlichkeit, die sich nicht unterordnen will, vielleicht?«, sagte sie.

In dem Augenblick ging die Tür der Umkleidekabine wieder auf, und Mark trat heraus und legte nun seinerseits das Bündel mit seiner eigenen Kleidung auf die Theke.

»Habt ihr über mich gesprochen?«, fragte er mit einem Augenzwinkern.

»Angeber«, sagte Christina und zog ihn an sich. »Hast du gelauscht?«

»Nur ein bisschen«, sagte er. Mit Inbrunst sog er den Duft ihres Haares ein. »Ahhh. Ich könnte glatt schwach werden, wenn du mich so hältst.«

»Was hält dich davon ab?«, fragte Christina. »Werde schwach, akzeptiere den Strafbefehl, zahl deine Geldstrafe und lass uns nach Hause gehen!«

»Ja, Paps«, schaltete sich Ricarda ein. »Sei doch nicht so zickig. Was willst du schon erreichen? Wenn du in den Knast gehst, nur weil du ein notorischer Verkehrssünder bist und weil die Straßenverkehrsordnung keine Rücksicht auf dich nimmt ...«

»Hörst du?«, bekräftige Christina. »Ricarda sagt es auch. Du müsstest nicht so schwierig sein. Wenn du so weitermachst ...«

Mark löste sich aus Christinas Armen. »Sehen Sie, Herr Schneider, das ist es, warum ich ganz gerne manchmal einen kleinen Urlaub bei Ihnen einlege.«

»So kann man's auch sehen«, sagte der Beamte mit Sei-

tenblick auf die beiden Frauen, die wie vor den Kopf gestoßen dastanden. »Sind wir so weit?«

»Alles klar«, sagte Mark.

»Also dann: Willkommen im Knast. Gehen wir.«

Und er ging durch die Gittertür, wo ihn bereits ein alter
Bekannter erwartete.